Carlotta Franck

# Blau ist die Farbe der Liebe

Roman



KNAUR

**Besuchen Sie uns im Internet:**
**www.knaur.de**

FSC
www.fsc.org
MIX
Papier aus verantwortungsvollen Quellen
FSC® C083411

Originalausgabe August 2014

Umschlaggestaltung: ZERO Werbeagentur, München
Umschlagabbildung: FinePic®, München
Satz: Adobe InDesign im Verlag
Druck und Bindung: CPI books GmbH, Leck
ISBN 978-3-426-51427-6

2 4 5 3 1

KNAUR

*Über die Autorin:*
Carlotta Franck wurde 1965 in Hamburg geboren. Nach einem Geschichtsstudium in Göttingen und München verbrachte die Autorin einige Monate in London und arbeitete dann als Journalistin. Ihre große Leidenschaft ist das Reisen. Als Seglerin gilt ihre besondere Liebe den schönen Küsten Europas. Sie lebt mit ihrem Mann und ihren zwei fast erwachsenen Kindern in Hamburg.
www.carlotta-franck.de

*Für meine Familie*

## Licht

Er liegt dort draußen
unter einem Stein.
Sein Körper spürt
keinen Schmerz mehr.
Er hat ihn abgestreift.
Die Hülle bleibt zurück
und wird zu Erde
nach einer Zeit.

Aber er schwebt über allem.
Seine Seele sieht auf seinen Körper.
Er fliegt wunschlos und Liebe umhüllt ihn.
Er ist wieder frei
und wird eins mit
dem ewigen Licht.

# 1

*Erinnerst du dich an die Kornblumen, die du mir gepflückt hast, als wir in Dänemark waren und diese verregneten Wochen mit den noch kleinen Kindern verbracht haben, und wie Finn und Katha und dann Jule krank wurden? Du hattest die von mir so geliebten Blätterteigbrötchen gekauft und diese wunderbaren Rosinenböller. Es hatte wieder die ganze Nacht geregnet, und die Kinder waren nicht nur einmal wach geworden. Du hattest mich schlafen lassen und warst leise aus dem Zimmer geschlichen. Als du wiederkamst, lag ich noch im Bett, links und rechts von mir schliefen die Zwillinge. Ich sehe dich noch genau, wie du mit der Milchkanne, die du in der Küche gefunden hast, und dem Kornblumenstrauß darin neben unserem Bett standest, in dem in den vergangenen Tagen nichts anderes gelegen hatte als kranke Kinder und unsere erschöpften Körper, die nur noch schlafen wollten.*
*»Wir schaffen das«, hast du gesagt. »Die Romantik kommt auch irgendwann wieder. Du liebst doch Kornblumen. Und wir lieben uns, das ist die Hauptsache.« Dann sind wir leise aus dem Zimmer geschlichen und haben uns mit einem Kaffee und den leckeren Rosinenböllern in Wolldecken eingehüllt ans Fenster gesetzt und in den Regen geschaut. Und ich wusste, dass wir uns immer lieben werden, dass wir alles schaffen werden,*

*dass unsere Zusammengehörigkeit größer ist als alle Widrigkeiten auf dieser Welt. Mit dir war die Liebe blau, so wie die Kornblumen, so wie das Meer an dem Tag, als ich dich das erste Mal sah. So wie meine strahlenden Augen, wenn ich dich angesehen habe, wenn du gerade mit etwas anderem beschäftigt warst. Unsere Liebe war für mich unendlich weit und gleichzeitig beruhigend. Ich habe es geliebt, mit dir in den Himmel zu schauen, von unseren verschiedenen Betten aus in den Ferienhäusern in Frankreich, die wir für uns und die Kinder gemietet hatten; oder den luxuriösen Hotelbetten nach einer wunderbaren Liebesnacht, die wir miteinander verbracht hatten, wenn wir uns mal wieder davonstahlen und den Familienalltag für ein Wochenende vergaßen. Zu unserem letzten Hochzeitstag hast du mir einen silbernen Ring mit einem wunderbaren blauen Stein geschenkt; groß und schwer ist er, mit arabischen Mustern, Spiralen. Sie bedeuten die Unendlichkeit unserer Liebe, hast du damals gesagt.*

*Weißt du noch, mein Lieber, wie wir dieses Spiel spielten? Was siehst du, so nannten wir es doch? Du wolltest, dass ich dir alles beschreibe, was ich draußen gesehen habe, selbst wenn ich nur deine Medizin aus der Apotheke holte. Du konntest ja nicht mehr hinaus. Nur der Ausblick aus den Fenstern deines Schlafzimmers war dir geblieben. In den letzten Tagen deines Lebens hast du stundenlang schweigend in den Himmel gesehen und beobachtet, wie der Wind die Baumwipfel bewegte.*

*Hätten wir dein Bett ins Erdgeschoss transportiert, als es noch ging, wäre die Pflege sicher einfacher gewesen. Aber Jule wollte es nicht. Papa möchte den Himmel sehen und keine Menschen, die auf dem Gehweg vor dem Haus hin und her wandern, sagte sie. Du hast genickt und voll Dankbarkeit ihre Hand gestreichelt. In dieser Zeit fiel dir das Sprechen manchmal schon zu schwer.*
*Weißt du, dass ich manchmal eifersüchtig auf unsere älteste Tochter war, weil sie dich so oft wortlos verstand? Wir mussten meist miteinander reden, weil wir von unterschiedlichen Planeten stammten. Aber war das nicht auch der Reiz unserer Liebe?*
*Du warst oft erstaunt, wie wenig präzise Ortsangaben ich machte, wenn ich dir von meinen kleinen Ausflügen in das Einkaufszentrum erzählte. Wo genau war das, hast du mich dann gefragt, rechts oder links von der Sparkasse? Wie soll ich das wissen?, meinte ich. Du hast besorgt gelächelt und dich sicher gefragt, wie ich so ohne Interesse und Begabung für Orientierungssinn oder geographische Details in Zukunft allein durchs Leben kommen sollte.*
*Aber ich kann dir Dinge erzählen, die dir ohne mich bestimmt nicht auffallen würden: Oder wusstest du, dass die dunkelhaarige, hübsche Verkäuferin beim Bäcker mit Herrn Meyer im Hinterzimmer seines Kioskes schläft, wenn seine Kinder aus der Schule kommen und er deshalb sicher sein kann, dass seine Frau nicht im Kiosk vorbeischaut? »Hast du sie dabei gesehen?«, fragst du mich skeptisch. Natürlich nicht, aber als sie mir ges-*

*tern Mittag vor dem Kiosk begegnete, strahlte sie so, wie man es nur tut, wenn man gerade guten Sex hatte.*
*»Woher weißt du, dass Herr Meyer verheiratet ist und Kinder hat?«, fragst du. Das hat er mir erzählt. Aber ich kenne ihn doch besser als du, ich habe ihn viel öfter gesehen, höre ich dich beleidigt sagen.*
*Seit du nicht mehr da bist und ich überhaupt wieder Zeitung lesen kann, gehe ich regelmäßig zum Kiosk um die Ecke. Du weißt sicher, dass Herr Meyer bei deiner Beerdigung in der letzten Reihe saß und weinte? Er hat mir gesagt, dass er dich vermisst, weil ihr euch immer so gut unterhalten habt. Wie Männer eben miteinander reden: über Politik, Fußball und die Welt, aber nicht über Privates.*
*Finn würde jetzt ernsthaft nicken und Katha grinsen. Die Mädchen und ich haben uns manchmal vorgestellt, wie du und Finn als Steinzeitmänner auf die Jagd gegangen wärt: Du still und ganz bei der Sache und Finn verträumt und schnell gelangweilt. Er hätte sicher nicht lange schweigen können und mit seiner Plauderei alle Tiere vertrieben.*
*Du fehlst ihnen sehr, auch wenn sie es mir nicht so oft sagen, weil sie mich nicht traurig machen möchten.*
*Jetzt höre ich auf. Ich habe dich lange genug mit meiner Plauderei unterhalten. Wir sprechen uns morgen, mein Lieber. Ich freue mich dann darauf, dir wieder etwas zu erzählen. Du bist immer noch mein bester Zuhörer, ich liebe dich.*
*Sanne*

Susanne Mewes klappte ihr schwarzes Moleskine-Notizbuch zu und legte es zurück in die abschließbare Schublade des Schreibtisches.
Früher hatte sie dort ihr Tagebuch aufbewahrt und immer darauf geachtet, dass sie verschlossen war, weil sie nicht wollte, dass jemand auf der Suche nach einem Klebestift oder einer Schere darüber stolperte und es aus Gedankenlosigkeit las. Aber jetzt brauchte sie nichts mehr abzuschließen. Sie ging die Treppe vom ersten Stock, dessen Zimmer sie in Arbeitszimmer, Schlafzimmer und Bibliothek aufgeteilt hatten, nachdem die Zwillinge ausgezogen waren, ins Erdgeschoss hinunter. Vorhin hatte sie auch Davids Seite des Betts neu bezogen. Manchmal schlief sie nachts in der trügerischen Gewissheit ein, dass David irgendwo in Europa den Bau einer Brücke beaufsichtigte, wie er es all die Jahre getan hatte, bis er zu schwach zum Arbeiten war.
Das Telefon klingelte. Sanne konnte es nicht finden. »David, wo ist das Telefon?«, rief sie in die Leere des Treppenhauses, bevor sie sich daran erinnerte, dass sie es vorhin in der Küche vergessen hatte.
»Hallo, Mami«, sagte Katharina. Heute ist sie mit ihrem Kontrollanruf aber früh dran, dachte Sanne.
»Ist der süße Typ mit den roten Haaren wieder da, Katha?«, fragte sie.
»Ich weiß nicht, was mit ihm los ist, vielleicht ist er krank? Aber ich habe heute schon ziemlich viel geschafft. Sonst werde ich ja immer von ihm abgelenkt, weil er hier in der Bibliothek schräg vor mir sitzt.«

»Vielleicht solltest du mal darüber nachdenken, die Bibliothek zu wechseln«, sagte Sanne.
»Wohin denn?«
»Zu den Betriebswirten, da ist die Gefahr sicher nicht groß, dass du jemanden findest, der dir gefällt.«
»Wer weiß, vielleicht gibt es da irgendeinen Revoluzzer, der nur Wirtschaft studiert, um das korrupte Wirtschaftssystem von innen auszuhöhlen?«, gab Katha hoffnungsvoll zurück.
Sanne schmunzelte. Für ihre Tochter wäre es sicher perfekt gewesen, in den 70ern zu studieren. Im vorigen Sommer hatte sie nur Hippiekleider und Jesuslatschen getragen und sich sogar die unbequemen Holz-Clogs gekauft, die sie selbst als Kind so geliebt hatte.
»Was machst du heute noch?«, fragte ihre Tochter übergangslos.
»Ich werde arbeiten, und abends treffe ich mich mit Maria«, antwortete Sanne enthusiastisch.
»Schön. Ich muss wieder in die Bibliothek. Ich glaube, der Rothaarige ist gekommen. Vielleicht spreche ich ihn gleich an.«
»Viel Spaß«, sagte Sanne und dachte, dass Katha mit David sicher noch über den Stand ihrer Seminararbeit in Politologie und über die Literatur gesprochen hätte, die sie gerade las.
Sie sah in den mittlerweile halb verwilderten Garten. Der Rasen war viel zu lange nicht gemäht worden, Unkraut wucherte in den Beeten. Ich sollte einen Gärtner bestellen, dachte sie. Es selbst zu machen, hatte sie aufgegeben.

Seit Davids Krankheit im Frühling vor zwei Jahren auf einmal so schlimm geworden war, dass überhaupt nicht mehr daran zu denken war, dass er jemals wieder im Garten würde arbeiten können, war sie einige Male mit dem festen Vorsatz hinausgegangen, selbst etwas Unkraut zu jäten oder die Blüten der Rhododendren abzudrehen, damit sich dort keine Schädlinge einnisten konnten. Sie hatte in einem von Davids Gartenbüchern nachgelesen, ohne sich dafür zu interessieren. Als sie dennoch in den Schuppen ging, um die Gartengeräte zu holen, die David dort ordentlich an die Wand gehängt hatte, war sie beim Anblick der Rosenschere in Tränen ausgebrochen. Er hatte sie immer in die rechte hintere Hosentasche seiner Jeans gesteckt und dort manchmal vergessen. Sanne hatte sie gefunden, wenn sie vor dem Wäschewaschen die Taschen aller Jeans leerte.
In den Monaten bevor David starb, hatte Jule die Gartenarbeit noch übernommen. Sie ging hinaus, wenn die Pflegerin David wusch, weil sie es nicht ertragen konnte, dass ihr starker Vater zum Schluss bei allem Hilfe brauchte wie ein Kleinkind. Aber sie konnte die Ordnung im Garten wiederherstellen und dadurch helfen. So wie David es immer getan hatte.
Jules Körperhaltung beim Harken ähnelte Davids. Auch sie beugte sich ein wenig zu weit nach unten, und die Harkenstriche folgten demselben lautlosen Rhythmus, dem David gefolgt war. Ab und zu hatte sie innegehalten und zu ihrem Vater hinaufgeschaut, der neben Finn in seinem Rollstuhl auf dem Balkon kauerte.

»Willst du nicht helfen, Finn?«, hatte Jule zu den beiden hinaufgerufen. »Ich unterhalte Paps«, hatte er geantwortet. »Das ist genauso wichtig.« Jule hatte gelächelt.
Vielleicht sollte ich doch versuchen zu arbeiten, dachte Sanne. Sie hatte vorhin gelogen. Sie war heute Morgen zwar früher aufgestanden als in den vergangenen Wochen und hatte sich nach einem schnellen Frühstück im *Backhus* am Markt an den Schreibtisch gesetzt, aber sie hatte nichts geschafft außer den Eintrag in das schwarze Notizbuch. Würde sie jemals wieder in der Lage sein, einen Roman zu übersetzen? Sie wusste, dass sie sich langsam Gedanken über ihre Zukunft machen musste. Die Lebensversicherung ihres Mannes reichte zwar noch einige Zeit, aber bestimmt nicht bis an ihr Lebensende, und alles, was sie gespart hatten, war für die Pflege draufgegangen. Keiner hatte jemals vermutet, dass sie mit 48 schon Witwe sein würde. Jetzt gab es noch eine lange Strecke ohne David zu leben. Wenn sie daran dachte, spürte sie immer noch einen stechenden und zugleich dumpfen Schmerz hinter dem Brustbein. Sie hatte selbst dann noch nicht damit gerechnet, dass David sterben könnte, als es überhaupt keine Hoffnung mehr für ihn gab.
Nach der dritten Chemotherapie hatte Maria ihnen geraten, nach Hause zu gehen, weil keine Therapie mehr etwas bringen würde, und Sanne hatte es zuerst für einen makaberen Scherz ihrer Freundin gehalten. Aber als David sie traurig ansah und ihr sagte, dass es ihm leidtäte und dass er es versucht hätte, erkannte sie, dass sie sich tatsächlich darauf einstellen musste, den Mann zu verlieren, den sie

seit 26 Jahren liebte. Ausgerechnet in diesem Moment tröstete David sie. Er nahm sie in die Arme, wiegte sie wie ein kleines Kind und bat sie dann, ihn nach Hause zu bringen.

Am folgenden Wochenende besuchten sie alle drei Kinder. Sie saßen um den Esstisch, an dem auch sämtliche Schulabschlüsse, Konfirmationen, Geburtstage, Weihnachten, Ostern mit einem opulenten Essen gefeiert worden waren. Nur hatte David dieses Mal gegessen wie ein Spatz, was sonst nie seine Art gewesen war. Sie hatten beschlossen, es den Kindern erst zu sagen, wenn sie beide mit der Unabänderlichkeit der Diagnose würden leben können.

Davids Augen hatten trotz der schlimmen Nachricht gestrahlt, er hatte gelächelt und sich darüber gefreut, Teil dieser Tischrunde zu sein, bei der sich alle ins Wort fielen, sich selten ausreden ließen. Er trank Wasser und nippte an seinem Rotwein, damit die Kinder nicht sofort Verdacht schöpften. Sanne wusste, dass jeder Schluck für ihn eine große Qual war. Die Chemotherapien hatten seine Mundschleimhäute zu sehr angegriffen. Jegliche Lebensmittel, die säurehaltig waren, bereiteten ihm große Schmerzen. Sie saß neben ihm und legte ihre Hand immer wieder auf seinen Arm oder streichelte seine Hand, aber das fiel den Kindern nicht auf, weil es nicht ungewöhnlich war.

Sanne stellte den Fernseher um vier Uhr nachmittags an, weil sie es nicht mehr ertragen konnte, an ihrem Schreibtisch zu sitzen und nicht arbeiten zu können. Sie schaltete auf ARTE und sah irgendetwas über Napoleon. Am Anfang war sie noch interessiert, aber schon nach kurzer Zeit schweiften ihre Gedanken ab. Früher hatte es sie entspannt, in den Übersetzungspausen fernzusehen. Jetzt konnte sie sich noch nicht einmal einige Minuten auf ein Thema konzentrieren.

Maria empfing sie am Abend mit einem kritischen Blick.
»Hier, trink etwas Wein, das ist ein sehr leckerer Grauburgunder«, sagte sie nach der Begrüßung. Sie standen schweigend mit ihren Gläsern im dunklen Wohnzimmer und sahen über die Elbe zur Blohm+Voss-Werft hinüber. Die Geschäftigkeit auch noch um diese Zeit gab Sanne das beruhigende Gefühl, dass die Welt weiter funktionierte, auch wenn sie nicht ganz an ihr teilnahm. Vielleicht sollte ich das Haus verkaufen und in eine Wohnung nach Ottensen ziehen, dachte sie. Hier hatten sie gewohnt, bevor die Kinder kamen, und nur ihretwegen waren sie an den Stadtrand im Hamburger Norden gezogen.
»Im Haus wird bald eine Wohnung frei«, sagte Maria in die Stille hinein. Sanne wunderte sich schon lange nicht mehr darüber, dass ihre Freundin manchmal ihre Gedanken erriet. Sie wusste nicht, was sie antworten sollte. Würden die Kinder damit einverstanden sein, wenn sie das Haus verkaufte? Katha und Finn hatten vor kurzem gesagt, dass sie auf jeden Fall in Berlin bleiben wollten. Jule wohnte mit ihrer Familie in einem eigenen Haus in Othmarschen.
Sanne vermutete, dass Finn am besten verstehen würde, wenn sie ihr Haus verkaufte. Er konnte sich sehr gut in sie hineinversetzen, manchmal war es ihm besser gelungen als

David. Momentan studierte er Psychologie, aber eigentlich wollte er Schauspieler werden. Seit einigen Monaten bereitete er sich mit einem Schauspiellehrer aufs Vorsprechen vor. Um diesen zu bezahlen, arbeitete er manchmal in einer Kneipe im Prenzlauer Berg. Sanne konnte sich nicht daran erinnern, wann Finn schon jemals so zielstrebig gewesen war.

Maria schwieg immer noch. Auch das liebte Sanne an ihrer Freundin. Sie ließ ihr die Freiheit, eigenen Gedanken nachzuhängen.

»Ich habe Hunger, wollen wir essen gehen?«, stieg Sanne nach einer Weile in ein Gespräch ein.

»Schlaf doch bei mir. Ich habe endlich mal frei und werde sowieso nicht vor drei ins Bett können, weil ich jetzt so viele Nachtdienste gehabt habe. Morgen gehen wir dann noch im *Unter den Linden* frühstücken.«

»Vorteilhaft, wenn man Witwe ist. Man muss noch nicht einmal jemandem Bescheid sagen«, sagte Sanne.

»Hör auf zu jammern. Diese Phase haben wir doch hinter uns. David würde das auch nicht wollen. Bevor er starb, hat er mir noch gesagt, dass meine Aufgabe nicht nur darin bestehen wird, dich zu trösten, sondern auch, dich zu gegebenem Anlass mit Alkohol abzufüllen und sinnentleerte Dinge zu tun. Hat er nicht auch noch gesagt, das kann sie am besten mit dir?« Sanne nickte lächelnd. Das klang nach David.

»Unter den Tisch trinken wirst du mich heute aber sicher nicht, nach Nachtdiensten bist du ja immer schon nach der ersten Flasche blau«, meinte Sanne.

»Lass uns das jetzt nicht diskutieren«, erwiderte Maria. »Ich habe, glaube ich, gestern Nacht zum letzten Mal was gegessen. Vielleicht solltest du Jule aber noch Bescheid sagen, damit sie sich keine Sorgen macht. Sie ist doch morgen mit dem Kontrollanruf an der Reihe?«

»Stimmt. Irgendwie sind die Rollen gerade vertauscht. Sie fühlen sich verpflichtet anzurufen, weil ich allein in diesem Haus bin. Als Kinder und Teenager war es genau umgekehrt. Kannst du mal mit ihnen reden und ihnen sagen, dass mir nichts passieren wird, nur weil ich jetzt allein wohne?«

»Schick Jule doch eine SMS, dass du bei mir schläfst, dann ist sie beruhigt. Vielleicht besuchst du sie morgen, bevor du nach Hause fährst?«, schlug Maria vor.

»Ja, Mama«, sagte Sanne und lächelte. Sie hatte keine Ahnung, woher Maria die Kraft nahm, nach einer harten Woche im Krankenhaus noch fürsorglich zu sein, aber sie genoss es.

Im *Bok* in der Schanze hoben sie das Durchschnittsalter unbestritten an, aber das störte Sanne nicht. Auch jetzt sah sie nicht aus wie 48. Die Falte zwischen ihren Augen war zwar markanter als vor Davids Tod, und wenn sie sehr müde oder deprimiert war, hingen ihre Mundwinkel schlaff herunter, aber noch reichten dunkelblonde Strähnchen aus, um ihre grauen Haare abzudecken, und sie hatte im vergangenen Jahr so viel abgenommen, dass sie wieder in Hosen passte, die ihr zehn Jahre lang zu eng gewesen waren. Aber sie musste auch gar kein Eyecatcher sein, wenn sie mit Maria unterwegs war, denn ihre fünf Jahre

jüngere Freundin zog sowieso überall die Blicke auf sich mit ihrem schwarzen glatten Pagenkopf, ihrem ebenmäßigen hellen Teint und den grünen Augen, die einen aufregenden Kontrast zu ihrem jetzt sehr rot geschminkten Mund bildeten. Wenn sie nicht so gut mit ihr befreundet gewesen wäre, hätte sie sich neben Maria sicher unscheinbar gefühlt. Sie fand, dass an ihr selbst alles normal war: die Größe, die Figur, ihre mittelblonden Haare, die sie sich in der schlimmsten Zeit mit David kurz abgeschnitten hatte und die sie jetzt wieder wachsen ließ. Keiner, der Maria zuerst sah, vermutete, dass sie Oberärztin einer onkologischen Abteilung war. Manchmal ließ sie die Leute raten, und die meisten tippten auf etwas Kreatives: Modedesignerin oder Schriftstellerin oder irgendetwas in der Werbung. Ihre Augenringe und ihre schwarz getuschten Wimpern verstärkten diesen Eindruck noch.
Auch jetzt hatten zwei Männer, die aussahen wie Kreative, ihre Fährte aufgenommen. Sie saßen im hinteren Teil des Restaurants an der Bar und warfen Maria interessierte Blicke zu.
»Wenn du heute noch jemanden abschleppen willst, habe ich gleich zwei Kandidaten für dich«, stellte Sanne neidlos fest.
»Wo? Sehen sie gut aus?«, fragte Maria.
»Wohl um die zehn Jahre jünger als du, also passt das schon mal«, sagte Sanne. Maria musterte die Männer unverhohlen, bis sie rot wurden. Wie macht sie das?, fragte Sanne sich nicht zum ersten Mal. Nicht dass sie selbst Interesse gehabt hätte, jemanden abzuschleppen. So etwas

stand definitiv noch nicht wieder auf ihrer Agenda. Aber dennoch überlegte sie manchmal, ob sie Marias Augenausdruck, der irgendwo zwischen Begehren und Missachtung lag und jeden Mann in Unruhe versetzte, lernen könnte.

»Bin leider zu müde«, sagte Maria und drehte sich zu ihr um. »Lass mich zahlen, bevor sie rüberkommen.«

Sanne wusste, dass es keinen Sinn machen würde, Maria zu bitten, die Rechnung mit ihr zu teilen.

»Ich verdiene mehr Geld als du, und solange das so ist, zahle ich. Endlich kann ich auch mal auftrumpfen, sonst wart ihr ja immer besser dran«, sagte sie mit einem Grinsen.

Draußen rauchte Maria ihre obligatorische Zigarette.

»Ich habe den stressigsten Beruf der Welt, wie soll ich da nicht rauchen?«, antwortete sie jedem, der sie fragte, warum sie als Krebs-Fachärztin überhaupt noch rauche.

Sie landeten im *Birdland* zur Jam Session. »Wenn mein Vater nicht so wahnsinnig dominant und noch dazu so ein guter Arzt gewesen wäre, würde ich jetzt als Jazzsängerin in Berlin ein Bohèmeleben führen«, seufzte Maria, als sie die Treppen zur Jazzkneipe hinabstiegen.

»Du kannst doch immer noch was ändern«, meinte Sanne.

Maria schüttelte den Kopf.

»Ich habe mich dummerweise an das Geld gewöhnt, das mir der Dienst an der Menschheit bringt«, sagte sie.

»Dann kann ich dir auch nicht helfen. Aber ich bin dein größter Fan, wie du weißt. Was singst du heute?«

»Wünsch dir was, aber nichts, das dich traurig macht«,

sagte Maria. Wie soll das gehen?, fragte Sanne sich. Sie hatte mit David fast alle Stücke aus Marias Repertoire gehört.
»Gut, du hast es so gewollt«, sagte Maria mit dramatisch hochgezogenen Augenbrauen.
»Ich kauf dir ein Bier, dann wirst du lockerer«, schlug Sanne vor. Sie setzten sich an einen frei gewordenen Tisch in die Nähe der Bühne. Heute waren auffällig viele Männer über sechzig da, die mit Kennermiene Beate Kynast und ihrer Band zuhörten und so aussahen, als ob sie in den 70ern schon im *Onkel Pö* rumgehangen hatten. David wird nie so alt wie die, schoss es Sanne durch den Kopf. Würde die Trauer sie auf ewig manchmal wie aus dem Hinterhalt überfallen?
Maria streichelte ihren Handrücken. »Nicht jetzt. Ich habe ihm versprochen, dich irgendwann wieder zum Lächeln zu bringen. Auch wenn ich mich dabei vielleicht zum Affen mache. Ich muss jetzt«, sagte Maria mit plötzlich piepsiger Stimme. »Wünsch mir Glück.« Bevor sie zur Band ging, drehte sie sich noch einmal zu ihr um und tat so, als ob sie Lampenfieber hätte. Es sah komisch aus.
»Das war eben ein kleines Lächeln, danke, Gott«, sagte Maria und streckte die Arme gen Himmel. Dann beugte sie sich zum Pianisten hinunter, und alle graumelierten und weißhaarigen Männer hielten den Atem an, weil sie so beiläufig wie verführerisch ihren Po herausstreckte, den Rücken dabei gerade machte, sich noch tiefer beugte und dem Pianisten leicht über die Schulter strich, als ob sie ihn liebkoste. So blieb sie lange genug, um sicher zu

sein, dass sie die Aufmerksamkeit von jedem im Publikum hatte. Dann lachte sie ihr unverwechselbares, kehliges Lachen, drehte sich um, blinzelte ins Scheinwerferlicht und nahm das Mikro in die Hand.

»Der erste Song ist für meine liebste Freundin, sie weiß schon, warum: *Mr. Bojangles*«, sagte sie.

Maria begann zu pfeifen. Dieses Lied hatte sie mit David unzählige Male gehört, dachte Sanne. Warum machte Maria das? Sie wusste doch, dass es sofort wieder weh tat? Sie konnte ihr Gesicht jetzt nicht in den Händen verbergen, also ließ sie die Tränen einfach laufen und hoffte, dass es niemand bemerkte. Als zweites Lied sang Maria *The Art of How to Fall* von Rebekka Bakken – ihre Hymne, sie spielte mit dem Mikro und tanzte. Sie trug eine Marlene-Dietrich-Hose und einen schwarzen Rollkragenpullover, und für einen Moment war das nicht mehr der bekannteste Jazzclub Hamburgs im Jahr 2010, wo Rauchverbot herrschte, sondern eine existentialistische Kellerbar, in der dicke blaue Rauchschwaden hingen, irgendwo im Paris der 50er Jahre. Jeder im Raum war sich sicher, dass Maria nur mit ihm oder ihr flirtete. Sanne merkte, wie der Schmerz wieder nachließ und sie ihrer Freundin fasziniert zusah. Als Zugabe sang sie *Cocaine* von Eric Clapton, auch ein Lieblingslied von David.

»Ich weiß, es war hart für dich«, sagte Maria, als sie zurückkam. »Aber ich musste es tun. Du hast Musik auch schon geliebt, bevor du David kanntest. Und er würde nicht wollen, dass du sie seinetwegen aufgibst.«

Sanne war mittlerweile darin geübt, still zu weinen, und

sich ziemlich sicher, dass im Halbdunkel des *Birdland* niemand bemerkt hatte, wie ihr Tränen übers Gesicht liefen. Sie wischte sie nicht mit einer verstohlenen Handbewegung weg, sondern stand auf und ging langsam zur Toilette. Sie sah nicht in den Spiegel, während sie Wasser über die Handgelenke laufen ließ, denn sie kannte diesen verzweifelten, hilflosen Augenausdruck zu genau. Wie lange würde es dauern, bis das endlich vorbei war? Eigentlich war sie doch ein fröhlicher Mensch. Sie liebte es, zu lachen, laut Musik zu hören, zu tanzen und zu lieben. Jedenfalls hatte sie das alles immer geliebt, nicht nur seit sie mit David zusammengelebt hatte. Sie hatte doch Energie gehabt und Liebe, nicht nur für ihren Mann, sondern für ihre Kinder, für ihre Freunde. Das hatte sie doch ausgemacht? Jetzt war nicht mehr viel davon übrig. Wie sie diesen Zustand hasste! Sanne wusste, dass Maria hier gleich auftauchen würde, wenn sie nicht wieder zurück in die Kneipe ginge. Sie wollte nicht mehr diejenige sein, auf die man achtgeben musste, die in Kneipen im Waschraum saß und weinte. Es war doch nichts mehr zu ändern. Sie würde immer weiter eine Witwe bleiben und mit der Tatsache klarkommen müssen, dass ihr Mann mit 54 gestorben war.
»Sei nicht verzweifelt«, hörte sie Davids Stimme und hatte das Gefühl, dass er sie in den Arm nahm. »Es wird wieder besser.« Sie schloss die Augen und genoss seine Nähe. Auch wenn die anderen es nicht verstanden, er war immer noch bei ihr, und wenn sie es wollte, konnte sie mit ihm sprechen oder ihn fühlen, so wie jetzt. »Meine Süße«,

hörte sie ihn flüstern und leise lachen. »Weißt du noch, wie gerne ich mit dir getanzt habe?«
Maria stand plötzlich neben ihr.
»Lass uns gehen, es war zu viel für dich, es tut mir leid«, sagte sie. Sanne drehte sich zu ihr um. David war nicht mehr da, aber sie spürte immer noch seine Energie. »Was ist los?«, fragte Maria. »Eben warst du noch am Boden zerstört, und jetzt grinst du so selig, als ob du gekifft hättest.«
»David war hier.« Maria konnte sie so etwas sagen. Ihre Freundin hatte schon zu lange mit dem Tod und dem Sterben zu tun, um nicht daran zu zweifeln, dass alles mit dem Tod zu Ende war.
»Das ist schön, Schätzchen«, sagte sie leise und gab Sanne einen Kuss auf die Wange. »Du weißt, dass wir dich lieben. Und daran wird sich auch nie etwas ändern.«

Am nächsten Tag wachte Sanne schon um neun Uhr auf, obwohl Maria und sie erst um vier Uhr im Bett gewesen waren. Sie genoss das Gefühl, nicht allein zu sein, und ging in die Küche, um Kaffee zu kochen. Einen Blick in den Kühlschrank konnte sie sich sparen. Ihre Freundin kaufte nie etwas ein, wenn sie Nachtdienste hatte. Sie klopfte an Marias Zimmertür und hörte ein verschlafenes »Komm rein«. Insgeheim war Sanne froh, dass Maria jetzt abgeschminkt war und nicht mehr so spektakulär aussah wie gestern Abend. Sie reichte ihrer Freundin den Kaffee und wickelte sich in die zweite Bettdecke.
»Ich sehe, dir geht es heute Morgen gut«, sagte Maria.

Sanne nickte. Sie hatte davon geträumt, mit David zu schlafen, war aber nicht mit dem tödlichen Gefühl der Einsamkeit wieder aufgewacht.

»Weißt du, dass ich demnächst Urlaub habe?«, fragte Maria und sah Sanne vielsagend an.

»Was willst du machen?«, fragte Sanne geistesabwesend zurück.

»Mit dir nach Paris fahren«, sagte Maria schnell.

»Ich kann doch nicht weg. Du weißt, es wäre zu viel Organisation«, antwortete Sanne automatisch.

»Das war letztes Jahr. Es ist vorbei. Du kannst jetzt jederzeit verreisen.«

»Aber die Kinder brauchen mich.«

»Entschuldige, meine Liebe, wenn ich dich da enttäuschen muss, aber die Kinder brauchen dich nicht.«

»Doch, Konstantin. Jule verlässt sich darauf, dass ich zweimal die Woche auf ihn aufpasse.«

»Und wenn, dann muss sie sich mal daran gewöhnen, dass sie sich jetzt nicht auf dich verlassen kann. Sie hat genug Geld, eine Haushälterin und ein Au-pair-Mädchen zu engagieren, und soviel ich weiß, hat Konstantin noch andere Großeltern.«

»Ich werde sie zu sehr vermissen. Ich kann nicht fahren. Das musst du verstehen.«

»Wie viel hast du in der letzten Zeit übersetzt?«, fragte Maria.

»Nichts«, sagte Sanne. Es brachte nichts zu lügen.

»Und wie gedenkst du dann deinen Lebensunterhalt zu verdienen?«

»Weiß nicht«, sagte Sanne beleidigt.
»Quengele nicht so wie ein störrisches Kind. Ich weiß, dass du so viel Geld auf der Bank hast, dass du noch eine Weile davon leben könntest, aber wie lange willst du noch herumsitzen und nichts tun?«
»Ich habe es versucht, ich kann mich nicht lange genug konzentrieren«, sagte Sanne. »Das werde ich wohl nie wieder schaffen.«
»Blödsinn. Du warst eine Meisterin der Konzentration. Erinnerst du dich, als die Kinder klein waren und wir mit ihnen zu diesem unseligen Indoorspielplatz gefahren sind? Ich habe die ganze Zeit herumrennen und deine Kids beaufsichtigen müssen, während du seelenruhig ein Manuskript von deinem Lieblingsfranzosen gelesen hast.«
»War das so?«
»Du hast noch nicht einmal aufgesehen, als neben dir eine Familie lautstark zu streiten anfing. Haben sie sich nicht auch noch zum Schluss geohrfeigt?«
Sanne konnte sich noch sehr gut an den Nachmittag erinnern. Sie hatte sehr wohl ab und zu aufgesehen und Maria dabei beobachtet, wie sie mit hochrotem Kopf zwischen Jule, Finn und Katha hin- und hergelaufen war, wohl weil sie Angst hatte, die Kinder würden im Gewühl verlorengehen oder gekidnappt werden.
»Du warst danach nie wieder mit«, meinte Sanne.
»Wirklich? Daran kann ich mich nicht erinnern. Es hat mir doch so großartig gefallen«, sagte Maria lahm.
»Ja, klar.«
»Lenk nicht vom Thema ab. Also, du musst nach Frank-

reich, um wieder reinzukommen. Sonst sucht sich dein Verlag eine andere Übersetzerin für deine Autoren. Das willst du doch auf keinen Fall.«

»Es gibt sicher viele, die besser sind als ich.«

»Mag sein, aber dich kennen sie und wissen, dass du die Fristen immer einhältst. Nicht umsonst hat der Verlag dir immer mehr gezahlt als das übliche Honorar.«

»Aber wie soll ich wieder reinkommen? Ich habe das Gefühl, dass ich auch überhaupt nicht mehr französisch sprechen kann.«

»Blödsinn. Wenn du mit mir erst mal in einem Pariser Café sitzt und wieder anfängst, mit den Franzosen zu flirten, wird dir schon alles wieder einfallen. Erinnerst du dich noch an die Zeit vor David? Da warst du Königin darin und, wenn ich dich daran erinnern darf, auch manchmal während eurer Ehe«, sagte Maria schnell.

»Und mit dir Biest soll ich nach Paris«, gab Sanne gutmütig zurück. Maria behandelt mich nicht mehr wie ein rohes Ei, dachte sie. Sie meint also, dass es mir besser geht. Vielleicht ist die schlimmste Zeit wirklich vorbei?

»So, und jetzt gehen wir frühstücken, hörst du meinen Magen knurren?«

Während Maria sich in einer langatmigen Prozedur zurechtmachte – sie ging auch um diese Tageszeit nie ohne ihr dramatisches Make-up aus dem Haus –, beobachtete Sanne den Schiffsverkehr auf der Elbe. Wann war sie zum letzten Mal verreist? David war damals schon krank gewesen, aber sie hatten es nicht gewusst. Er war auf den Wanderungen durch die schottischen Hochmoore sehr schnell kurzatmig geworden und hatte darüber geschimpft, dass er so untrainiert war.

»Fang doch an, Sport zu machen, wenn wir wieder zu Hause sind«, hatte Sanne genervt gesagt. »Dann verlierst du vielleicht auch wieder den kleinen Bauch. Wenn man über fünfzig ist, muss es nämlich nicht so sein, dass man zwangsläufig in die Breite geht.«

»Aber du«, hatte David zurückgegeben, und sie waren den Rest des Weges schweigend hintereinander hergegangen. Wegen seiner Bemerkung war sie so wütend auf ihn gewesen, dass sie erst abends im Pub wieder mit ihm gesprochen hatte. Nach dem Urlaub war David zum Check-up gegangen und hatte erfahren, dass etwas nicht stimmte.

»Weißt du noch, wie wir nach Schottland bei dir im Krankenhaus waren?«, fragte Sanne unvermittelt, als sie auf die Croissants und ihren Café au Lait warteten.

»Ja, aber warum denkst du jetzt wieder an so etwas Schlimmes? Du musst dich nicht jede Stunde an all das Unglück erinnern, das David widerfahren ist. Es war sein Schicksal, wenn du verstehst, was ich damit meine. Es war unvermeidlich. Und jetzt lass das endlich. Wir bestellen Prosecco und machen da weiter, wo wir heute Morgen um vier Uhr aufgehört haben. Und wenn du nicht brav bist, musst du nachher meine Wohnung sauber machen. Wie ich gehört habe, bist du ja seit neuestem eine aufopferungsvolle Hausfrau. Da wird es dir sicher nichts ausmachen, mal so richtig in den Ecken und auf den Schränken Staub zu wischen. Und bügeln kannst du dann auch

gleich. Wie ich höre, bügelst du jetzt sogar deine Unterwäsche?«
»Katha hat dir das verraten. Kann die nicht mal aufhören zu quatschen?«
»Genau, sie hat mich besorgt angerufen, als sie das erfahren hat, und mich gefragt, ob du jetzt vollkommen den Verstand verloren hast.«
»Und du hast es ihr sicher bestätigt.«
»Ich bin vielleicht manchmal etwas grob, aber nicht herzlos«, sagte Maria, plötzlich ernst. »Ich habe ihr erklärt, dass es in der Trauerphase normal ist, wenn man sich mit überflüssigen Ersatzhandlungen ablenkt.«
»Du klingst wie eine Psychologin«, sagte Sanne.
»Du vergisst, dass ich zehn Jahre mit einem zusammen war«, sagte Maria leichthin. Sanne wusste, dass es sie fünfzig Sitzungen bei einem anderen Psychologen gekostet hatte, um diesen Satz so leichthin auszusprechen. Ihr Freund hatte vor drei Jahren eine Krankenschwester geschwängert und dann auch gleich geheiratet, weil sie selbst zu viel gearbeitet und zu wenig Zeit für ihn gehabt hatte.
»Bitte, komm mit mir nach Paris, ohne dich bin ich doch aufgeschmissen. Mein Französisch reicht nicht mal aus, mir mehr als eine Pizza zu bestellen, und du bist blond, da haben wir leichtes Spiel«, bettelte Maria.
»Ich war mal mittelblond, jetzt ist das eher fahl.«
»Einmal Haare färben, und es sieht wieder wie neu aus«, sagte Maria. »Ich ruf gleich Kemal an. Er ist ein Künstler, wie du weißt. Und für dich hat er bestimmt noch einen

Termin frei, Schätzchen, wenn ich ihn darum bitte. Bei dem Vermögen, das ich immer bei ihm lasse.«

Es machte keinen Sinn zu widersprechen. Das Projekt Umgestaltung füllte den ganzen Nachmittag aus, und als Sanne nachher in den Spiegel sah, konnte sie es nicht glauben. Ihre Haut wirkte nicht mehr fahl. Sie griff in ihre Haare und war erstaunt über deren Fülle und Weichheit. Seit Davids Tod hatte sie diesen Dingen wenig Beachtung geschenkt, weil sie ihr irgendwie unwichtig erschienen. Sie lächelte sich im Spiegel an und erkannte für einen Moment diejenige wieder, die sie gewesen war, bevor sie Witwe geworden war. Sogar die Trauer, die sie jetzt anderthalb Jahre so hartnäckig begleitet hatte, verschwand aus ihren Augen.

# 2

*Finn und Katha kommen heute aus Berlin und bleiben übers Wochenende, Liebster. Ich bin mir sicher, dass auch Jule und Konstantin vorbeischauen werden. Steffen wird sicher wieder lange im Büro zu tun haben. Glaubst du, dass er nur im Büro ist? Was meinst du, soll ich Zitronenrisotto mit Hühnchen kochen? Und danach gibt es Crème Caramel? Die Kinder lieben sie genauso wie du. Es ist schön, dass die Kinder noch gerne nach Hause kommen. Solange sie nicht ihre schmutzige Wäsche mitbringen, freue ich mich immer auf sie. Weißt du noch, wie mich Finn am Anfang seiner Zeit in Berlin dazu bringen wollte, seine Wäsche zu waschen?*
*»Du kennst den Weg zur Waschmaschine, und wie man sie bedient, habe ich dir vor Jahren beigebracht«, habe ich zu ihm gesagt. Finn warf mir einen seiner bewundernswert theatralischen Blicke zu und seufzte. Mit hängenden Schultern ist er dann in den Keller geschlichen und hat weiter lautstark geseufzt. Er hoffte wohl, dass ich sein Leid nicht lange ertragen und ihm zu Hilfe eilen würde.*
*Wenn er mal heiratet, wird es seiner Frau sicher schwerfallen, ihn nicht zu bemuttern, David. Sein leidender Blick und seine tiefe Dankbarkeit, wenn man ihm Dinge abnimmt, sind einfach hinreißend. Aber bis dahin ist er vielleicht schon als Schauspieler unterwegs, und seine*

*Frau sagt, dein schauspielerisches Talent gehört auf die Bühne, nicht in unser Privatleben.*
*Ich bin stolz auf mich, dass ich es auch ohne dich schaffe, den Kindern ein Zuhause zu bieten. Ich weiß, du findest, dass ich immer das Zentrum der Familie war. Ich habe es nie so gesehen, denn selbst, wenn du beruflich wochenlang weg sein musstest, warst du immer bei uns. Wir haben über dich gesprochen, und wir haben dich vermisst. Manchmal haben wir Witze über deine Eigenarten gemacht. Wir haben immer mit Ungeduld darauf gewartet, dir endlich erzählen zu können, was in der Zwischenzeit in der Familie geschehen ist. Hin und wieder ist es dir schwergefallen, nach einem Projekt und vielen Abenden voller Ruhe wieder in den Familientrubel einzutauchen. Bei Tisch warst du noch stiller als sonst, und dann hast du dich darüber beschwert, dass wir immer alle auf einmal reden müssen. Wir fanden es lustig, dass du unsere spezielle Art der Kommunikation nicht mehr beherrschtest. Aber wir haben uns nur vollständig gefühlt, wenn du da warst. Dann brannte ein Feuer im Kaminofen, und die Dinge in der Küche wurden an andere Plätze gelegt, weil sie dir viel praktischer erschienen. Ich habe manchmal lange gebraucht, um sie wiederzufinden, oder musste Jule rufen, die fast immer auf Anhieb wusste, in welche Schublade du die Dinge gelegt hattest, ohne dich fragen zu müssen.*
*Sie denkt auf die gleiche Weise wie du, weißt du? Oder sie denkt so, wie du dachtest. Wann werde ich es schaffen, über dich in der Vergangenheit zu sprechen? Was*

*wird geschehen, wenn ich anfange, das zu tun? Werde ich mich dann einsam fühlen? Wird es wieder so sein, wie in den ersten vier Monaten nach deinem Tod, bevor ich begann, mit dir in diesem Notizbuch zu sprechen? Ich fühlte mich so allein. Wenn ich an meinem Schreibtisch sitze und das Büchlein aufschlage, ist es so wie früher, wenn ich mit dir Tee getrunken und über alles Mögliche gesprochen habe. Du bist hier, und ich spüre deine Nähe und deine Blicke. Es tut mir gut, wie du mich dann ansiehst. Ich fühle mich wieder schön und geliebt. Werde ich auf dieses Gefühl verzichten müssen, wenn du nicht mehr zu mir kommst? Vielleicht brauche ich es dann gar nicht mehr, weil ich mich alt fühlen werde?*

Das Telefon klingelte. Sanne war fast dankbar, dass sie die Zwiesprache mit ihrem Mann unterbrechen konnte.
»Hallo, Jule«, sagte sie, ohne auf das Display zu sehen.
»Mami, ich habe gerade mit Katha und Finn gesprochen, sie kommen doch heute Nachmittag. Du kochst was Schönes, haben sie gesagt, und da dachte ich …«
»Natürlich könnt ihr kommen«, antwortete Sanne.
Wo war Steffen schon wieder? Sanne wollte sich keine Sorgen machen. Es war das Leben ihrer Tochter, aber was wäre, wenn Jule ihnen die glückliche Ehe nur vorspielte?
»Steffen ist in Stockholm, er kommt erst morgen wieder«, sagte Jule fröhlich. »Ich bin um 19 Uhr bei euch. Vorher habe ich einen Termin beim Friseur, und dann gehe ich Kaffee trinken. Ist das nicht der pure Luxus?«

»Das ist es. Genieße jede Minute, und ich freue mich auf dich«, sagte Sanne.
Sie ging in die Küche und sah in den Kühlschrank. Viel war nicht da. Sie hatte nur noch selten Lust zu kochen. Meistens wärmte sie irgendetwas in der Mikrowelle auf, oder sie aß Eier, Kartoffeln mit Quark, mal einen Salat oder Joghurt.
Sie nahm das Auto, um zum Supermarkt im Einkaufszentrum zu fahren, und hoffte, dort niemanden zu treffen, den sie kannte. Einige Nachbarn wussten immer noch nicht, wie sie damit umgehen sollten, dass sie jetzt allein in dem Haus wohnte. Nur gut, dass ihre Kinder schon erwachsen sind, war der Tenor in der Nachbarschaft gewesen, da wird sie es bestimmt leichter haben.
»Aber warum kommt sie nicht mehr in die Kirche seit der Beerdigung? Es würde ihr doch helfen«, hörte sie ihre Nachbarn tuscheln, wenn sie vorbeiging, oder bildete sie es sich nur ein und alle waren in ihrer kleinen Wohnstraße schon längst wieder mit ihrem eigenen Leben beschäftigt, und ihr Schicksal war für sie höchstens Stoff für ein Gespräch unter Freundinnen bei einem Kaffee in der Küche?
Es war mittags, und die meisten in der Siedlung waren zur Arbeit gefahren. Als sie das Paket mit dem frischen Parmesan in ihren Korb legte, fühlte sie sich plötzlich leicht und voll Vorfreude auf den Abend mit ihren Kindern. Sie würden zusammensitzen und den Abend mit einem Gin Tonic beginnen wie immer, dann würden sie sich zum Essen um den antiken Holztisch setzen, den David vor Jahren von einem Scheunenverkauf irgendwo aus einem

kleinen Ort in Mecklenburg-Vorpommern mitgebracht hatte. Dass im Kaminofen kein Feuer brannte, würde niemandem auffallen, weil es ja schon Mai war. Sie würde das Risotto frisch zubereiten müssen und die Kinder bitten, ins Wohnzimmer zu gehen, weil sie sich auf das Kochen konzentrieren musste, aber sie würden sie sicher wie immer nach kurzer Zeit stören.
Katha und Finn kamen später als erwartet. Sie waren auf der Strecke in einen Stau geraten und hatten nicht daran gedacht, sie anzurufen. Diese Gedankenlosigkeit gehörte einfach zu ihrem Zwillingspaar. Sanne hätte es besser gefunden, wenn sie mit der Bahn führen. Sie hatte in Kathas uralten Polo und in ihre Fahrkünste nicht sehr viel Vertrauen. Am wenigsten konnte sie sich aufs Fahren konzentrieren, wenn Finn dabei war und auf der Suche nach einem guten Song ständig am Radio herumfummelte.
Die beiden klingelten, obwohl sie Hausschlüssel besaßen. Sanne lief die Treppe so schnell hinunter wie früher, wenn ihre Kinder hungrig aus der Schule kamen. Katha und Finn umarmten sie. Seit Davids Tod nahm sie außer den Zwillingen, Jule und Maria niemand mehr in die Arme.
»Alles klar bei euch, irgendwelche Anekdoten, die ihr mir erzählen wollt?«, fragte Sanne. »Was macht der Rothaarige?«
»Hab mit ihm Kaffee getrunken, aber das ist nicht das, was wir erzählen wollen. Los, Finn, jetzt spuck es schon aus.«
»Tja, Mami, mein Leben hat sich dramatisch verändert, seit wir uns zuletzt gesehen haben«, sagte Finn langsam.

»Hast du die Frau deines Lebens getroffen oder im Lotto gewonnen?«, fragte Sanne.
»Nee, schön wär's, aber eigentlich ist es besser als das.«
»Er ist von der Schauspielschule in Charlottenburg angenommen worden. Da, wo Anna Maria Lara auch war.«
»Das ist so genial«, rutschte es Sanne heraus.
»Ja, ist es. Aber es sagt heute niemand mehr genial. Krass ist, dass Finn demnächst die süßen Schauspielschüler durch unsere Wohnung schleusen wird«, sagte Katha mit funkelnden Augen.
»Ach, werde ich das?«, fragte Finn. »Ich glaubte bisher, mich interessierten mehr die Mädchen?«
Katha gab ihm lächelnd einen Klaps auf den Arm. Ein Segen, dass sie sich gut verstehen, dachte Sanne. Sie necken sich zwar, aber sie können sich absolut aufeinander verlassen, wenn es darauf ankommt. Jule hat es sicher nicht immer leicht mit diesem Chaospärchen gehabt. Sie war nicht so lustig und extrovertiert wie ihre jüngeren Geschwister. Manchmal überlegte sie zu lange, bevor sie etwas tat oder sagte. Eben genau wie David, dachte Sanne.
Jule überreichte ihr einen Strauß aus roten und gelben Tulpen. Wie immer hatte sie als Einzige an ein Gastgeschenk gedacht.
»Danke, Süße«, sagte Sanne und nahm ihre Tochter in die Arme. Sie war 1,78 und überragte Katha und sie selbst um fast einen Kopf, selbst Finn war nur zwei Zentimeter größer als Jule. Sie sah aus wie aus dem Ei gepellt: Sie trug weiße enge Hosen, die in braunen Stiefeln steckten, eine weiße Hemdbluse und eine goldene Kette im Ausschnitt.

Sie war kurz nach der Geburt von Konstantin wieder so schnell schlank geworden, dass sich Jule schon Sorgen gemacht hatte, aber David hatte sie beruhigt.
»Mach dir keine Sorgen. Ihr geht es gut. Sie ist so wie ich. Wenn sie Stress hat, isst sie nicht mehr. Das wird schon wieder.«
Auch wenn sie es nicht ganz nachvollziehen konnte, wusste sie, dass David mit seiner Einschätzung richtig lag.
»Mami, schicke Frisur, wo sind die beiden Kleinen?«, fragte Jule und ging in die Küche.
Katha saß auf der Küchentheke und ließ die Beine baumeln, Finn mixte Gin Tonics. Jule küsste ihre Geschwister auf die Wange.
»Na, wie ist die Überraschung?«, wandte sie sich dann an Sanne. Sie hat es vor mir gewusst, dachte Sanne ein wenig eifersüchtig.
»Großartig«, sagte sie begeistert.
»Wo ist Konstantin? Ich habe mich so auf ihn gefreut«, sagte Katha.
»Er ist bei Grete.«
»Steffen?«
»In Stockholm«, antwortete Jule tapfer mit einem Lächeln. »Wichtige Kunden. Er kommt morgen mit der ersten Maschine.«
Katha und Finn sahen sich vielsagend an. Sanne nahm sich vor, die beiden zu fragen, wenn Jule nicht dabei war. Sie hoffte aber inständig, dass in Jules Ehe alles in Ordnung war. Sie konnte eine weitere Katastrophe innerhalb der Familie noch nicht wieder ertragen.

»David ist unglaublich stolz auf dich«, sagte Sanne. Ihre drei Kinder sahen sie traurig an und schwiegen. Hatte sie etwas Falsches gesagt? Aber es war doch so. David war stolz auf sie. Er hatte es ihr heute Morgen nach dem Aufstehen erzählt.

»Ach Mami. Wir vermissen ihn alle sehr und können es auch nicht fassen, dass er tot ist«, sagte Finn und legte ihr die Hand auf die Schulter.

Hatte er verstanden, was sie gesagt hatte? Sprach er auch mit seinem Vater? Spürte er gerade jetzt seine Anwesenheit?

»Meinst du nicht, dass dein Risotto jetzt gegessen werden muss? Ich hasse es, wenn es pampig ist«, sagte Jule und rührte im Kochtopf.

Also gut, dachte Sanne. Ich werde nicht weiter über David reden. Sehr wahrscheinlich kostet es sie immer noch große Überwindung, mit mir ohne ihn am Tisch zu sitzen und zu essen, denn selbst in der Zeit, als er nicht mehr aufstehen und mit ihnen hier sein konnte, hatten sie ihn immer mit einbezogen und nicht das Gefühl gehabt, dass er fehlte. Vielleicht ist es besser so, wie die Kinder es machen. Weitergehen, sich nicht täglich an das erinnern, was war, sondern einfach versuchen, etwas Neues ohne David zu schaffen. Einen neuen Berg mit Erinnerungen ohne ihren Vater aufzuhäufen.

»Hab ich euch schon erzählt, dass Katha einen neuen Flirt hat?«, fragte Finn in die Runde, und seine Zwillingsschwester funkelte ihn böse an.

»Oh, diese Flammen aus deinen Augen. Wenn du die auch

bei dem Rothaarigen anwendest, wird er entweder in deiner Hitze schmelzen oder vor Angst wegrennen.«
»Ach, hat es funktioniert? Ist er wirklich so süß, wie du gedacht hast?«, fragte jetzt Jule. Sanne fühlte sich ausgeschlossen, obwohl sie ja auch von Katha erfahren hatte, dass sie in diesen Rothaarigen aus der Bibliothek verknallt war. Aber sie hatte gedacht, dass das ihr Geheimnis sei.
»Wie heißt er noch mal, hab ich vergessen, sag mal, Katha«, neckte Finn.
»Emil«, sagte sie. Jule und Finn prusteten los.
»Da hat wohl jemand zu viel Kästner gelesen. Komm, küss mich wild, Emil …«
Finn verdrehte die Augen, spitzte die Lippen zu Küssen. Sanne sah schnell zu Katha, weil sie nicht wusste, ob ihre Tochter das lustig fand, aber da sie auch kicherte, hielt sie ihr eigenes Lachen nicht zurück.
Jule erzählte ihnen Geschichten über Konstantin. Es war längst nicht so lustig, wie wenn Finn etwas erzählte, aber alle hörten geduldig zu, weil sie auch durch David gelernt hatten, dass es nicht jedem leichtfiel, eine Geschichte auf den Punkt zu bringen.
Ich bin so froh, dass sie sich gut verstehen, David, sagte sie in Gedanken zu ihrem Mann, das haben wir gut hinbekommen, und sie hatte das Gefühl, dass er neben ihr saß, ihre Hand nahm und »Ja, Sanne, das haben wir« sagte. Und sie wusste, dass er sich genauso freute wie sie, dass Finn es geschafft hatte. Sein Weg war nicht gerade verlaufen oder einfach gewesen. Aber jetzt war er am Ziel seiner Träume angekommen. Das hatte David ihm immer prophezeit.

Finn spielte ihnen die verschiedenen Phasen seiner Aufnahmeprüfung vor. Es wurde ein langer Abend, und Jule trank so viel, dass sie beschloss dazubleiben. Um zwei Uhr ging Sanne nach oben in ihr Schlafzimmer. Als sie um vier Uhr aufwachte, hörte sie die drei immer noch reden und lachen. Sie konnte nicht wieder einschlafen. Ich möchte auch einmal wieder so lachen, dachte sie. Aber kann ich das jemals wieder in diesem Haus, wo mich alle Einzelheiten an die Zeit mit David erinnern?

Maria kam am nächsten Morgen zum Brunch. Jule war zuerst aufgestanden und hatte für alle Rühreier gemacht, Kräuterquark angerührt und den Tisch auf der Terrasse gedeckt. Es war ein warmer Frühlingstag. Finn und Katha waren ungewöhnlich schweigsam. Sie tranken ihren Kaffee, starrten in den Garten und ließen sich von Jule bedienen.

»Wenn ihr etwas wollt, steht selbst auf«, forderte Sanne sie auf, aber Jule winkte ab.

»Das ist in Ordnung. Heute mache ich mal den vollen Service«, sagte sie.

»Wenn das so ist, meine Liebe, wie sieht es noch mit Orangensaft aus?«, fragte Maria, und Jule sprang sofort auf.

»Bleib sitzen, das war ein Scherz. Ich hole ihn mir schon selbst. Und ihr faulen Hühner könnt euch auch mal bewegen.«

»Ja, Frau Doktor«, antworteten Katha und Finn wie aus einem Mund, blieben aber sitzen.

»Übrigens fährt Sanne übermorgen mit mir nach Paris«, sagte Maria plötzlich.

»Super, das ist eine tolle Idee«, meinte Jule. »Wo wohnt ihr?«
»Keine Ahnung, ich weiß ja erst seit eben, dass ich fahre«, sagte Sanne etwas säuerlich.
»Du hast keine Chance, dich zu wehren. Ich habe schon alles gebucht. Und ich brauche dich dringend, mein Französisch, ihr wisst.«
»Ja, allerdings. Was heißt noch einmal, ich kann Sie nicht verstehen?«
»Je ne sais pas, je suis une baguette?«
»Ich glaube, ich muss tatsächlich mitkommen«, beschloss Sanne.
Wann hatte sie zum letzten Mal eine Tasche gepackt und war einfach weggefahren? Jetzt konnte sie es tun. Es blieb niemand zurück, der sie dringend brauchte, der von ihr abhängig war. Eigentlich kannte sie dieses Gefühl nur aus der Zeit, als sie noch keine Kinder hatten. Denn in dem Jahr, als Katha und Finn Abitur machten und nach Berlin gingen, wurde David krank. Vielleicht sollte sie das Abenteuer einfach wagen. Sie würde ihr schwarzes Moleskine-Notizbuch mitnehmen und David neue Anekdoten erzählen können. Das wird ihm gefallen, dachte Sanne.

# 3

Vielleicht sollte ich nach Roscoff fahren und so viel Pastis trinken, bis ich vergesse, dass mir noch zweihundert Seiten fehlen, dachte Mathieu Fleury, als er mit einer Schale Kaffee auf der Terrasse des alten bretonischen Bauernhauses stand, das jetzt als Ferienhaus vermietet wurde. Er wohnte schon einen Monat hier. Die Hauptsaison hatte Mitte Mai noch nicht richtig begonnen, und der Preis für das Haus war bezahlbar. Er sah auf das aufgewühlte, blaugrüne Meer. Nicht gerade gemütlich hier, dachte er. Wenn mich jetzt jemand vom Leuchtturm aus beobachtet, denkt er bestimmt, dass ich in diese Landschaft gehöre. Dabei lag ihm die Einsamkeit, in die er sich geflüchtet hatte, um seinen achten Roman fertigzuschreiben, nicht besonders. Paris gefiel ihm viel besser. Mit Mitte zwanzig war er dorthin gezogen, um ein bedeutender Schriftsteller zu werden. Damals glaubte er noch an die Ideale der Kunst, schrieb manchmal selbst für ihn schwer verständliche Gedichte, während er auf dem Bett seines überteuerten WG-Zimmers am *Place Pigalle* lag, weil sich auf dem einzigen Stuhl, den er besaß, turmhoch Bücher stapelten. Zu der Zeit arbeitete er als Hundesitter und in einem Café hinter der Theke, weil er laut seiner Chefin nett und gleichzeitig verwegen aussah.

Nachdem das Manuskript seines zweiten Kurzromanes dutzendfach von den Verlagen mit dem Vermerk »Zu schwer verdaulich« zurückgekommen war, schlug ihm seine Agentin Brigitte Lecomte vor, eine Liebesgeschichte zu schreiben. Er wehrte sich vehement, immerhin waren seine Vorbilder Jean-Paul Sartre und T. C. Boyle. »Vielleicht versuchst du es trotzdem mal«, hatte Brigitte stoisch wiederholt und sich durch sein Gejammer nicht aus der Ruhe bringen lassen. »Hör endlich auf zu denken, dass Liebesgeschichten immer niveaulos sein müssen. Findest du etwa *Romeo und Julia* oder *Anna Karenina* niveaulos?«

»Da bringen sich doch am Schluss alle um«, versuchte Mathieu zu protestieren, hatte es aber dann doch ausprobiert. In Sachen Liebe war er schließlich erfahren genug, um darüber zu schreiben. Und wenn seine eigenen Erlebnisse nicht ausreichten, würde er auf die Geschichten seiner Freunde zurückgreifen. Im Laufe der Jahre hatte er eine beachtliche Anzahl dramatischer Liebesgeschichten von anderen gesammelt. Außerdem war er ein hoffnungsloser Romantiker, wenn er den intellektuellen Kram mal beiseiteließ.

Damals war er gerade unglücklich gewesen, weil seine Freundin ihn für einen Wohlstand versprechenden Banker verlassen hatte.

»Ich liebe dich zwar, aber du wirst mir nie das bieten können, was ich brauche«, hatte sie gesagt. »Du weißt doch, ich möchte mal Kinder haben und eine Familie und dann bestimmt nicht allein für den Unterhalt zuständig sein. Übrigens werden wir in zwei Monaten heiraten.«

Aus Wut auf sie begann er, einen Roman über eine Frau

zu schreiben, die in einer unglücklichen Ehe mit einem Banker steckt, sich dann verliebt und Haus, Arbeit und den Banker für einen Bauern verlässt, auf dessen Hof in der Camargue sie zieht und um dessen Pferde sie sich fortan kümmert. Er schrieb das Manuskript in vier Monaten, und es wurde ihm von seiner Agentin aus der Hand gerissen. Gleich mehrere Verlage wollten es haben.
Er musste nicht mehr als Hundesitter arbeiten und konnte seine Schichten im Café reduzieren. Sein erster Roman war in Frankreich und einigen anderen europäischen Ländern sehr erfolgreich, und mittlerweile galt er als Spezialist für intelligent erzählte Liebesgeschichten.
Bisher waren die Geschichten aus seinem Kopf direkt in seine Hände geflossen. In den vergangenen Jahren hatte er – so wie Isabel Allende das tat – meistens im Januar einen Roman begonnen. Aber er wusste nicht, ob es daran lag, dass er mittlerweile 44 war und immer noch nicht seine große Liebe gefunden hatte, oder nur daran, dass sein Speicher einfach leer war. Ihm fiel nichts ein, und wenn doch, war es immer ein Abklatsch seiner alten Geschichten. So etwas wollte er auf keinen Fall schreiben. Er hatte keine Ahnung, was los war. Aber ihm war bewusst, dass der Abgabetermin für den Roman immer näher rückte und dass er seine Lektorin verunsichern würde, wenn sie wüsste, wie wenig er bisher zu Papier gebracht hatte.
Eine Touristengruppe kam den Weg vom Leuchtturm zu seinem Haus herauf. Er glaubte nicht, dass es sich schon herumgesprochen hatte, wer hier zurzeit wohnte. Sicher wollten die Touristen nur das malerische Haus und den

Strand fotografieren. Aber er ging dennoch hinein, weil er nicht aus Versehen in den Sucher eines Teleobjektives geraten wollte und es dann mit seinem Inkognito vorbei sein könnte. Denn auch seine vielen Leserinnen aus England wussten, wie er aussah. Er fand sich nicht übermäßig attraktiv, aber er erfüllte wohl zu viele Klischees eines Franzosen, und das gefiel besonders seinen ausländischen Leserinnen. Er war nicht besonders groß, hatte dichtes dunkelbraunes Haar, das er mit viel Mühe jeden Morgen frisierte, damit es wie zufällig zerzaust aussah. Er war schlank und hoffte, dass es auch noch eine Weile so bleiben würde, weil er keine Lust hatte, Sport zu treiben. Gut, seine Augen gefielen ihm, und über seinen Mund waren schon einige Leute ins Schwärmen geraten. Es gab auf seiner Facebook-Seite immer wieder schmeichelhafte Kommentare über sein Aussehen, und solange sie nicht zu persönlich wurden, gefielen sie ihm auch. Aber er wusste sehr genau, wie schnell auch er in Vergessenheit geraten konnte, wenn nicht bald wieder ein Roman von ihm erschiene. Was war schiefgegangen?, fragte sich Mathieu verzweifelt, während er den Weg zur Fähre auf einem klapprigen Hollandrad bewältigte. Nach der Abgabe seines letzten Romanes im Frühjahr war eine europaweite Lesereise gefolgt, die ihm wenig Zeit zum Schreiben gelassen hatte. Den Herbst hatte er dann bei seinem Freund Bill in Kalifornien verbracht und es genossen, am Strand nicht erkannt zu werden, weil so gut wie keiner dort seine Bücher las und sein Bild auf einem Klappentext gesehen haben konnte. Es war viel zu heiß gewesen, um zu arbeiten. Außerdem hatte Cindy ihn auch nicht gelassen. Sie studierte irgendetwas an der UCLA. Sie trafen sich am Strand von Santa Barbara, und er genoss es, mal selbst wieder eine Liebesgeschichte zu erleben. Im November flog er zurück nach Frankreich, und die Erinnerung an Cindy war genauso leicht wie der Herbst, den sie gemeinsam verbracht hatten.

Das, was er seit einigen Wochen versuchte zu schreiben, war nicht besonders gut, das wusste er. Vielleicht war es ihm einfach zu gut gegangen, um eine neue dramatische Liebesgeschichte zu erfinden, und sicher machte ihn der Betrag auf seinem Konto, der sich regelmäßig zu erhöhen schien, einerlei, wie viel er ausgab, auch träge. Vielleicht sollte ich mir eine Pause gönnen und dieses Jahr keinen Roman zu Ende bringen, dachte er. Aber auch er hatte einen Vertrag, den er erfüllen musste, und Abgabetermine.

Heute hatte Georges Dienst auf der kleinen Fähre. Es war nur eine kurze Überfahrt, aber Mathieu hatte in den vergangenen vier Wochen so oft die Flucht von der Insel ergriffen und sich nach Roscoff übersetzen lassen, dass er jetzt alle Männer, die auf dem Boot arbeiteten, kannte. Noch hatten sie die Mannschaft für die Hauptsaison nicht aufgestockt. Georges, ein Bretone – seine Familie war schon seit Generationen hier –, wartete auf einen Studienplatz in Jura. Sein Vater, dem eine gutgehende Crêperie am Hafen von Roscoff gehörte, setzte ihn enorm unter Druck, denn sein Sohn sollte es einmal weiter bringen als er selbst. Aber Mathieu wusste, dass Georges mit dem

Studium gar nicht viel am Hut hatte und eigentlich nicht weg wollte.

»Du kommst aus Paris«, hatte er Mathieu geringschätzig gefragt und ohne viele Worte klargemacht, dass er diesen Moloch von Stadt nicht mochte.

»Viel zu weit vom Meer weg, das da oben ist gar kein Meer, zu wenig Wind, zu lieblich.« Georges erinnerte Mathieu an den Fischer aus *Salz auf unserer Haut* von Benoîte Groult. Er hatte sich darüber geärgert, dass er in der Verfilmung nach Schottland verpflanzt worden war und nicht wie in der Romanvorlage aus der Bretagne kam. Aber sehr wahrscheinlich hatten die Amerikaner dem Publikum nicht zugetraut, die Besonderheiten der Bretagne und das Verhältnis zu den Parisern zu begreifen. Genauso wie in dem Roman sahen die Pariser immer noch arrogant auf die Bretonen herab, aber auf wen taten sie das nicht? Als Elsässer hatte er ganz schlechte Karten gehabt, als er nach Paris kam, und nur weil er sich in mühevoller Arbeit die Pariser Sprechweise angeeignet hatte, war er dann doch als einer von ihnen akzeptiert worden.

Was Mathieu an der Bretagne besonders liebte, war ihre Eigenständigkeit. Die Bretonen hatten ihre eigene Sprache wiederentdeckt. Auch wenn sie so gut wie niemand mehr beherrschte, wurde sie an einigen Schulen seit Jahren wieder unterrichtet. Die Landschaft war rauh, zumindest hier im Finistère, der Tidenhub so atemberaubend, dass jeder die Zeiten von Ebbe und Flut im Kopf hatte, ganz egal, ob er etwas mit der Seefahrt zu tun hatte oder nicht. Und diese stoische Ruhe, die einige alte Fischer ausstrahlten, faszinierte ihn. Hier ging es noch um das Wesentliche: das Wetter, das Meer, die Gezeiten, die Austern, um die Freiheit. Auch wenn er noch nie ein Boot gesteuert hatte und sich nicht sicher war, ob er das überhaupt wollte, auch wenn er nie zu diesen harten Männern mit den schwieligen rissigen Handinnenflächen gehören würde, fühlte er sich in ihrer Nähe wohl.

»Wieder keine Einfälle, Mathieu?«, begrüßte ihn Georges.

Zuerst war Mathieu wegen der Frage irritiert. Woher wusste Georges das, stand es ihm auf der Stirn geschrieben? Aber dann fiel ihm ein, dass er Georges vor einigen Tagen während einer Rückfahrt mit der letzten Fähre sein Leid geklagt und ihn dann auf ein Glas Rotwein in sein einsames Landhaus eingeladen hatte. Es war ein wüstes Trinkgelage geworden, und Georges hatte zwangsläufig bei ihm übernachten müssen, weil er mit dem Hollandfahrrad, das zum Haus gehörte, nicht einen Meter hätte geradeaus fahren können und sowieso keine Fähre mehr ging.

Mathieu zuckte die Achseln.

»Weiß nicht, muss mir wohl Inspiration holen. Ich geh zu Louis und genehmige mir ein Glas.«

»Tu das, ich muss noch ein paar Runden fahren, aber vielleicht stoße ich nachher dazu.«

»Ich halt dir schon mal einen Stuhl frei«, sagte Mathieu.

Hier im Ort kannte jeder jeden. Man musste sich nur in Louis' Kneipe setzen und konnte davon ausgehen, dass alle da mal vorbeikamen. Gegenüber war der große Parkplatz am Hafen, und vor der Kneipe führte der Weg in die Geschäftsstraße hinein.

Natürlich kamen hier auch alle Touristen vorbei. Sie interessierten Mathieu nicht sehr, aber die einheimischen Jungs begannen im Sommer die Samstagabende damit, bei Louis ein Bier zu trinken und die Touristinnen vorbeiflanieren zu lassen, ihre Vorzüge zu taxieren und sie dann ausführlich zu besprechen. Nach kurzer Zeit hatte man raus, wer hier länger blieb. Viele verbrachten nur ein oder zwei Nächte in Roscoff und nahmen dann die Fähre nach England, aber aus Erfahrung wusste Mathieu, dass sich manchmal mehr erreichen ließ, wenn die Zeit knapp war.

Er wurde von Louis mit einem Winken begrüßt. Heute hatte seine Frau Sol frei, und der Chef stand selbst hinter der Theke.

»Wie immer mittags?«, rief Louis. Mathieu hob als Antwort den Daumen. Um diese Tageszeit – war es überhaupt schon Mittag? – bestellte er einen Espresso und einen Calvados, der wärmte und seine Gedanken weniger zähflüssig werden ließ. Louis und Sol waren Fremde wie er, obwohl sie jetzt schon jahrelang die Kneipe gepachtet und letztes Jahr sogar gekauft hatten. Wie viele Generationen hindurch blieb man hier eigentlich Fremder?, fragte sich Mathieu. Louis war Franzose und auf Korsika geboren, nach der Schule durch die Welt gezogen, hatte verschiedene Jobs gehabt, sich dann auf Ibiza mit einer Bar niedergelassen, um Jahre später mit seiner rassigen spanischen Frau und zwei gemeinsamen Kindern in die Bretagne überzusiedeln, weil er gehört hatte, dass die Eckkneipe am Hafen von Roscoff einen neuen Pächter brauchte, und

er keine Lust mehr auf die wilden Partys in seiner Strandbar hatte.
»Wir wollten zuerst keinen Fremden«, erzählte Georges ihm. »Es gab viel Ärger im Gemeinderat, aber außer Louis kam niemand aus der Gegend wirklich in Frage, und so haben wir es dann mit ihm versucht. Gott sei Dank …«
Ohne Louis und seine wunderhübsche Frau mit den pechschwarzen, glatten, langen Haaren, die ihren Rücken herunterzufließen schienen, wegen der die meisten hier mindestens einmal am Tag vorbeischauten, weil man nie sicher sein konnte, wann sie da war, würde es hier keinen solchen Treffpunkt geben. Und als Louis anfing, den Musikern aus der Gegend eine Chance zu geben, nicht nur denen, die bretonische Musik spielten, sondern auch den Musikern, die sich eher mit Hip Hop, Rock und Blues abgaben, war das Eis endgültig gebrochen.
Das Finistère war eine Vorratskammer voller Geschichten. Hier tummelten sich besonders viele Originale mit interessanten Lebensläufen, aber Mathieu hatte sich in den Kopf gesetzt, seine Geschichte in Paris spielen zu lassen, im Milieu der Modewelt, und das war auch schon mit dem Verlag abgesprochen.
»Warum bist du dann hier, wenn du eigentlich in Paris sein müsstest, um darüber zu schreiben?«, hatte ihn Georges gefragt.
»Ich brauche Abstand zu Paris, um es besser sehen zu können«, hatte Mathieu kryptisch geantwortet. Verschrobenheit war hier in diesem Landstrich nichts Besonderes, daher stellte niemand mehr Fragen an ihn, und alle freuten

sich darüber, dass ein neues Gesicht in der Runde derer aufgetaucht war, die sich fast jeden Tag bei Louis trafen. Georges und sein Bruder Christian, der nächstes Jahr Abitur machte, aber es im Gegensatz zu seinem Bruder kaum erwarten konnte, Roscoff den Rücken zu kehren, kamen regelmäßig, Patrik auch. Keiner wusste, wie lange der schon hier lebte. Früher hatte er einen kleinen Zeitschriftenladen gehabt. Jetzt führte der Sohn von Martine und Johan ihn weiter. Das waren die Besitzer der Boulangerie, die den besten bretonischen Butterkuchen, den Kouigyn Amann, am Ort machten und ihn auch am teuersten verkauften. Manchmal kamen Catherine und ihr Freund Philippe vorbei. Sie arbeitete im Supermarkt und Philippe bei Citroën. Nebenbei bewirtschafteten sie noch einen kleinen Biohof im Hinterland, auf dem sie auch wohnten. Eigentlich schätzten sie die Einsamkeit, aber von Zeit zu Zeit fiel ihnen dort die Decke auf den Kopf.
»Bevor wir uns streiten, weil in Plounevez-Lochrist nichts los ist und wir uns langweilen, fahren wir lieber das Stück hierher. Dann haben wir wenigstens Publikum, wenn wir uns in die Haare kriegen, und werden nicht ganz so laut.«
Mathieu hatte nicht lange gebraucht, um die Lebensgeschichten der meisten Stammgäste erzählt zu bekommen. Es war schon immer so gewesen, dass Menschen sich ihm anvertrauten. Und hier half ihm sicher auch, dass alle wussten, wer er war. Wie auch nicht: Seine beiden letzten Romane standen im Buchladen im Fenster neben seinem Foto. Louis hatte schon mehrmals gefragt, ob er in seiner Kneipe lesen würde, aber bisher hatte er abgelehnt. Über

die Zeit, dass er umsonst irgendwo auftrat, war er lange hinaus, und die Idee, dass alle nach der Lesung etwas in einen Hut für ihn werfen könnten, fand er auch nicht gerade erstrebenswert. Selbst wenn er momentan viel Erfolg hatte, wollte er es nicht riskieren, dass jemand nur Cents in den Hut warf, weil es ihm nicht besonders gefallen hatte.

»Ich erzähle dir was, das musst du unbedingt verwenden, da kannst du ein Buch drüber schreiben«, hatten die Geschichten in den vergangenen Wochen oft angefangen, und Mathieu hatte zwar interessiert zugehört – er war eben ein höflicher Mensch –, und manchmal hatte er sich auch Notizen gemacht, aber meistens war nichts dabei gewesen, das ihn vom Hocker riss.

Heute war nur Patrik im Café. Er saß auf seinem Stammplatz und winkte ihn zu sich an den Tisch.

»Setz dich, zu zweit trinkt es sich besser.«

»Das stimmt auf jeden Fall, Patrik«, sagte Mathieu. »Aber ich bleibe nicht lange. Ich nehme einen Espresso und einen Calvados, kaufe was zu essen ein, und dann fahre ich wieder rüber in meine Künstlerklause.«

Er genoss es, mit jemandem reden zu können. Die paar Sätze mit Georges auf der Fähre waren bisher die einzigen des Tages gewesen.

»Künstlerklause, dass ich nicht lache. Du hast das herrschaftlichste Haus auf der ganzen Insel. Jedenfalls erzählt Georges das überall.«

Mathieu überhörte Patriks indirekte Frage nach einer Einladung. Wenn er dem alten Mann und den anderen Tür und Tor öffnete, würde er überhaupt nicht mehr zum Schreiben kommen. Sol, die jetzt eingetrudelt war, servierte ihm die Getränke mit einem verführerischen Lächeln. Sie kannte alle seine Bücher, wie sie ihm vor einiger Zeit mit leuchtenden Augen erzählt hatte, und Mathieu war klar, was das bedeutete: Wenn sie ihn ansah, fing sie an, darüber zu fantasieren, wie er als Liebhaber war. Sie machte, wie viele seiner weiblichen Leser, den Fehler, die Helden seiner Romane mit ihm gleichzusetzen. Dabei war er noch nie so erotisch, einfallsreich, witzig, unabhängig oder ritterlich gewesen wie seine männlichen Hauptpersonen. Aber einerlei, wie oft er bei Lesungen betonte, dass er sich die Geschichten nur ausdachte und sie nichts mit seinem Leben zu tun hatten: Er hatte den Eindruck, dass die Frauen ihm einfach nicht glauben wollten.

Am Anfang seiner Karriere hatte er das hier und da ausgenutzt und sich nach einer Lesung eine Frau mit ins Hotel genommen. Er hatte tatsächlich Groupies gehabt, so wie ein Rockstar oder Charles Bukowski. Aber nach einigen Nächten mit wildfremden Frauen, die ihn auch schon mal mit dem Namen ihres Lieblingshelden ansprachen, hatte er es wieder aufgegeben. Er träumte von einer Frau, die hinter seine Maske sah und nicht enttäuscht war, wenn sie erkannte, dass er längst nicht so faszinierend war wie seine Helden.

Patrik und er saßen schweigend nebeneinander und beobachteten das Treiben auf der Straße. Mathieu genoss es, nicht immer so auf dem Sprung sein zu müssen wie in Paris. Dort gab es immer eine Lesung, Ausstellung oder ein

Konzert eines befreundeten Künstlers oder eine Gala oder Wohltätigkeitsveranstaltung, zu der er eingeladen wurde. Ab einem gewissen Bekanntheitsgrad stand man auf vielen Gästelisten. Als er noch nicht so erfolgreich war, hatte er sich diesen Zustand immer gewünscht, aber jetzt ging er schon lange nicht mehr zu allen Veranstaltungen, denn man traf dort jedes Mal dieselben Leute, die ihm nicht viel bedeuteten. Er kam selten auf Ideen, wenn er mit den anderen Prominenten zusammenstand, in einer Hand einen Prosecco und in der anderen einen winzigen Teller mit Fingerfood. Um Ideen für Geschichten zu sammeln, musste er mit Leuten reden, die authentisch waren und sich nicht hinter ihrer Bekanntheit versteckten.

Patrik hatte ihm bisher im Gegensatz zu den anderen fast keine Geschichten aus seinem Leben erzählt. Wenn er überhaupt sprach, waren seine bevorzugten Themen die Unfähigkeit der Politiker und Pferderennen. Dank Patrik hatte Mathieu am vergangenen Wochenende vierhundert Euro gewonnen, weil er ihm einen Tipp gegeben hatte.

»O, là, là!«, sagte Partik leise und sog die Luft genießerisch ein, als ob er gleich pfeifen wollte. Mathieu blickte von seiner Zeitung auf und sah eine rothaarige Frau, die ihren knackigen, jungen Körper ausgesprochen vorteilhaft in einem kurzen Jeansrock und einem blauen T-Shirt mit tiefem Ausschnitt zur Geltung brachte. Sie konnte nur auf ihren Stöckelschuhen nicht besonders gut laufen.

»Sicher kommt die aus Irland«, flüsterte Mathieu. »Die bewegt sich so, als ob sie oft über Pferdekoppeln stapft.«

»Aber dafür hat sie Feuer«, sagte Patrik und schnalzte mit

der Zunge. Dann seufzte er bedauernd und bestellte sich noch einen Calvados.

Mathieu sah aufs Meer. Werde ich als alter Mann auch allein in einem Café sitzen, jungen Frauen nachsehen, dabei langsam betrunken werden und erst spät nach Hause gehen, weil dort sowieso niemand auf mich wartet? Momentan sah es wirklich so aus, als ob er außer so einer belanglosen Liebesgeschichte wie der in Kalifornien nicht viel mehr auf die Reihe brachte. Die letzte halbwegs ernsthafte Liebesgeschichte war schon drei Jahre her: eine komplizierte Geschichte mit einer Kollegin, die daran gescheitert war, dass er als Schriftsteller erfolgreicher war als sie. Jedenfalls war das seine Erklärung dafür gewesen, dass sie sich ohne Vorwarnung per SMS von ihm trennte, während er gerade auf einer Lesereise durch Frankreich tourte. Eigentlich hatte er sie mitnehmen wollen. Manchmal fühlte er sich abends im Hotel einsam, aber sie hatte die Arbeit an ihrem neuen Roman nicht unterbrechen wollen. Sie veröffentlichte in einem kleinen Verlag und verkaufte nie mehr als einige tausend Exemplare. Aber das machte ihr nichts aus, weil sie anspruchsvolle Belletristik schrieb. Unterhaltung kann doch jeder, war ihr Lieblingsspruch zu diesem Thema gewesen. Doch es hatte sie nie gestört, dass er im Restaurant immer die Rechnung bezahlte.

Nach der Trennung hatte er sich geschworen, nie wieder etwas mit einer Autorin anzufangen. Vielleicht wäre eine bodenständige Frau für ihn genau richtig – eine Ärztin oder Bankerin –, aber leider hatte er noch keine Frau kennengelernt, die in dem Bereich arbeitete und daran Interesse gehabt hätte, mit ihm zusammenzukommen. Denn für diese Berufsgruppen blieb er ein Schriftsteller mit ungewisser Zukunft, einerlei, was für einen guten Lauf er momentan hatte.

»Ich geh dann mal«, nuschelte Patrik. Mathieu wusste nicht genau, wie viel der alte Mann schon getrunken hatte, bevor er sich zu ihm gesellte, aber er konnte mit Gewissheit sagen, dass es schon zu viel war, um allein sicher nach Hause zu kommen. Sein Stock würde auch nicht viel helfen.

»Ich bring dich 'n Stück. Muss sowieso in deine Richtung«, meinte Mathieu. Er hoffte, dass Patrik noch wusste, wo er wohnte, denn er selbst hatte nur eine vage Vorstellung, dass es irgendwo Richtung Bahnhof sein musste.

»Das ist nett«, nuschelte Patrik und wäre fast von einem Landrover überfahren worden, wenn Mathieu ihn nicht rechtzeitig auf den Bürgersteig zurückgezogen hätte. Er hakte sich bei ihm ein und ging mit ihm vorsichtig über die Straße. Es würde wohl Stunden dauern, bis er Patrik zu Hause abgeliefert hätte, denn der alte Mann blieb auf der Strandpromenade alle paar Meter stehen und sah auf das Meer.

»'s is Ebbe«, sagte er mit Kennermiene. »Bald kannst du durch den Hafen laufen.« Mathieu sah nervös auf die Uhr. Die Fähre, die er eigentlich hatte nehmen wollen, war längst weg, die nächste würde er wohl auch nicht bekommen. Aber er konnte Patrik auch nicht einfach seinem Schicksal überlassen. Schließlich wollte er nicht später dafür verantwortlich gemacht werden, wenn der alte Mann sich beim Sturz ins leergelaufene Hafenbecken verletzte.

Das wird heute nichts mehr mit dem Schreiben, dachte er sich. Also wieder ein Tag, den er verschenkt hatte. Wenn das diese Woche so weiterginge, musste er sich allmählich ernsthaft Sorgen machen. Aber jetzt war es wichtig, sich erst einmal um Patrik kümmern, einerlei, wie wenig es ihm in den Kram passte. Er hatte ja Zeit, er konnte ja immer schreiben. Die meisten hatten eine falsche Vorstellung vom Schreiben, fand Mathieu. Sie glaubten, man erledigte das Schreiben im Rausch nachts in Gesellschaft einer Flasche Whiskey, wie es so berühmte Kollegen wie Hemingway getan hatten. Aber der hatte erst den Literaturnobelpreis bekommen und sich dann später erschossen. Und Mathieu war sich absolut sicher, dass beides bei ihm nicht eintreten würde.

»Wir müssen gleich abbiegen, in die Rue de Mespent«, nuschelte Patrik und wollte wieder ohne zu gucken über die Straße gehen. Dieses Mal ließ Mathieu ihn, denn es kam glücklicherweise kein Auto. In den Gassen, die etwas abseits der Promenade und der Einkaufsstraße lagen, war es sofort ruhiger. Mathieu war gespannt auf das Haus, in dem Patrik wohnte. Nach seinen eleganten Anzügen und exklusiven Hemden zu urteilen, verfügte er über Geld. Sie schlichen Richtung Bahnhof und hatten nach wenigen Minuten die Rue de Keriziou erreicht. Das liebte Mathieu an Roscoff. Es war klein und überschaubar, und man brauchte noch nicht mal eine Stunde, um von einem Ende zum anderen Ende zu gehen. Das schmutzig weiße, zweistöckige schmale Haus mit der bröckelnden Fassade, vor dem Patrik anhielt, wirkte viel schäbiger, als Mathieu es erwartet hatte. Er ließ sich von dem alten Mann den Schlüssel geben und schloss die Haustür auf.

»Ja, dann werde ich mal wieder«, sagte Mathieu schnell, bevor Patrik ihn hineinbitten konnte. Er ging ein paar Schritte rückwärts, um dem alten Mann klarzumachen, dass er sich nicht überreden lassen würde zu bleiben, und versuchte, den traurigen Ausdruck in den Augen des alten Mannes zu ignorieren.

»Wir sehen uns bald bei Louis«, sagte er und winkte. Er hatte einen Blick an Patrik vorbei in den Flur werfen können, und die Trostlosigkeit der weißen Tapete ohne Bilder und des einen Regenmantels, der am Haken an der Wand hing, schockierte ihn. So will ich nicht enden, dachte er, als er zur Fähre ging. Ohne jemanden, der sich um mich kümmert, wenn ich krank oder einfach nur müde bin. Vielleicht werde ich dann in einem schicken Loft wohnen, aber würde die Einsamkeit deshalb weniger sein? Ich muss endlich in einen Schreibfluss kommen, dachte Mathieu. Nur so würde er damit aufhören, über sein eigenes Leben nachzudenken.

# 4

*Ich habe mich oft gefragt, David, wohin du gegangen bist. Als das Leben aus deinem Körper wich, erlosch das Licht in deinen Augen. Ich konnte es kaum ertragen, dass sich deine Seele nun zu einem Ort begab, an den ich dich nicht begleiten könnte. Ich glaube schon lange daran, dass ein Mensch nicht nur aus seinem Körper besteht, ich brauche keine Beweise mehr dafür. Für mich ist es sogar mehr als ein Glaube: Ich weiß es, egal, was andere denken oder sagen. Alle, die behaupten, dass der Tod das Ende ist und uns danach nichts mehr erwartet, tun mir leid. Sie glauben, dass alles, was uns über unseren Verstand hinaus ausmacht, nur auf chemischen Reaktionen beruht.*

*Wir wissen, dass sie sich irren, David. Ich spüre dich immer noch so intensiv neben mir. Deine Seele ist bei mir. Es tut weh, dass ich sie nicht berühren kann.*

*In deinen letzten Stunden trübten sich deine Augen ein. Ich wusste, dass sich deine Seele jetzt darauf vorbereitete, deinen Körper zu verlassen. Obwohl es dir klar war, dass deine Zeit abgelaufen war, fiel dir das unendlich schwer. In der Stunde vor deinem Tod versammelten wir uns alle in deinem Zimmer. Katha kauerte auf dem blauen Sofa, das wir aus dem Lesezimmer in unser Schlafzimmer getragen hatten, und hielt sich an Finn fest. Sie weinte. Maria lehnte am Fenster und beobach-*

*tete uns aufmerksam. Wir hatten sie darum gebeten, dabei zu sein, falls wir ihre Hilfe benötigten. Ihre Haut war noch durchscheinender als sonst, aber sie beherrschte sich, weil sie nicht weinen wollte. Heute starb nicht nur einer ihrer Patienten, sondern ein enger Freund. Als ich dich ihr vorstellte, habt ihr euch vom ersten Moment an gemocht.*

*»Er ist eben ein Original«, hat sie dich manchmal in Schutz genommen, wenn ich mich bei ihr über dich beschwerte.*

*Obwohl ich wusste, dass du jetzt sterben würdest, war ich merkwürdig ruhig. Jule und ich saßen an deinem Bett, deine Atemzüge wurden langsam rasselnder. Wir streichelten dich und versuchten, dir die Angst zu nehmen. Ich habe mich nicht mehr vor deinem Tod gefürchtet. In der letzten Nacht vor deinem Tod hast du mir zu verstehen gegeben, dass du nicht mehr kämpfen willst. Du warst bereit zu sterben.*

*Ich hatte die Nacht auf dem blauen Sofa verbracht und sogar einschlafen können. Deine Nähe beruhigte mich wie immer, auch wenn ich mich nicht mehr traute, mit dir in einem Bett zu schlafen, weil ich dich nicht stören wollte. Gegen ein Uhr bin ich aufgewacht. Sehr wahrscheinlich hat der Vollmond mich geweckt, der plötzlich hell auf mein Gesicht schien. Obwohl du früher nur im Dunkeln hattest schlafen können, wolltest du nicht mehr, dass die Gardinen zugezogen wurden.*

*Ich ging zu deinem Bett. Du warst wach und sahst mich an. Deine blauen Augen leuchteten in der Dunkelheit,*

*und alle Eintrübungen waren plötzlich verschwunden. Du gabst mir durch eine Geste zu verstehen, dass ich mich neben dich legen sollte. Ich war glücklich darüber, denn selbst die Nähe deines vom Krebs zerschundenen schwachen Körpers beruhigte mich. Ich umfing deine früher so starken Hände mit meinen und bemühte mich, die Kanüle nicht zu berühren, durch die dir das Morphium und die anderen Medikamente gespritzt wurden. Du hattest keine Schmerzen, das wusste ich. Das Morphium wirkte gut. Du lagst auf der Seite wie ich. Wir haben uns in die Augen gesehen. Ich erinnerte mich an all das, was wir zusammen erlebt haben, an all die Jahre. Ich spürte, dass du das auch tatest. Du konntest nicht mehr sprechen. Dann hast du ganz leicht genickt. Ich wusste sofort, was das zu bedeuten hatte. Du warst jetzt bereit zu sterben. Ich habe dein wunderschönes Gesicht gestreichelt. Du hast gespürt, dass auch ich jetzt bereit war, mit dir diesen Weg zu gehen – zumindest das erste Stück – und zu versuchen, deine Angst während des Sterbens zu mindern.*
*Katha, Finn und Jule waren im Morgengrauen da. In deiner letzten Stunde hast du dich an Jule und mir festgehalten. Wir haben deine Hände und deinen Kopf gestreichelt und mit dir geredet. Du kannst in Ruhe gehen, haben wir gesagt. Wir schaffen es auch so weiter. Wir haben den 23. Psalm und das Vaterunser gebetet. Du hast gelächelt, als ob die Worte »Und ob ich schon wandelte im finstern Tal, so fürchte ich kein Unglück, denn du bist bei mir, dein Stecken und Stab leiten mich«*

*die einzigen wären, die jetzt passten. Irgendwann hat sich Jule dann von Finn ablösen lassen, um Katha zu trösten, die nun laut weinte. Finn wirkte viel reifer als jemals zuvor und hielt deine Hand. Er redete leise mit dir. Ich konnte nicht verstehen, was er sagte, aber ich werde dieses Bild nie vergessen. Was ich sah, war die absolute Liebe, die Fürsorge und Hingabe, die sonst ein Vater seinen Kindern entgegenbringt, wenn es wirklich gut läuft, aber dieses Mal hatte Finn die Vaterrolle übernommen. Führte er dich nicht genauso sicher, David, wie du es immer mit ihm getan hattest? Unsere Blicke trafen sich, und ich bedankte mich stumm bei ihm. Katha und Jule spürten, dass es bald so weit sein würde. Sie stellten sich ans Fußende des Bettes. Erinnerst du dich an das Gute-Nacht-Gebet von den vierzehn Engeln, das du früher mit den Kindern gebetet hast, wenn du da warst? Du hast den Text jedes Mal verändert, aber die Kinder waren zu klein, um es zu bemerken. Jetzt wachten deine erwachsenen Töchter und dein Sohn über dich.*

*Und dann begann dein letzter Kampf, David. Dein Atem ging plötzlich laut und rasselnd. Du konntest nur noch sehr mühsam Luft holen. Finn sah dir die ganze Zeit in die Augen. Du hast es doch gespürt? Du hast meine Hand losgelassen, als ob du nur so sterben konntest. Deine letzten Minuten haben uns nicht erschreckt. Wir wussten alle, dass es für dich keinen Ausweg gab und du bereit warst. Als es vorbei war, schloss dir Maria die Augen. Katha öffnete die Fenster weit. Der Duft von Hortensien und Sommer wehte herein. Plötzlich wurde das Zimmer in warmes Sonnenlicht getaucht, und ich bemerkte, dass der Himmel wolkenlos war.*

Der Gedanke, bald wieder in Paris sein zu können, wo sie nach ihrem Studium ein Jahr gelebt hatte, beflügelte Sanne schon auf dem Weg zum Flughafen. Als sie die Halle des Terminal 1 betrat, sah sie Maria schon von weitem. Sie versuchte gerade, einen ziemlich schwer aussehenden Koffer von einem Gepäckwagen zu hieven, kam aber nicht weit, weil ihr sofort ein Mann zu Hilfe eilte, dessen Frau die Szene misstrauisch beobachtete. Jedenfalls werde ich mich mit Maria nicht langweilen, dachte Sanne. Sie hatte sich um nichts kümmern müssen. Maria hatte den Flug gebucht, das Hotel ausgesucht und auch schon Pläne für die drei Tage gemacht.

»Ein bisschen sparsam gepackt«, sagte Maria mit Blick auf Sannes kleinen Ziehkoffer. »Wie gut, dass ich auf meiner To-do-Liste für Paris Shoppen in der Rue du Faubourg Saint-Honoré eingeplant habe.«

»Dort sind die Designerläden, das ist nicht meine Preisklasse«, sagte Sanne skeptisch.

»Meint wer? Es ist niemand hier, der dich am Einkaufen hindern könnte. Du hast so viel abgenommen, dass du jetzt wieder richtig modische Sachen tragen kannst, und langsam müssen wir dein Outfit deiner schicken Frisur anpassen.«

»Aber wann sollte ich diese Designersachen denn anziehen?«

»Ich trage die meiste Zeit meines Lebens einen weißen Kittel und habe trotzdem schöne Kleider im Schrank. Manchmal reicht es schon, dass ich sie mir ansehe und die edlen Stoffe berühre, damit es mir wieder bessergeht.«

»Ich habe wohl keine Chance, mich zu wehren?«, fragte Sanne.

»Nein, dieses Mal nicht. Ich möchte, dass du dich entspannst und mich machen lässt.«

Maria ging zum Schalter und checkte für sie beide ein. Wie damals mit David, dachte sie. Da hatte sie sich um die Kinder gekümmert und er diese Dinge auf einer Reise erledigt. Sie wusste gar nicht, ob sie überhaupt in der Lage war, so etwas auch allein zu bewältigen. Beim Anflug auf Paris vergaß Sanne ihre Trauer und Erschöpfung. Sie versenkte sich in den Anblick ihrer geliebten Stadt, die sie schon viel zu lange nicht mehr besucht hatte. Und als sie in einem Taxi auf dem Weg in die Stadt arabische Musik und eine Vielfalt französischer Flüche hörte, weil der Périphérique mal wieder verstopft war, ging es ihr gut.

Sie kannte das Hotel nicht, das Maria ausgesucht hatte, es lag im 9. Arrondissement im Bezirk Opéra. Sie wusste nur, dass es *Banke Hotel* hieß und ein Boutique-Hotel war, und hoffte, dass es nicht eines dieser protzigen Hotels war, wo die Gäste ausgenommen wurden wie Weihnachtsgänse. Der Wagen hielt vor einem mondänen Gebäude im Belle-Époque-Stil. Maria sah sich hilflos nach Sanne um, weil sie die Summe nicht verstanden hatte, die der Taxifahrer haben wollte.

»Wiederholen Sie das bitte noch einmal«, sagte Sanne in

ihrem fast akzentfreien Französisch. Der Taxifahrer zuckte zusammen und nannte dann eine viel niedrigere Summe als beim ersten Mal. Das war zwar unverschämt, aber Sanne musste dennoch grinsen. Es hat sich in den vergangenen Jahren in Paris anscheinend nicht viel verändert, dachte sie, und das tat ihr gut. Ein livrierter Page hielt ihnen die Tür auf. Anscheinend wollte Maria einen Ausflug ins mondäne Paris machen. Sie betraten eine große Halle mit Glaskuppel, vergoldeten Rundbögen und Blumenmosaikfußboden, auf dem riesige rote Ledersofas und Bänke thronten. Die Galerie wurde von gusseisernen, mit Blumenornamenten verschnörkelten Geländern begrenzt. An den Wänden hingen vergoldete Stierköpfe. Sanne sehnte sich nach der kleinen, etwas schäbigen Pension auf dem Montmartre, die sie mit David entdeckt hatte.

»Zwar nicht das *Ritz*, aber immerhin«, sagte Maria mit leuchtenden Augen. »Ich weiß nicht, ob ich es schon erwähnt habe, wir teilen uns ein Zimmer, aber ich habe auf zwei getrennten Betten bestanden.«

»Nicht so schlimm«, sagte Sanne und zuckte mit den Achseln. Sie hoffte nur, dass sie wirklich ein Zimmer mit zwei getrennten Betten bekamen, denn sosehr sie Maria mochte, sie wollte sich mit ihr keine Decke teilen. In den vergangenen zweieinhalb Jahrzehnten hatte sie entweder mit David, mit einem der Kinder und David oder mit einem der Kinder in einem Bett geschlafen. Maria verhandelte mit dem Mann an der Rezeption, aber der schüttelte den Kopf. Das bedeutet, doch mit Maria unter einer Decke zu kuscheln, dachte Sanne. Es war an der Zeit einzugreifen. Sie schenkte dem Hotelangestellten einen ihrer strengen, an den Kindern erprobten Blicke und sagte ihm auf Französisch, dass sie ein Zimmer mit nur einem Bett unter keinen Umständen akzeptieren würde. Wenn sich das Problem nicht aus der Welt schaffen ließe, sei sie wohl gezwungen, sich ein anderes Hotel zu suchen, und was wäre, wenn sie für ein deutsches Reisemagazin schriebe? Der Mann in Livree atmete plötzlich hektisch und wandte sich mit ernster und geschäftiger Miene seinem Computer zu. Er murmelte vor sich hin, raufte sich die Haare, aber nach kurzer Zeit strahlte er übers ganze Gesicht.

»Madame, ich habe eine Lösung gefunden. Gerade hat jemand abgesagt, und jetzt haben wir eine Suite für Sie mit zwei getrennten Betten. Selbstverständlich überlassen wir sie Ihnen für denselben Preis wie das andere Zimmer«, fügte der Hotelangestellte hinzu. Geht doch, dachte Sanne und nickte huldvoll mit dem Kopf. Der Hotelangestellte bedankte sich bei ihr dafür, dass sie das Angebot annahm.

»Ich wusste gar nicht, dass du so streng gucken kannst«, sagte Maria bewundernd.

»Das macht das Training mit drei Kindern«, erwiderte Sanne. »Ich habe mir einfach nur vorgestellt, dass der Mann an der Rezeption Finn wäre, und schon konnte ich den richtigen Ton anschlagen. Außerdem mögen die Pariser es geradezu gerne, wenn man sie von oben herab behandelt, allerdings nur wenn man ihre Muttersprache sehr gut beherrscht.« Das zweite Bett in der Suite stellte sich zwar nur als Couch heraus, die abends zum Bett umgebaut wurde, aber der Blick aus dem Fenster entschädigte sie. Man konnte bis nach Sacré-Cœur sehen.

»Ich schlafe auf der Couch«, sagte Maria, »ich habe uns das hier ja eingebrockt.«

Sanne wollte zuerst widersprechen, ließ es dann aber bleiben. Maria war ja kein bockiger Teenager oder ein launischer Ehemann, der auf Umwegen doch seinen Willen durchsetzen wollte. Sie schien zufrieden mit ihrer Entscheidung zu sein und fing an, ihre Kleider in den Schrank zu hängen. Sanne zählte sechs Outfits für die nächsten drei Tage und schämte sich fast für ihre begrenzte Auswahl an sportlicher Kleidung, die sie mitgenommen hatte. Vielleicht sollte ich doch einkaufen gehen, dachte sie.

»Mit was fangen wir an, *Dior, Chanel, Prada?*«, fragte Maria.

»Da bekommst du mich nicht hin. Wir gehen in die *Galeries Lafayette* hier um die Ecke. Und jetzt will ich das nicht mehr diskutieren«, beharrte Sanne.

»Ist ja gut, aber ich bin nicht Finn, Katha oder Jule.«

»Ich bin wohl zu wenig mit anderen als mit meiner Familie verreist«, entschuldigte sich Sanne.

»Ich werde nicht darauf bestehen, dass wir in die Designerläden gehen, wenn du es nicht willst«, lenkte Maria ein. »Aber du hast in den letzten Jahren so viel mit erhobenem Kopf durchgestanden, warst immer stark für andere, dass ich dachte, dein hübscher Körper müsste mal mit einem Designerstück belohnt werden.«

Sanne sah ihre Freundin liebevoll an. Es tat gut, dass sie sich so um sie sorgte.

»Weißt du eigentlich, welche Unterwäsche du heute trägst?«, fragte Maria unvermittelt, als sie die Rolltreppe in den *Galeries Lafayette* hochfuhren. »Guck nicht so entsetzt. Hier versteht uns ja doch keiner. Also, was trägst du heute drunter?«

»Abgesehen davon, dass die *Galeries Lafayette* immer von Touristen bevölkert wird und einige sicher auch Deutsch verstehen«, sagte Sanne. »Aber um deine Frage zu beantworten. Ich weiß es tatsächlich nicht mehr. Ich tippe, ich habe einen schwarzen oder grauen BH und den dazugehörigen Slip an.«

»Und wie lange ist es her, dass du diese Sachen gekauft hast?«, fragte Maria jetzt etwas leiser.

»Ich glaube, das willst du gar nicht wissen«, behauptete Sanne. Sie konnte sich nicht daran erinnern, aber David war auf jeden Fall noch gesund gewesen. Seitdem er krank geworden war, trug sie nur noch sportliche Unterwäsche aus Baumwolle oder Mikrofaser. Sie hatte ihre Schublade mit den Dessous seit Ewigkeiten nicht mehr geöffnet.

»Das richtige Outfit fängt bei der Wäsche an«, sagte Maria. »Also werden wir dir erst einmal etwas Hübsches kaufen. Und sträube dich nicht, sonst behandele ich dich mal wie ein bockiges Kind.«

Sanne trottete hinter ihrer Freundin her durch die Dessousabteilung. Sie sah viele Blümchenmuster und verspielte Rüschen und hoffte sehr, dass Maria nicht auf die Idee kommen würde, ihr vorzuschlagen, so etwas anzuziehen. Was ihr vorschwebte, war eine schwarze oder anthrazitfarbene Kombination mit etwas Spitze. Maria zog die Kombination eines BHs und Slips aus nachtblauer Spitze von einem Ständer.

»Das ist perfekt für dich. Zieh das mal an, aber erschrick nicht wegen der Größe. Bei den Franzosen musst du immer mindestens eine Größe dazurechnen.«

»Oder zwei«, sagte Sanne skeptisch.

»Nicht mehr«, sagte Maria anerkennend.

»Ich wusste nicht, dass du mich früher zu dick gefunden hast«, meinte Sanne.

»Habe ich auch nicht. Aber mit den paar Kilos weniger siehst du noch ein klein wenig schöner aus. Und jetzt hurtig in die Wäsche.«

Folgsam zog Sanne die Kombination an und war froh über die sanfte Beleuchtung in der Kabine. Sie sah sich an, drehte sich hin und her, um zu kontrollieren, ob die Hose auch hinten gut saß. Maria hatte recht. Die Kombination stand ihr wirklich, und bis auf die Tatsache, dass ihr Körper sehr blass aussah, gefiel sie sich. Sie kaufte die Kombination auch noch in Schwarz und in Elfenbeinfarben.

Stunden später verließen sie mit unzähligen Tüten, die mit einer komplett neuen Sommergarderobe gefüllt waren, das Kaufhaus. Maria seufzte befriedigt, obwohl sie sich selbst gar nichts gekauft hatte.

Sie tranken im Café *Angelina Rivoli* heiße Schokolade und aßen Profiteroles und Apfeltarte. Sie schlenderten die Rue de St.-Honoré hinunter, jedoch ohne etwas zu kaufen, sondern freuten sich an den gutgekleideten Männern. Als sie das letzte Mal in Paris gewesen war, hatten David, die Kinder und sie im Quartier Latin gewohnt und waren dort viel unterwegs gewesen. Aber durch die Tuilerien waren sie damals auch gegangen oder eher bei dem Wasserbassin hängengeblieben, in dem Jungen in tadellos sitzenden gestreiften Hemden und absolut sauberen und gebügelten beigefarbenen oder blauen Hosen unter Bewachung durch ihre ebenso tadellos gekleideten Mütter oder ihre Nannys Boote fahren ließen. Ihre Kinder hatten damals Jeans, ungebügelte T-Shirts und alte Turnschuhe getragen.

»Warum schaffe ich es nicht, dass meine Kinder so gestriegelt aussehen?«, hatte sie David gefragt, und er hatte sie lachend in den Arm genommen und gesagt, dass er sehr froh darüber war, dass sie sich wie Kinder und nicht wie Schoßhündchen benahmen. Finn balancierte auf dem Bassinrand, stieß ein Stück Holz, das er zu einem Boot umfunktioniert hatte, mit einem Stock voran und wurde von Jule am T-Shirt festgehalten, damit er nicht dabei ins Wasser fiel. Katha saß im Sand und spielte mit Murmeln, die sie damals überall mit sich herumtrug, und David streichelte Sannes Hand.

»Weißt du eigentlich, wie viel Glück du gehabt hast?«, sagte Maria, als Sanne ihr diese Geschichte mit Tränen in den Augen erzählte. Sanne sah sie sprachlos an. Wie konnte sie so etwas sagen? Sie war so früh Witwe geworden. Wo hatte sie da Glück gehabt?

»Sieh mich nicht so entgeistert an. Ja, du hast David viel zu früh verloren. Jetzt musst du dir ein Leben ohne ihn aufbauen, aber du weißt, dass du genau so, wie du bist, geliebt worden bist. Und du hast wahrhaftig geliebt. Natürlich weiß ich, dass es nicht immer leicht war, ihr auch durch harte Zeiten gegangen seid, aber unterm Strich wart ihr ein glückliches Paar und eine glückliche Familie, und ich war sehr stolz und froh, dass ich etwas von der Wärme, die in eurem Haus war, abbekommen konnte. Ich habe es noch nicht geschafft, jemanden so lange zu halten wie du.«

Maria sah sie traurig an. Und Sanne wusste plötzlich, dass ihre Freundin recht hatte. Unter dem Schmerz des Verlustes lag das sichere Gefühl, dass David sie niemals verlassen hätte, wenn er nicht gestorben wäre.

»Lass uns jetzt nicht länger depressive Gedanken haben. Ich lade dich auf ein paar Drinks ins *Ritz* ein.«

»Aber dazu bin ich doch gar nicht angezogen.«

»Quatsch, du siehst in deinem Kleid sehr nett aus«, widersprach Maria und hakte sich bei ihr ein.

# 5

»Wenn das so weitergeht, werde ich den Laptop ins Meer werfen, ohne die Dateien vorher auf einem Stick zu speichern, und dann werde ich meine Agentin anrufen und ihr sagen, dass sie den Vertrag mit mir lösen soll, weil ich nämlich nie wieder in der Lage sein werde, irgendetwas Vernünftiges zu Papier zu bringen«, schrieb Mathieu in sein Laptop-Tagebuch. Er fühlte sich fürchterlich. Mittlerweile gab er schon gar nicht mehr vor zu arbeiten. Er las morgens seine Mails und war immer froh, wenn er nichts von seiner Agentin oder seiner Lektorin vorfand. Die Mails von Kollegen, die Ankündigungen ihrer eigenen Veranstaltungen und Bücher, beantwortete er nur selten.

Ein Blick auf seinen Kontostand hätte ihn eigentlich beruhigen können. Die Verkäufe seiner Bücher in Frankreich und der Lizenzen ins Ausland brachten beständig so viel Geld ein, dass er gut leben und sich keine Sorgen zu machen brauchte. Aber die Angst, es könne nicht so weitergehen, wenn sein nächster Roman floppen sollte oder er ihn gar nicht erst schriebe, konnte er nicht mehr in die Ecke seines Gehirns und Herzens verbannen, wo er sie normalerweise in Ketten gefesselt in Schach hielt. Irgendwie hatte sie sich losgerissen, tobte jetzt durch seine Gedanken und rief:

»Du bist ein Nichts, du wirst in der Versenkung verschwinden. Keiner wird sich an dich erinnern, und du wirst am Hungertuch nagen. Du kannst gar nichts. Es hat nur bisher niemand bemerkt.«

Er war in den vergangenen Tagen immer bis mittags im Bett geblieben, hatte sich dann ins Café am Hafen auf der Île de Batz geschleppt, weil er sich mittlerweile auch zu schwach fühlte, etwas einzukaufen, und war dann hinüber aufs Festland gefahren, wo der C3 stand, den er sich vor einigen Tagen gemietet hatte, als er dachte, dass er sich unverzüglich ins Meer stürzen würde, wenn er es länger ansehen müsste. Er fuhr den ganzen Tag kreuz und quer durchs Hinterland und war einmal bei Philippe und Catherine in Plounevez-Lochrist vorbeigeschneit und hatte damit einen ihrer legendären Streits unterbrochen. Glücklicherweise waren sie erleichtert gewesen, mit dem Streit über die korrekte Aufzucht von Biomöhren aufhören und stattdessen mit Mathieu Pastis trinken zu können. Er war dann tatsächlich noch zurückgefahren, obwohl er das nicht hätte tun sollen, aber die Vorstellung, bei Philippe und Catherine auf der Couch übernachten zu müssen und womöglich Zeuge ihrer nächtlichen Aktivitäten zu werden (denn sie rühmten sich damit, sich genauso heftig zu lieben wie zu streiten), hatte Mathieu alle Vorsicht in den Wind schlagen lassen. Er war die gewundene Straße nach Roscoff langsamer als sonst gefahren und hatte gehofft, dass alle Polizisten anderweitig beschäftigt waren.

Vielleicht sollte ich mir eine meiner Verehrerinnen ins Bett holen, um auf andere Gedanken zu kommen, dachte Mathieu, aber die einzige, auf die er vielleicht Lust gehabt

hätte, war Sol. Er würde sich mit Louis duellieren müssen, wenn er auch nur vage Anstalten machen sollte, Sols Verehrung für ihn auszunutzen, und das wollte er nicht.
Das Schlimme an diesem Zustand des Nichtschreibens war, dass er sich vollkommen nutzlos vorkam. Er ging durch die Straßen und beneidete alle – sogar die, die in einem der vielen kleinen Läden arbeiteten, den Müll einsammelten oder morgens die Straße kehrten. Er sah die Kinder auf dem Weg in die Schule und stellte sich vor, wie schön es wäre, wieder ein Junge zu sein und genau zu wissen, wie er den Tag verbringen würde. Schule, dann Hausaufgaben, dann Fußballspielen mit seinen Freunden, Abendessen, noch im Bett lesen und dann schlafen. Oder er stellte sich vor, selbst einen Sohn zu haben, um den er sich kümmern musste. Er würde sich nicht mehr nutzlos vorkommen, weil er nicht schrieb oder sich eine Geschichte ausdachte. Er würde ihm etwas zu essen kochen, würde ihm vorlesen und mit ihm Fußball spielen, ihm Fahrrad fahren beibringen oder sonstige Dinge, die man ein Kind so lehren musste. Bisher hatte er sich noch nie nach einem Kind gesehnt. Eigentlich wusste er auch, dass dieses Kapitel in seinem Leben sehr wahrscheinlich nicht mehr aufgeschlagen werden würde. Er stand nun mal nicht auf die jungen Frauen, die sich ihm immer mal wieder an den Hals warfen und die bestimmt entzückt sein würden, wenn er sie heiraten und ihnen ein Kind machen würde, natürlich nur in dieser Reihenfolge. Er wusste seit einiger Zeit, dass er eine Frau wollte, die ihm an Lebenserfahrung mindestens das Wasser reichen konnte. Aber

die, die er gut fand, steckten meistens wie Sol schon seit Ewigkeiten in einer Beziehung, aus der sie auch unter keinen Umständen herauswollten.

Es half nichts, sich jeden Abend zu betrinken, um die Leere und Langeweile nicht mehr zu spüren, die sich in seinem Innern breitmachten, seitdem er nicht mehr schreiben konnte. Er wusste eigentlich nur noch einen Ausweg: die Zelte abzubrechen und nach Paris zurückzukehren. Vielleicht brauchte er den Trubel zum Schreiben, aber selbst zum Abreisen war er zu träge.

# 6

Sanne wanderte allein jenseits der ausgetretenen Touristenpfade durch Montmartre. Sie genoss die Stille. Nur einige hundert Meter vom Place du Tertre entfernt war es fast einsam. Maria wollte heute doch noch einen Streifzug durch die Designerläden machen, war aber nicht böse, dass sie nicht mitkam. Sie würden sich später treffen und gemeinsam essen.
In Zukunft würde sie sicher nicht immer jemanden finden, mit dem sie verreisen könnte. Sie musste sich daran gewöhnen. Als David noch lebte, hatte sie es schließlich auch genossen, ab und zu allein unterwegs zu sein. Aber da hatte sie ihn auch mindestens einmal am Tag angerufen. Sie konnte sich zwar einreden, dass sie mit David sprach, wenn sie in ihr Moleskine schrieb, aber das half ihr nicht mehr viel. Sie wusste jetzt, dass sie niemand war, der für den Rest seines Lebens allein bleiben wollte. Sie genoss es, mit Maria zusammen zu sein. Sie hatten auf dem Zimmer gefrühstückt, sich dabei in das große Bett gelegt, das Tablett mit den Croissants, Pains au Chocolat und der selbstgemachten Marmelade zwischen sich. Sie hatten geplaudert und dabei die Zeit vergessen. Es war so schwer, alles allein zu machen; selbst das Frühstück zuzubereiten war Sanne in der letzten Zeit eine Last gewesen, und deshalb hatte sie oft in der Bäckerei um die Ecke gefrühstückt.
Sie war keine Einsiedlerin, die ständig nur sich selbst

genügte. Sie brauchte Menschen, mit denen sie ihr Leben teilen konnte. Natürlich waren da ihre Kinder und einige gute Freunde, allen voran Maria, aber sie ahnte jetzt, dass ihr das auf Dauer nicht reichen würde.
Sie kam zum Square Rictus, einem kleinen Platz, über den sie schon im Internet gelesen hatte. Glücklicherweise waren auch hier noch nicht viele Touristen unterwegs, auch wenn sie damit rechnete, dass im Laufe des Tages noch Horden einfallen würden, um ein Foto zu schießen. Sanne setzte sich auf eine Bank und las die Inschriften auf der blauen Mosaikwand, wegen der sie alle kamen, weil sie so pariserisch wirkte. Sie las »je t'aime, I love you, te quiero, ti amo«. In über 200 Sprachen stand dort »Ich liebe dich«. Vielleicht werde ich das nie wieder zu einem lebenden Mann sagen, dachte Sanne traurig. Es war nicht das Gleiche, zu wissen, dass David sie immer lieben würde. Auch wenn sie ihn gerade jetzt an ihrer Seite spürte, konnte sie ihn nicht berühren. Er würde sie nie wieder in den Arm nehmen oder mit ihr schlafen. Und gerade hier in Paris fiel ihr auf, wie sehr sie sich danach sehnte, mit einem Mann zu schlafen. Vielleicht war es nur diese Stadt, und im kühlen Hamburg würde sie diese Sehnsucht nicht mehr haben?
Zwei junge Frauen kamen auf den Platz und setzten sich zu Füßen des Mosaiks. Sie sprachen Deutsch und waren offensichtlich auf der Suche nach der Magie von Montmartre. Sanne wollte ihnen schon Tipps geben, wohin sie gehen sollten, als eine Gruppe von Jugendlichen, wohl aus einem Pariser Vorort, auf den Platz stürmte und ihn ein-

nahm. Unter ihnen waren zwei Betreuer, einer davon hatte eine Gitarre dabei und war ungefähr Mitte zwanzig. Er setzte sich auf eine Bank und fing an zu spielen. Ein junges Mädchen mit vielen schwarzen geflochtenen Zöpfen begann *Oh when the Saints* zu singen. Besser als in jeder Castingshow, dachte Sanne. Die beiden Mädchen schlossen sich der Gruppe an. Beim zweiten Lied begannen sie zu tanzen. Der Gitarrist sang jetzt. Es war offensichtlich ein selbstkomponierter Song. Sanne merkte, dass es ihm besonders die Blonde angetan hatte. Er sprach sie auf Französisch an, aber sie verstand nichts, Englisch und Deutsch konnte er nicht. Er versuchte es noch einmal auf Spanisch. Auf der anderen Seite Unverständnis und Kichern. Sanne überlegte, ob sie dolmetschen sollte, entschied sich aber dagegen. Der Musiker, der eher wie ein Spanier als wie ein Franzose aussah, verstand sich auch so bestens mit der Blonden. Ihre Freundin schien das nicht zu stören. Sie hatte schon angefangen, mit dem anderen Betreuer zu flirten. »Kommt ihr mit zum Sacré-Cœur«, fragte er in gebrochenem Englisch, und die beiden Frauen nickten begeistert. Beim Weggehen legte der Musiker den Arm um die blonde Deutsche. Sanne folgte ihnen, sie wollte sowieso zum Sacré-Cœur. Sie ließ zwischen sich und der Gruppe ein wenig Abstand, obwohl sie nicht glaubte, dass die jungen Leute überhaupt registriert hatten, dass sie nicht allein auf dem Platz gewesen waren. Auch ein Privileg des Jungseins, seufzte sie bei sich: sich vollkommen unbekümmert nur um sich selbst zu drehen. Vor der Kirche herrschte der übliche Trubel aus Touristengruppen, die auf den Stufen saßen und dort picknickten. Sanne fand das respektlos, aber sie war sich sicher, dass keiner der Touristen verstehen würde, was sie damit meinte. Für sie war es nur ein Punkt auf der Liste der Sehenswürdigkeiten, den sie abhaken wollten. Sie wären erstaunt gewesen zu erfahren, dass sich in dieser Kirche auch eine Gemeinde traf, dass hierher Leute kamen, die an Gott glaubten.

Sie ging in die Kirche, versuchte, nicht auf die Gruppen zu achten, die sich überall im Innenraum der Basilika drängten, und stieg gleich die Stufen zur Krypta hinunter. Hier war es viel ruhiger, die meisten Touristen begnügten sich mit Sacré-Cœur light und ließen die Krypta aus. Aber Sanne wusste genau, wohin sie wollte. Sie ging zur Pietà – der knienden Maria mit dem toten Jesus auf dem Schoß – und setzte sich in die erste Stuhlreihe.

Während Davids Sterben hatte sich ihre Liebe transformiert. Sie war nicht mehr gebend und erwartend, sondern nur noch gebend gewesen. Das war Liebe in ihrer Reinform, wie sie jetzt wusste. Sie war bereit gewesen, ihren Mann gehen zu lassen, sein Leiden anzunehmen und zu akzeptieren, dass sie nichts mehr gegen den Tod tun konnte und der Kampf vorbei war. Wie schwer muss es Maria gefallen sein, unter dem Kreuz auszuharren und zu wissen, dass ihr Sohn sterben wird und dass sie ihm nicht helfen kann, dachte sie. Aber sie wusste, dass ihm ihre, Johannes' und Maria Magdalenas Liebe das Sterben erleichtert hatte.

Sanne betete dafür, so etwas nie wieder erleben zu müssen, aber gleichzeitig war es eine unfassbar intensive und

zutiefst religiöse Erfahrung gewesen, den letzten Weg mit ihm zu gehen, ihm die Angst vor dem Tod zu nehmen und ihn rechtzeitig loslassen zu können, ohne zu verzweifeln.
Beim Abendessen in einem kleinen Bistro nicht weit vom Sacré-Cœur, aber abseits der Touristenpfade, versuchte Sanne ihre melancholische Stimmung in so viel Wein zu ertränken, dass der doppelte Espresso zum Abschluss des Essens nicht ausreichte, um sie wieder nüchtern zu machen. Aber ihr war es egal.
»Es ist der letzte Abend, lass uns noch was machen«, sagte Maria. »Ich habe gehört, dass es hier in der Nähe eine Bar gibt, in der Livemusik gespielt wird. Da sollen sich die Musiker nach ihren Auftritten für die Touristen treffen und dann spielen, was sie wollen.«
Sanne hatte eigentlich keine Lust, noch woanders hinzugehen, aber sie wusste, dass sie sich nicht wehren konnte.
In der Bar war es noch nicht sehr voll. Nur an einigen Tischen saßen Touristen, die anscheinend auch von dem Geheimtipp gehört hatten. Es war kein Musiker da, und sie bezweifelte, dass überhaupt noch jemand aus der Szene auftauchen würde. Sie langweilte sich, zumal Maria damit beschäftigt war, die Männer abzuchecken. Sehr wahrscheinlich werde ich allein ins Hotel zurückgehen müssen, dachte sie frustriert.
Aber nach dem zweiten Drink begann Sanne, die Bar und die Stimmung doch zu genießen. War es nicht großartig, dass sie in Paris war? In den vergangenen zwei Jahren war die Vorstellung, dass sie wieder einmal hierherfahren würde, in unerreichbare Ferne gerückt. Und jetzt saß sie in

einer Bar und fing wieder an, auf Französisch zu denken. Hier weiß niemand, dass ich David verloren habe, dachte sie. Ich könnte mir eine ganz neue Lebensgeschichte ausdenken. Oder die Geheimnisvolle spielen. Und das Dämmerlicht in der Bar war so vorteilhaft, dass sie locker für Anfang vierzig durchging.

Der Mann, der jetzt vor dem Mikrofon Platz nahm, sah dem Musiker vom Platz heute Mittag sehr ähnlich, nur war er ungefähr fünfzehn Jahre älter als er. Ein zweiter Gitarrist setzte sich neben ihn. Als die ersten Töne erklangen, blieb Sanne fast das Herz stehen. Das war *Friday Night in San Francisco* von Al Di Meola und Paco de Lucia. Die beiden Männer saßen sich gegenüber und spielten auswendig.

»Starr doch nicht so«, sagte Maria. »Merkst du nicht, dass du ihn aus dem Konzept bringst und er rot wird?«

Aber Sanne konnte nicht anders. Der Gitarrist hatte fast schon klischeehaft tiefgründige braune Augen und die längsten Wimpern, die sie je bei einem Mann gesehen hatte. Ab und zu erwiderte er ihren Blick, ohne dass er sich verspielte. Sanne fühlte sich wie ein Teenager, der sein Idol anhimmelt.

»Ich wusste, dass du das noch kannst«, sagte Maria.

»Was meinst du?«

»Männer um den Verstand bringen.«

»Tu ich doch gar nicht.«

»Natürlich machst du das. Der eine spielt doch nur für dich.«

»Das bildest du dir ein.«

»Wetten, dass er nachher zu uns kommt?«
»Sicher nicht, hier sind doch viele jüngere Frauen. Warum sollte er da ausgerechnet uns ansprechen?«, gab Sanne zurück.
»Weil wir heiß sind und du den Eindruck machst, als ob du ihn sofort haben möchtest.«
»Das ist nur so, weil ich zu viel getrunken habe.«
»Das weiß er doch nicht«, sagte Maria.
Zwei Stunden später saß Pierre tatsächlich an ihrem Tisch. Sie waren allein. Maria und Pierres Freund waren zusammen weggegangen. Sanne wollte Pierre küssen, mehr noch, in der letzten halben Stunde hatte sie sich ihn permanent nackt vorgestellt.
»Hast du Lust auf einen Spaziergang?«, fragte Pierre und sah sie herausfordernd an.
»Ja«, hauchte sie fast willenlos.
Sie gingen zum Sacré-Cœur, wo um diese Zeit nur noch wenige Nachtschwärmer unterwegs waren, und als er sie an der Brüstung der Aussichtsplattform küsste, dachte sie noch, dass das hier sein bevorzugter Platz war, um mit einer Frau nach dem Konzert zu knutschen, aber das war ihr egal. Sie wollte mit ihm schlafen.
Pierre wohnte in der Nähe des Sacré-Cœur in einer Sackgasse. Die Stufen bis in den obersten Stock waren schief, und es roch muffig. Kaum hatte sich die Wohnungstür hinter ihnen geschlossen, küsste Pierre sie heftig, es ging alles sehr schnell. Sie schloss die Augen und hörte auf zu denken.

Sie wachte auf, als es hell wurde. Neben ihr lag Pierre. Er sah großartig aus, aber seine Nähe und die Vorstellung, mit ihm geschlafen zu haben, konnte sie plötzlich nicht mehr ertragen. Sie fand ihre Kleider im Wohnzimmer auf dem Boden. In der Küche thronte eine Badewanne auf Löwenfüßen hinter einem Paravent. Sanne war froh, dass zumindest die Toilette in einer abgetrennten Kammer lag. Sie bemühte sich, leise zu spülen. Bevor sie ging, warf sie noch einmal einen Blick in das Wohnzimmer. Der Blick aus den Fenstern, durch die die Strahlen der Morgensonne fielen, war genau so, wie er von einer Dachwohnung aus auf dem Montmartre sein musste: Fenster mit verschnörkelten gusseisernen Balkons, in der Sonne funkelnde Dächer, ein Gewirr von Schornsteinen und Leitungen vor einem zartblauen Himmel. Sie würde David nichts von Pierre erzählen.

*Wenn du mich jetzt sehen könntest, David, würdest du sehr wahrscheinlich mit mir schimpfen, denn ich habe keine Landkarten gekauft, im Auto ist kein Navigationssystem, und eigentlich weiß ich auch gar nicht, wo ich gerade bin oder wohin ich genau will. Undenkbar für dich, ich weiß, du musstest immer einen Plan haben und den Überblick über die Gegend behalten, in der du dich gerade befandest. Es kam mir manchmal so vor, als ob du dich wie ein Adler in die Luft erhebst, um dann von oben deinen Weg zu verfolgen. Ich habe mich oft genug auf deinen immer funktionierenden Orientierungssinn verlassen, sogar nach einigen Jahren gedacht, dass es ohne den nicht möglich wäre, sich effizient fortzubewegen. Du hast uns immer sicher von einem Ort zum anderen gebracht. Ich glaube nicht, dass du jemals keine Karte im Wagen gehabt hast oder dein Handy nicht für Notfälle aufgeladen war. Zuerst habe ich mich über deine vorausschauende Art lustig gemacht, dann habe ich sie schätzen und sehr schnell lieben gelernt, und nach deinem Tod habe ich geglaubt, dass ich alles genauso machen müsste wie du.*

*Aber jetzt habe ich die Bedenken, in einem anderen Land ohne Straßenkarte unterwegs zu sein, über Bord geworfen. Wenn ich gerade nicht die Schilder lese, weiß ich nicht genau, wo ich bin, und es stört mich überhaupt nicht. Hauptsache, die ungefähre Richtung stimmt, ich bleibe immer in der Nähe der Küste. Ich bilde mir ein, das Meer riechen zu können, wenn ich die Fenster herunterlasse. Es ist herrlich, ohne Ziel unterwegs zu sein. Ich habe mir einige CDs mit französischen Chansons gekauft, bevor ich in Paris mit dem kleinen roten Peugeot, den ich mir dort erst einmal für zwei Wochen gemietet habe, losgefahren bin: Einige Sänger kannte ich nicht, aber natürlich durfte Jacques Brel nicht fehlen mit seinem* Ne me quitte pas *– du erinnerst dich doch daran? – und Patricia Kaas.*

*Weißt du nicht, wohin du fahren willst?, höre ich dich fragen. Nein, ich weiß es tatsächlich noch nicht, aber es ist in Ordnung so. Ich möchte nur immer weiter nach Westen, und irgendwann werde ich abbiegen und dann an die Küste fahren.*

*Jetzt bin ich noch in der Normandie, und die Namen der Städte, die an den Landstraßen liegen, die von der Autobahn abgehen, kenne ich alle: Honfleur, Fécamps. Wir haben sie gemeinsam entdeckt, kurz nachdem wir uns kennenlernten. Eigentlich wollte ich sie besuchen, aber dann habe ich mich dagegen entschieden. Denn ich bin noch nicht so weit, nach Deauville an den Strand zu gehen und mich daran zu erinnern, dass wir uns dort zum ersten Mal geküsst haben. Und dann auch noch beim Sonnenuntergang. »Kitschig«, haben die Kinder gestöhnt, wenn sie die Geschichte mal wieder hatten hören müssen. Und ich glaube nicht, dass ich es aushalten könnte, in Honfleur zu sein, denn dann würde ich daran erinnert werden, wie du mich auf Englisch angesprochen hast.*
*Du wolltest wissen, in welchem Restaurant man die besten Meeresfrüchte essen kann, und hast dich dafür entschuldigt, dass du kein Französisch sprichst. Du hast mich für eine Einheimische gehalten. Dein deutscher Akzent war fürchterlich. Als ich mit dir Deutsch sprach, warst du sehr erleichtert. Wir sind nebeneinander hergelaufen und haben geredet. Es war erst später Nachmittag und noch zu früh, um essen zu gehen. Wir haben uns über alles Mögliche unterhalten.*
*»Und es war so, als ob ihr euch schon ewig kanntet«, fielen uns die Kinder gelangweilt ins Wort, wenn wir die Geschichte erzählten: »Sicher, ihr seid euch in einem früheren Leben schon einmal begegnet, ganz klar.« Aber David, du kannst es doch bestätigen, es war wirk-*

*lich so. Wir haben geredet und geredet, du würdest natürlich sagen, dass nur ich geredet habe, aber das stimmt nicht. Du hast mir so viel erzählt, ich weiß nicht mehr genau, was eigentlich, aber es war auch nicht so wichtig, denn es hat mir einfach gefallen, neben dir herzulaufen, deine Stimme zu hören und mich wohl zu fühlen.*

*Wir haben uns gar nicht abgesprochen, es war klar, dass wir essen gehen würden. Wir haben die größte Meeresfrüchteplatte bestellt, die es auf der Karte gab, und ich habe dir dabei zugesehen, wie du mit geschlossenen Augen jeden Bissen genossen hast. Ich hatte vorher noch nie erlebt, dass jemand so begeistert von Austern, Schnecken und Krebsen sein konnte. Ich weiß nicht mehr, wie viel Wein wir getrunken haben, es war aber auf jeden Fall sehr viel, und als wir das Lokal verließen, stellten die Kellner erleichtert die Stühle auf den Tisch und schlossen hinter uns ab. Du hast dein Auto in Honfleur stehen gelassen und hast dir ein Taxi genommen. Du musstest noch ganz bis Le Havre, weil du dort bei einem Brückenbauprojekt gearbeitet hast. Du hast mich nicht geküsst, aber wir haben uns für den nächsten Abend in Deauville am Strand bei den Holzbuden verabredet. Und als du mit einer Flasche Wein und barfuß vom Meer lächelnd auf mich zukamst, wusste ich, dass ich den Mann gefunden habe, mit dem ich leben mochte.*

*Nach den drei Tagen Paris mit Maria wollte ich noch nicht nach Hause und dachte, es wäre gut, ein wenig mehr in unserer Vergangenheit zu graben. Aber das werde ich jetzt nicht tun, ich werde einfach weiterfahren, bis ich den Namen eines Ortes lese, mit dem ich keine Erinnerungen an dich verbinde. Es wird wohl lange dauern, wir waren oft hier an der Küste. Und dann werde ich abbiegen und ans Meer fahren.*

# 7

»Sind Sie jetzt unter die Muschelsammler gegangen?«
Mathieu hasste es, wenn ihn wildfremde Frauen einfach ansprachen, als ob sie ihn kannten. Er wollte die Frage zuerst ignorieren, aber das hätte sie als arrogant auslegen können, und er musste an sein Image denken.
»Nein, das mache ich nur zum Zeitvertreib«, antwortete er der Frau, die auf der Holzbrücke stand und zu ihm herabschaute. Ihn blendete die Sonne, so dass er sie nicht richtig erkennen konnte. Eigentlich war es ja ganz süß, dass eine Leserin ihn so gut fand, dass sie sich gemerkt hatte, wie er aussah, dachte er. Zumal er eine Aufmachung zur Schau trug, in der man ihn in der Literaturszene bisher nie irgendwo gesehen hatte: bretonischer grobgestrickter Zopfpullover, Jeans, grüne Gummistiefel, und an seinem Arm baumelte zur Krönung ein Weidenkorb. Aber so machten es alle, die während der Ebbe vor Roscoff durchs Watt wanderten, um Muscheln zu suchen.
»Haben Sie schon viele gefunden, Mathieu?«, fragte die Frau weiter. Langsam wurde sie lästig. Er murmelte etwas und tat so, als ob er sich wieder in die Muschelsuche vertiefte.
Plötzlich stand die Frau neben ihm im Schlick. Der Matsch quoll zwischen ihren Zehen hervor. Ihre Zehennägel waren nicht lackiert. Sie hatte ihre Schuhe ausgezogen und trug sie in der Hand.

»Sie wissen gar nicht, wer ich bin«, sagte die Frau und schien darüber enttäuscht zu sein.
»Nein, wie soll ich auch jede meiner Leserinnen kennen«, sagte er leise und so schnell auf Französisch, dass die Deutsche, die da neben ihm stand, es bestimmt nicht verstehen würde, obwohl sie ein ziemlich passables Französisch sprach.
»Mich schon. Ich habe Ihre Bücher bestimmt genauer und öfter gelesen als Ihr größter Fan.«
Mathieu drehte sich zu ihr um. Jetzt wollte er doch wissen, wer diese Frau war. Aus der Nähe war sie ziemlich hübsch, besonders ihre Augen, die ihn jetzt belustigt ansahen.
»Schade, dass ich einen so schwachen Eindruck hinterlassen habe«, meinte die Frau, aber es klang nicht sehr beleidigt.
»Ich bin Ihre deutsche Übersetzerin, Sanne Mewes. Wir haben uns vor einigen Jahren auf der Frankfurter Buchmesse kennengelernt.«
Wie peinlich, dachte Mathieu. Das konnte auch nur ihm passieren, dass er sie nicht erkannte.
»Da hatten Sie langes Haar und trugen ein blaues Kleid«, sagte er und hoffte, dass ihn seine Erinnerung nicht täuschte. Und Sie waren mindestens acht Kilo schwerer, hätte er fast gesagt, verkniff es sich aber gerade noch. Solche Sprüche mochten Frauen nicht, auch wenn sie eigentlich ein Kompliment waren.
»Stimmt. Wenn Sie das immer noch wissen, kann ich weiter daran festhalten zu glauben, dass der Abend damals

für Sie auch so unvergesslich war wie für mich«, sagte Sanne.
Sie sagte das sehr schnell auf Deutsch, aber er war nicht umsonst Elsässer und hatte eine Menge Deutsche in der Verwandtschaft. »Aber Sie waren verheiratet und haben mir an diesem Abend immer dann Ihren Ehering unter die Nase gehalten, wenn ich gerade überlegt habe, Sie zu küssen«, sagte er.
»Sie hatten ziemlich viel getrunken und sind dann mit der Lektoratsvolontärin abgezogen.«
»Wirklich? Das habe ich verdrängt. Es scheint nicht so wichtig gewesen zu sein.«
»Wollen wir so lange im Schlick stehen bleiben, bis die Flut kommt?«, fragte Sanne und wies auf das Wasser, das ziemlich schnell in die Enge zwischen Roscoff und der Île de Batz strömte.
»Haben Sie Lust, mit mir einen Kaffee zu trinken?«, fragte Mathieu.
»Das ist mit Sicherheit die erste Einladung zum Kaffee, die ich im Schlick entgegennehme, aber ja, das wäre schön«, sagte Sanne. Sie hatte ein umwerfendes Lächeln, und es war irgendwie furchteinflößend und aufregend zugleich, dass sie jedes seiner Worte aus den veröffentlichten Romanen ins Deutsche übersetzt hatte und sich möglicherweise an einzelne Passagen besser erinnern konnte als er.
Glücklicherweise trafen sie bei Louis keinen seiner Bekannten. Patrik oder Georges hätten bestimmt wissen wollen, wer die Frau an seinem Tisch war, und er wollte Sanne erst einmal für sich haben.

»Jetzt tragen Sie keinen Ehering mehr«, sagte Mathieu. »Sie sind geschieden?«

»Nein, Witwe.«

»Wie konnte das passieren? In Ihrem Alter?«

»Krebs, unheilbar, ganz einfach.«

Mathieu wusste nicht, was er sagen sollte. Eben war Sanne noch so fröhlich gewesen, und jetzt saß sie mit aschfahlem Gesicht vor ihm.

»Aber lassen wir das Thema. Ich bin nicht nach Roscoff gekommen, um über Krebs zu sprechen – eher über Muscheln«, wechselte Sanne das Thema.

»Da gibt es nicht viel zu erzählen. Es ist nur ein Ablenkungsmanöver. Ich dachte, wenn ich Muscheln sammele, kann ich verdrängen, dass ich eigentlich einen Roman fertigschreiben muss.«

»Sie haben Schwierigkeiten zu schreiben? Das kann ich mir gar nicht vorstellen. Ihre Produktivität in den vergangenen Jahren war doch enorm.«

»Das stimmt, aber jetzt scheint es damit vorbei zu sein.«

»Wie lange haben Sie noch Zeit?«

»Das habe ich auch verdrängt.«

»Verdrängen scheint ja Ihr Hobby zu sein. Wie geht das? Kann man das lernen? Ich könnte gut ein wenig Training gebrauchen.«

»Ich mache Ihnen einen Vorschlag. Kommen Sie heute Nachmittag in mein Haus auf der Île de Batz. Dann gebe ich Ihnen ein paar Unterrichtsstunden im Verdrängen, und Sie ertragen dafür meine Klagen über meine Unfähigkeit, diesen Roman zu vollenden.«

»Wenn Sie mir verraten, wo genau Sie wohnen, werde ich kommen«, antwortete Sanne.
»Es ist ganz einfach. Gehen Sie zum Leuchtturm, es ist das Haus, das allein auf einer Wiese steht.«
»Klingt idyllisch.«
»Ist es auch. Ich gehe jetzt Muscheln kaufen, damit wir nachher etwas zu essen haben.«
»Ich bleibe noch und lese.« Sie zog einen Roman von Marc Levy aus der Tasche.
»Übersetzen Sie den auch?«, fragte Mathieu und versuchte, nicht beleidigt zu klingen.
»Nein, leider. Ich mag seine Bücher.«
»Na, dann. Wir sehen uns heute Nachmittag gegen 16 Uhr?« Mathieu hoffte, dass er jetzt nicht eingeschnappt wirkte. Seine Bücher verkauften sich zwar ziemlich gut, aber an Levys Erfolg kam er noch nicht heran. Es war unlogisch, aber die Vorstellung, dass Sanne noch einen französischen Autor, der Liebesromane schrieb, übersetzen könnte, gefiel ihm nicht.

In ihrem Hotel *Le Temps de Vivre*, in dem sie sich ein Zimmer gegönnt hatte, obwohl es eigentlich viel zu teuer war, legte Sanne sich auf das Bett, sah durch das geöffnete Fenster in den Himmel und lauschte den Geräuschen der an- und abfahrenden Autos, die auf dem Platz vor ihrem Hotel parkten, und den Fetzen einer Sinfonie von Mozart, die ein Orchester in einem Haus auf der anderen Seite des Platzes schon seit zwei Tagen probte. Es war still in ihrem Zimmer, aber diese Stille, die sie noch beim Aufwachen gestört hatte, weil sie sich immer noch nicht daran hatte gewöhnen können, dass David nicht neben ihr lag und im Schlaf ruhig atmete oder schon seine typischen Geräusche beim Erwachen von sich gab, genoss sie jetzt. Niemand war da, der sie aus ihrer Gedankenwelt herausholen konnte. Eigentlich hatte sie nur einen kurzen Spaziergang machen wollen, um die Gegend zu erkunden, und dann hatte sie sich vorgenommen, David zu schreiben und ihm zu erzählen, dass sie schließlich in Roscoff gelandet war. Ihr Notizbuch lag schon auf ihrem Schreibtisch, aber sie hatte keine Lust zu schreiben, denn das hätte bedeutet, dass sie David auch von ihrer Begegnung mit Mathieu erzählen würde, und das wollte sie momentan noch nicht.

Sie schloss die Augen und spürte wieder Mathieus Blick, der sie von oben bis unten musterte. Ja, sie sah jetzt anders aus als damals, aber so sehr nun auch wieder nicht, dachte sie. War ihre Haarfarbe bei ihrem ersten Treffen nicht hennarot gewesen, weil sie kurz vor der Buchmesse gemeint hatte, dass sie etwas mehr Glanz und Farbe gebrauchen könnte? Egal, wie schrecklich diese Haarfarbe wirklich gewesen war, Mathieu hatte sie auch mit acht Kilos mehr sexy gefunden. Sein deutscher Verlag, in dessen Auftrag sie auch seine Romane übersetzte, hatte sie beide zur Verlagsparty eingeladen. Für sie war es das erste Mal auf der Frankfurter Buchmesse gewesen. In den Jahren zuvor hatte sie wegen der Kinder nie hinfahren können, und sie genoss es sehr, nur für sich zu sein und nicht noch auf andere Rücksicht nehmen zu müssen. Sie hatte sich für die Messe ein neues Outfit zugelegt, schwarze Hosen und ein asymmetrisch geschnittenes schwarzes Oberteil. War nicht Schwarz die Farbe der Kreativen? Als sie mehrere Exemplare von Mathieu Fleurys neuem Roman am deutschen Verlagsstand entdeckte, war sie auch auf sich stolz. Alle wussten, wer sie war. Mathieus neuer Roman verkaufte sich rasant, und da Mathieu in Interviews immer wieder erwähnt hatte, wie gut ihr die Übersetzung gelungen war, hatte sie ein wenig von seinem Ruhm abbekommen.

Mathieu erinnerte sich vielleicht nicht mehr daran, aber sie wusste noch genau, wann sie ihn zum ersten Mal gesehen hatte. Er las auf einer Leseinsel in einer der Messehallen. Sie war aufgeregt, ihn endlich persönlich zu sehen, weil sie das Gefühl hatte, ihn schon genau zu kennen. Seine Einstellung zum Leben, die manchmal in einem Nebensatz deutlich wurde, gefiel ihr.

Irgendwie hatte sie erwartet, dass sie sich in einer schrägen Weise ähneln würden, weil er so schrieb, wie sie oft dachte, aber da gab es wenig Übereinstimmung. Er sah wirklich so gut aus wie auf den Fotos, volles Haar, an den Schläfen schon etwas graumeliert, obwohl er erst Ende dreißig war, wache, gefühlvolle grüne Augen. Sie war sich sicher, dass die Frauen im Publikum, anders als sie, seinen Zynismus nicht wahrnahmen. Er verbarg ihn geschickt hinter seiner Liebenswürdigkeit, und so ähnlich machte sie es auch. Sie glaubte nicht, dass viele die Fragezeichen und die Ironie zwischen den Zeilen bemerkten. Seine Leserinnen waren bestimmt davon überzeugt, dass er so un-

erschütterlich an die Liebe glaubte, wie er sie beschrieb. Er verbirgt irgendetwas, von dem er durch diese Liebesgeschichten ablenken will, dachte Sanne.
Er flirtete gerade mit seiner sehr hübschen und jungen rothaarigen Lektorin. Während sie ihn vorstellte und sein gerade erschienenes Buch überschwenglich lobte, ließ er seinen Blick durchs Publikum wandern. Sanne war sich sicher, dass jede Frau im Publikum dachte, er würde nur sie ansehen. Aber sie wusste aus Gesprächen mit anderen Autoren, dass man in so einem Moment niemanden wahrnahm, sondern ganz bei sich war und nach innen schaute, obwohl man so aussah, als ob man andere beobachtete.
Wie er sich mit der Hand durchs Haar strich, wie elegant er seine Beine übereinanderschlug. Seine Fingernägel sahen so aus, als ob sie manikürt waren, stellte Sanne erstaunt fest. Sie war schon so lange mit David zusammen, dessen Hände zwar gepflegt waren, aber sich wie die von jemandem anfühlten, der gerne mit den Händen arbeitet, dass es sie irritierte, wenn die Hände eines Mannes nicht so aussahen. War Mathieu Fleury überhaupt in der Lage, eine Schubkarre durch den Garten zu schieben, Holz zu hacken oder mit einer Bohrmaschine umzugehen, fragte sie sich damals und war sich ziemlich sicher, dass er diese Dinge noch nie getan hatte. Unmännlich, dachte sie mitleidig. Aber als er vorzulesen begann, vergaß sie vollkommen, wie wenig männlich sie ihn eben noch gefunden hatte. Sie schloss die Augen und ließ sich von seiner Stimme davontragen. Natürlich kannte sie jedes Wort. Sie wusste nicht mehr, wie oft sie den Roman gelesen hatte, bevor sie

mit der Übersetzung begann. Ein Schauspieler las den deutschen Text. Obwohl es Mathieus und nicht ihre Gedanken waren, die sie übersetzt hatte, war sie auf jedes Wort stolz.
Nach der Lesung wurde Mathieu von seinen weiblichen Fans umringt. Sanne beobachtete fasziniert, wie leicht er mit seinen Leserinnen in Kontakt treten konnte, und wünschte sich, weniger schüchtern zu sein.
Abends kam sie nicht pünktlich auf die Verlagsparty, weil sie in ihrem Hotelzimmer einen kleinen Zusammenbruch erlitt. Das Kleid, das sie sich zu Hause für diesen Abend ausgesucht hatte, saß einfach nicht richtig. Sie drehte sich vor dem Spiegel und musste feststellen, dass die drei Kinder doch ihren Tribut gefordert hatten. Es war einfach alles nicht mehr so straff wie früher. Normalerweise störte sie das nicht, aber an diesem Abend hatte sie so aussehen wollen, als ob sie keine Familie hätte. Und dann hatte noch Katha angerufen, um sich über Finn zu beschweren. Ihre Mutter managte die Kinder zu Hause, während sie auf der Messe war. David war mal wieder irgendwo in Mecklenburg-Vorpommern bei einem Brückenbauprojekt beschäftigt und hatte nicht auf die Kinder aufpassen können.
Als sie zur Party kam und die vielen gestylten Verlagsleute sah, wäre sie am liebsten wieder umgedreht und hätte sich mit Pralinen in ihr Bett geflüchtet und eine Serie geguckt, aber plötzlich tauchte Mathieu mit zwei Gläsern Rotwein vor ihr auf.
»Ich denke, Sie mögen Rotwein, wenn Sie französische

Autoren übersetzen«, sagte er und gab ihr ein Glas. Sie war so aufgeregt, jetzt mit ihm zu sprechen, dass sie überhaupt nicht mehr wusste, was sie sagen sollte. Aber das machte nichts, denn er redete und bestimmte die Gesprächsthemen, was sie noch mehr verwirrte, weil sie so daran gewöhnt war, dass Männer schweigsamer waren als sie und sie die Unterhaltungen anschieben musste. Er hüpfte von einem Thema zum anderen und hielt sich nirgendwo lange auf. Ihm ging es nicht darum, ein Gespräch zum Informationsaustausch zu führen, wie sie das von David kannte. Er entspannte sich bei einer geistreichen Unterhaltung. Dieser Gesprächsstil machte sie atemlos. Sie war es nicht gewohnt, das Heft in einer Unterhaltung aus der Hand zu geben, aber es gefiel ihr. Mathieu lotste sie an einen Tisch in der Ecke, und irgendwie war ihr Glas immer gefüllt. Sie wusste, dass sie eigentlich aufhören musste zu trinken, weil sie sonst vielleicht das tun würde, woran sie schon seit zwei Stunden dachte, nämlich Mathieu zu küssen. Sie würde es nicht machen, sie war ja glücklich verheiratet, und der, mit dem sie flirtete, war schließlich ein Autor, dessen Romane sie auch noch weiterhin übersetzen wollte, also eine Arbeitsbeziehung. Es sprach alles dagegen, dass sie ihn küsste. Aber es war dann doch passiert, und sie hatten sich so lange geküsst, bis ihr Verstand mühsam wieder einsetzte, sie sich losmachte und ihre Hand mit dem Ehering hochhielt: »Ich kann nicht, ich bin verheiratet.«

Mathieu war plötzlich nicht mehr so selbstbewusst aufgetreten, hatte sich für seinen Übergriff entschuldigt, war aufgestanden und hatte sie allein zurückgelassen. Sie hatten danach noch einige Male wegen der Übersetzungen seiner nächsten Romane miteinander telefoniert, aber ihr Kuss war kein einziges Mal zur Sprache gekommen. Sehr wahrscheinlich hatte Mathieu die Abfuhr gekränkt. Sie wusste aus seinen Geschichten, dass er verletzlich und sensibel war, auch wenn er es während ihres einzigen gemeinsamen Abends nicht gezeigt hatte.

Jetzt bin ich nicht mehr verheiratet, dachte sie, und zum ersten Mal bohrte sich dieser Gedanke nicht als Schmerz in ihr Herz.

»Ich wünsche mir, dass du nicht für immer allein bleibst, wenn ich gestorben bin«, hatte David ihr einige Tage vor seinem Tod gesagt. »Und ich glaube, dass du auch wieder lieben wirst, vielleicht nicht so, wie du mich geliebt hast, sondern auf eine andere Art, aber du wirst es tun.«

Sie hatte protestieren, ihm sagen wollen, dass sie nie wieder einen Mann lieben würde, dass sie keine Kraft dazu hätte, aber er hatte sie mit diesem intensiven Blick angesehen, den er erst seit einigen Tagen gehabt hatte und mit dem er ihr auf den Grund ihrer Seele sehen konnte.

»Ich liebe dich so sehr und werde es immer tun, aber das bedeutet nicht, dass ich möchte, dass du alles so lässt in deinem Leben, wie es ist. Bau es um, wenn dir danach ist. Ich weiß, dass ich immer in deinem Herzen sein werde. Ich gehöre zu dir, ich sterbe als dein Mann, aber ich möchte nicht, dass du als meine Frau stirbst. Es gibt für dich noch so viel Zeit ohne mich zu leben, ich wünsche dir noch mindestens dreißig gute Jahre. Ich kenne dein Bedürfnis und deine Fähigkeit, zu lieben und zu teilen, du brauchst das, um glücklich zu sein.«

Er musste zwischen den Sätzen lange Pausen einlegen und atmete schwer. Sie wollte ihn bitten, sich nicht so anzustrengen, aber sie hielt sich zurück. Er sah aus wie ein zerzaustes Adlerküken – mit seinen eingefallenen Wangen und den Knochen, die sich unter der Haut scharf abzeichneten. Seine Nase wirkte in dem jetzt kleinen Gesicht unnatürlich groß, seine Haare waren nach der letzten Chemotherapie in weißen Flusen nachgewachsen. Sie saß auf seinem Bett und hielt seine dürre, geschwächte Hand, die immer so stark und zupackend gewesen war, sanft fest. Seine Haut war mittlerweile so dünn wie Papier. Sein Körper konnte sie schon lange nicht mehr lieben. Aber seine Augen waren so lebendig wie nie. Er sah sie eindringlich an, während er sie bat, jemand anderen als ihn zu lieben, wenn die Zeit gekommen war, und sie versprach es ihm schweigend.

Sie zog das rote Sommerkleid an, das Maria in den *Galeeries Lafayette* für sie ausgesucht hatte. Sie lackierte sich Fuß- und Fingernägel mit klarem Lack – mehr schien ihr nicht angemessen zu sein – und schlüpfte in ihre eierschalenfarbenen hochhackigen Sandalen, auch wenn sie nicht für einen Spaziergang geeignet waren. Sie spürte ihren Körper wieder. Ich bin immer noch eine Frau, dachte sie, und mit diesem Gedanken verband sich ein heiteres Gefühl. Sie war nicht sterbenskrank. Sie war mit erstaunlich wenigen Blessuren aus Davids Krankheit hervorgegangen.

»Während ich altere, wirst du immer jünger«, hatte er zu ihr gesagt, und sie hatte ihm recht geben müssen, auch wenn sie sich ein wenig dafür schämte. Als David noch an ihrem Arm die Treppe hinuntergehen konnte, um mit ihnen am Esstisch zu essen – das war bis sechs Wochen vor seinem Tod möglich gewesen –, hatte sie sich immer zu Geduld und Langmut zwingen müssen, weil er so langsam ging. Er war nur einige Jahre älter als sie, aber er war an ihrer Seite in den vergangenen Monaten zu einem alten Mann geworden. Diesen Weg hatte sie nicht mit ihm gehen wollen und können.

Die Sonne schien, als sie die Fähre auf die Île de Batz nahm. Der Mann, der sich um die Festmacher kümmerte, musterte sie interessiert. Sonnenstrahlen liebkosten ihre nackten Unterarme. Ich lebe, dachte sie, und es war nicht mehr ein Satz, der einstudiert klang.

Obwohl Roscoff mit dem Boot nur eine Viertelstunde entfernt war, wirkte die Île de Batz so, als ob sie in einer anderen Zeitzone läge. Nachdem die Touristen sich auf den ausgetretenen Pfaden entfernt hatten, die in jedem Reiseführer beschrieben waren, blieben nur einige Fischer zurück, die in der Nachmittagssonne in einer kleinen Bar direkt am Hafen Pastis tranken. Es war still, auf der Insel waren nur wenige Autos zugelassen. Sanne sah hinüber nach Roscoff auf das Festland. Dort lag das Moleskine-Notizbuch in ihrem Hotelzimmer aufgeklappt auf dem Schreibtisch, dort war ihr Handy, das sie nicht mitgenommen hatte, damit sie ihre Kinder nicht erreichen konnten.

Sie ging langsam die kleine Straße entlang des Hafens, wie

Mathieu es ihr beschrieben hatte, und mit jedem Schritt fühlte sie sich weiter von ihrem bisherigen Leben entfernt. Für Mathieu zählte nicht, was mit ihrer Familie war, dass sie überhaupt eine hatte. Sie war nicht mehr verheiratet, damit hatte sich dieses Thema erledigt. Er würde nicht fragen, wenn sie ihn darum bat.

Es hatte einen Bereich in ihrem Leben gegeben, in dem David auch während ihrer Ehe keine Rolle gespielt hatte. Ihre Arbeit war ihre Welt gewesen, und sie hatte ihr immer mehr bedeutet als nur das Übersetzen von Geschichten, die andere geschrieben hatten. Manchmal war ihr die Welt des Romanes, den sie gerade übersetzte, sogar wichtiger gewesen als das, was in ihrem sonstigen Leben geschah. Oft hatte sie es kaum erwarten können, dass die Kinder morgens aus dem Haus waren und sie wieder in die Gedankenwelt eines anderen Menschen eintauchen konnte. Und wenn sie auf einen Satz stieß, bei dem sie dachte, dass sie ihn genauso geschrieben hätte, wenn sie Schriftstellerin wäre, und sie es dann schaffte, die Poesie dieser Worte in der deutschen Übersetzung zu erhalten, wurde sie von einem rauschhaften Glücksgefühl erfasst. Sie war sich nicht sicher, ob ihre Familie das jemals verstanden hatte, aber Sanne vermutete, dass David manchmal eifersüchtig auf diejenigen gewesen war, deren Worte sie übersetzte, weil er wusste, dass sie ihre Gedanken hundertmal besser ausdrücken konnten als er.

Sie sah das Haus schon von weitem. Der Turm, der an dem Haupthaus klebte, gab ihm eine verwunschene Note. Es war nicht lieblich, seine Steinmauern hatten einen

graubraunen Ton, der typisch war für diese Gegend. Nur die großen Sprossenfenster wiesen darauf hin, dass es komplett renoviert worden war. Sie ging den Feldweg zum Haus hinauf. Es war eigentlich ein kleines Château, das allein auf einer Wiese stand. Sanne hoffte, dass zu diesem Anwesen kein Hund gehörte. Alles blieb still. Sie hörte nur das Knirschen ihrer Sandalen im Sand, den Wind und das sanfte Glucksen eines Meeres, das nicht durch einen einzigen Windhauch aufgewühlt wurde.
Es gab keine Klingel, und so bediente sie den bronzenen Türklopfer, der wie eine Hand geformt war.
»Moment«, rief jemand von innen. »Ich komme gleich.«
Sie hörte eilige Schritte, dann ging die Tür auf. Mathieus Haare waren zerzaust. Er trug ein graues T-Shirt von Jack and Jones, eine blaue Jeans und Flipflops. O Gott, wie peinlich, ich hätte auch in Jeans kommen sollen, dachte Sanne.
»Kommen Sie rein, Sie sehen großartig aus, ich kämpfe gerade mit dem Korken der Weinflasche. Ich wollte die Drinks bereits fertig haben, weil ich schon erwartet habe, dass Sie als Deutsche pünktlich sein werden, aber dann blieb der Korken irgendwie stecken.«
Seine Sprechgeschwindigkeit machte sie wieder sprachlos. Er kümmerte sich überhaupt nicht darum, ob sie genug Zeit hatte, irgendetwas zu erwidern. Sie entspannte sich. Mathieu führte sie auf die Terrasse. Der Tisch war so gedeckt, wie er es auch in einer seiner Geschichten beschrieben hätte. Auf großen bunten Keramiktellern, die eher in die Provence als in die Bretagne passten,

waren Austern, verschiedene Pasteten, Käse und Weintrauben angerichtet.

»Möchten Sie mich bestechen, damit ich nicht so scharf über Ihre Geschichte urteile?«, sagte Sanne.

»Nein, Sie wollten doch ein wenig über Verdrängung lernen. Das ist die erste Lektion. Bei einem guten Essen vergisst man jeden Kummer. Jedenfalls, wenn man genug dazu trinkt«, sagte Mathieu. »Ich würde einen Pastis vorschlagen, bevor wir zum Essen Wein trinken. Sie mögen doch Pastis?«

»Auch wenn es ja eigentlich nur was für Männer ist, gerne«, sagte Sanne.

»Wo haben Sie denn den Mist gehört?«

»Das erzählte mir ein Kellner in Paris, als ich Pastis bestellen wollte.«

»Und dann haben Sie keinen Pastis bestellt?«

»Nein, ich ließ mir einen Likör kommen, war schrecklich süß.«

»Sie wissen schon, dass die Pariser Kellner die rüpelhaftesten auf der ganzen Welt sind und sie ihre Gäste nur einschüchtern wollen?«, sagte Mathieu.

»Das hat bei mir dann ja auch funktioniert«, sagte Sanne.

»Sie sind zu nett, hat Ihnen das schon einmal jemand gesagt?«

»Ich muss zugeben, dass mir das nicht nur einmal gesagt wurde.«

»Wenn Sie wollen, kann ich Ihnen auch eine Lektion im Umgang mit Pariser Kellnern geben.«

»Erst einmal verdrängen, dann sehen wir weiter.«

Mathieu reichte ihr das Glas mit Pastis. Dabei berührten sich ihre Fingerspitzen.
»Haben wir uns in Frankfurt nicht geduzt?«, fragte er.
»Ab einem gewissen Punkt schon«, sagte Sanne.
»Jetzt erinnere ich mich. Wollen wir es wieder tun?«
»Ist es sinnvoll, sich bei einem Arbeitstreffen zu duzen? Ihr Franzosen seid doch in diesen Dingen so korrekt.«
»Ist das hier ein Arbeitsessen?«, fragte Mathieu.
»So was in der Art?«, fragte Sanne zurück.
»Gut, dann bleiben wir besser beim Sie.«
Wann verliere ich endlich diesen Ehefrauenreflex, abzublocken?, dachte Sanne genervt.
»Ich würde dich gerne duzen«, sagte sie und sah ihm in die Augen.
»Lass uns essen«, antwortete er.
Mathieu hatte an alles gedacht. Auf ihrem Teakstuhl lag eine Wolldecke, falls sie wegen des leichten Windes frieren sollte. Er hatte kornblumenblaue Servietten, die zu dem Geschirr passten. Es gab gekühlten Weißwein und Rotwein, Wasser mit und ohne Kohlensäure, zwei verschiedene Baguettesorten. Er reichte ihr die Platten, bevor sie überhaupt einen Wunsch äußern konnte.
»Bist du immer so aufmerksam?«, fragte Sanne.
»Nur wenn ich meine, dass es sich lohnt«, sagte Mathieu.
»Und bei mir ist das so.«
»Ich möchte doch auch weiter so gut übersetzt werden.«
Mathieu aß die Austern pur, nur mit einem Spritzer Zitrone, er schloss dabei genießerisch die Augen.
»Erzähl mir von deiner Geschichte. Wo spielt sie?«

»In der Pariser Modeszene.«
»Du interessierst dich für diese Welt?«
»Eigentlich nicht. Ich finde sie sogar ziemlich uninteressant.«
Sanne schwieg.
»Was ist? Du guckst plötzlich so kritisch«, fragte Mathieu.
»Meinst du, es ist sinnvoll, dass du über etwas schreibst, was du nicht magst?«
»Meiner Lektorin gefiel es.«
»Bei deinen Verkaufszahlen gefällt ihr sicher alles, was du vorschlägst.«
»So ist sie nicht. Sie sagt schon, was sie denkt.«
»Gut. Sei nicht beleidigt, du wolltest doch, dass ich meine Meinung sage«, sagte Sanne.
»Ist gut. Aber ich muss mich erst einmal an deine typisch deutsche direkte Art gewöhnen«, sagte Mathieu.
»Entschuldige, wenn ich zu ruppig bin. Du hast recht. Ich habe wohl zu lange mit Kindern zusammengelebt. Die können furchtbar ehrlich sein.«
»Und dein Mann war auch so?«
»Du wolltest mir doch verdrängen beibringen?«
»Entschuldige, ich war nur neugierig.«
»Ich glaube, du willst nur von deiner Geschichte ablenken. Was ist denn bisher passiert?«
Schon nach den ersten Szenenbeschreibungen wusste Sanne, dass Mathieu nicht auf dem richtigen Weg war. Sie kannte seine Begeisterung für seine Geschichten. Normalerweise konnte er seine Figuren mit einigen Strichen cha-

rakterisieren, wusste, wie sie tickten, aber das, was er über die Hauptpersonen seiner aktuellen Geschichte erzählte, war überhaupt nicht fesselnd, sondern ausgesprochen langweilig. Sie hörte zu und versuchte, ihre Mimik zu kontrollieren, damit er nicht merkte, wie wenig ihr seine Geschichte gefiel. Allerdings schien ihr das nicht zu gelingen.

»Ist sie so schlecht?«, fragte Mathieu kleinlaut.

»Wer, die Wildschweinpaté? Nein, sie ist köstlich. Ich habe viel zu viel davon gegessen.«

»Lenk nicht ab, ich rede von meiner Geschichte.«

»Können wir nicht gleich mit der Lektion über das Verdrängen beginnen?«, bat Sanne.

»Das war ja fast schon französisch. Zu kritisieren, ohne zu kritisieren. Aber ich will, dass du ehrlich bist. Du bist schließlich meine deutsche Stimme.«

»Die Geschichte passt nicht zu dir. Ich erkenne dich in keiner der Figuren.«

»Ich schreibe nicht autobiographisch. Ich bin Schriftsteller, kein Journalist«, sagte Mathieu beleidigt.

»So meine ich das auch nicht.«

»Entschuldige, ich weiß. Ich bin mit der Geschichte ja selbst so unglücklich, vielleicht sollte ich alles löschen.«

»Bevor du das tust, zieh aber vorher eine Kopie«, riet Sanne.

»Man merkt, dass du dreifache Mutter bist.«

»So viel älter als du bin ich nun auch nicht«, sagte Sanne.

»Bist du es überhaupt? Das hätte ich nicht gedacht. Jetzt bist du eingeschnappt. Sollen wir ans Meer gehen, bevor wir uns dem Dessert zuwenden?«, fragte er.

»Unbedingt.«
»Ich hole dir einen Pullover, da unten kann es kalt werden.«
»Du kümmerst dich um mich wie eine Mutter«, lachte Sanne.
Mathieu verschwand im Haus, und sie blieb sitzen. Sie versuchte sich daran zu erinnern, wann sie zum letzten Mal mit einem Mann außer David in so einer privaten Atmosphäre Austern gegessen hatte.
Sie gingen zum Meer hinunter. Ab und zu reichte Mathieu ihr die Hand, um ihr zu helfen. Für ihn schien es selbstverständlich zu sein, dass sie Schuhe trug, die für diesen Spaziergang nicht geeignet waren, aber zum Kleid passten. Am Meer legte er ihr einen Pullover um die Schultern.
Mathieu stand neben ihr und sah schweigend aufs Wasser.
Schön hier, nicht?, hätte David gesagt.
»Manchmal geht mir das Meer hier auf die Nerven«, sagte Mathieu. »Zu viel Natur.«
Sanne lachte.
»Noch etwas, das wir gemeinsam haben. Ich bin auch eher ein Stadtmensch.«
»Haben wir denn was gemeinsam?«, fragte Mathieu.
»Wenn ich Geschichten schriebe, wären sie so wie deine«, sagte Sanne leise auf Deutsch.
»Das wusste ich, als ich deine erste Übersetzung gelesen habe. Lass uns zurückgehen. Es wird langsam kalt, findest du nicht?«, sagte Mathieu.
»Ein Mann, der schneller friert als ich«, murmelte Sanne.
O Gott, hatte sie das eben gesagt?

»Ja, ich bin eine Memme.«
»So meinte ich das nicht. Ich finde es entzückend.« Noch schlimmer geht es wohl nicht, dachte sie.
»Was für ein altmodisches Wort – entzückend. Aber ich mag es. Jetzt muss ich mich um den Nachtisch kümmern. Ist das auch entzückend?«
Sanne merkte, dass sie rot wurde. Jetzt bloß nichts erwidern, dachte sie, denn sonst würde sie garantiert wieder in ein Fettnäpfchen treten.
»Lass uns den Nachtisch drinnen essen«, sagte Mathieu und ging zum Haus, ohne sich nach ihr umzudrehen.
Die Einrichtung passte eher in ein Pariser Loft als in ein bretonisches Landhaus, viel Holz, helle Farben, Chrom, Leder. Sanne ließ sich in einen roten Ledersessel fallen, der extrem bequem aussah. Mathieu werkelte in der offenen Küche herum.
»Eigentlich wollte ich eine Crème Caramel machen, aber ich hatte nicht mehr genug Zeit. Deshalb habe ich Tarte aux Pommes gekauft. Magst du Espresso?«
»Gerne. Sind alle Schriftsteller so vollendet gastfreundlich?«
»Keine Ahnung. Die meisten, die ich kenne, haben so kleine Wohnungen, dass sie es selten unter Beweis stellen können.«
»Aber ich glaube, man braucht mehr als Geld dazu.«
»Das stimmt. Ich bin froh, dass es dir gefällt.«
Sie aßen schweigend. Mathieu hatte die Schuhe ausgezogen und saß im Schneidersitz auf dem Sofa wie ein Yogi. Manchmal strich er sich Strähnen aus der Stirn. Er ist auch

nervös, dachte Sanne. Sie versuchte, sich auf ihren Kuchen zu konzentrieren und ihn nicht weiter anzustarren, wollte diesen Moment anhalten. Sie schwiegen und sahen sich an. Die Lichtstrahlen, die durch die großen Fenster hinter ihr fielen, verfärbten sich rötlich. Der perfekte Moment, dachte Sanne, um ihn wieder zu küssen, aber sie blieb sitzen.

»Willst du ein paar Seiten von meinem Manuskript lesen?«, fragte Mathieu unvermittelt.

»Nur wenn ich das sagen kann, was ich denke«, sagte Sanne.

»Tust du das nicht immer?«, fragte Mathieu.

»Bei dir schon«, sagte Sanne.

Sie sah ihm zu, wie er durch den Raum zu einem Schreibtisch ging, sich über seinen Laptop beugte, um die richtige Datei zu finden und auszudrucken. Ob er wusste, wie gut er ihr gefiel? Er kam zu ihr und gab ihr die Blätter, darauf bedacht, dieses Mal nicht ihre Finger zu berühren. Sie begann zu lesen, auch wenn sie nicht glaubte, dass sie sich würde konzentrieren können, und hoffte, dass es besser war, als sie dachte. Sie erkannte Mathieus Schreibstil, den sie sehr mochte, aber dennoch war es nicht seine Geschichte. Es war genauso, wie sie vermutet hatte: Er hatte die Figuren in seine Geschichte gezwungen. Sie waren nicht von allein gekommen. Mathieu saß wieder auf dem Sofa und beobachtete sie beim Lesen.

»Die Geschichte fesselt dich nicht«, stellte er hoffnungslos fest.

»Du magst deine Figuren nicht besonders?«, fragte Sanne.

»Merkt man das so deutlich?«

»Ich merke das, und wie du schon gesagt hast, bin ich deine deutsche Stimme.«
Mathieu warf ihr einen verzweifelten Blick zu und rang die Hände.
»Was soll ich bloß tun? Es ist zu Ende. Ich werde nie wieder einen guten Roman schreiben«, jammerte er.
»Blödsinn«, sagte Sanne.
»Wenn ich nicht weitermache, verlierst du auch eine Einnahmequelle. Das ist schrecklich.«
»Es gibt ja auch noch andere Sachen zu übersetzen«, rutschte es Sanne heraus.
»Ja, und dann wirst du denen deine deutsche Stimme schenken.«
»Noch ist es nicht so weit. Ein Vorschlag. Du machst den Champagner auf, den du sicher noch im Kühlschrank hast, und ich hole das Essen von der Terrasse. Wir essen noch ein paar Austern, und du gibst mir eine Lektion im Verdrängen.«
Mathieu stand murrend auf, tat aber dann das, was sie gesagt hatte.
»Komm zu mir auf das Sofa, dann kannst du das Meer sehen, während wir Champagner trinken«, sagte Mathieu.
»Wenn es den Prozess des Verdrängens vorantreibt?«
Sanne zog ihre Schuhe aus und merkte, wie er sie dabei beobachtete. Sie setzte sich weit genug von ihm weg, dass sie sich nicht berührten. Mathieu prostete ihr zu.
»Auf meine deutsche Stimme«, sagte er, »und ihren wunderschönen Mund.«
»Darauf, dass du so schreibst, wie ich denke.«

»Aber nur, wenn es nicht um die Pariser Modeszene geht«, sagte Mathieu.
»Wie kann ich dich dazu bringen, mich zu küssen?«, fragte sie.
»Indem du herkommst«, sagte er.
»Ich dachte, der Mann muss den ersten Schritt tun.«
»Bei mir nicht.«
Als sie aufstand, erhob er sich auch.
»Du siehst, ich komme dir entgegen«, sagte er.
»Das musst du auch, ich habe so etwas lange nicht mehr gemacht.« In Paris war ich total betrunken, das zählt nicht, dachte Sanne.
»Möchtest du es denn?«, fragte Mathieu.
»Ja«, sagte Sanne.
»Dann schließ deine Augen.«
»Das kann ich nicht«, sagte sie.
»Hast du Angst?«, sagte er.
»Ja.«
»Wovor?«
»Die Fassung zu verlieren«, sagte Sanne.
»Das würde mir gefallen«, sagte Mathieu.
»Nicht so, wie du denkst. Ich würde vielleicht weinen.«
»Und das wäre schlimm?«
»Für dich.«
»Nein, ich schreibe Liebesromane, wie du weißt.«
»Und da hast du keine Angst vor großen Gefühlen?«, fragte Sanne.
»Genau, aber pass auf, vielleicht mache ich nachher aus deiner Geschichte einen Roman.«

»Ich vertraue darauf, dass du das nicht tust.«
»Jetzt ist die Romantik weg«, klagte Mathieu.
»Tut mir leid. Ich bin aus der Übung«, sagte Sanne.
»Du warst doch so lange verheiratet?«
»Und das ist gleichbedeutend mit Romantik?«
»Das weiß ich nicht. Bei meinen Eltern ist es nicht so. Aber du warst doch sehr gerne verheiratet?«
»Ja.«
»Ich helfe dir gerade nicht dabei zu verdrängen?«
»Nein, aber das ist nicht schlimm. Frag weiter.«
»Du hast David sehr geliebt?«, fragte Mathieu.
»Ja.«
»Aber du hast dich von mir in Frankfurt küssen lassen? Widerspricht sich das nicht?«
»Nein«, sagte Sanne.
»Ich weiß jetzt nicht, wie es hier weitergehen soll.«
»Vielleicht helfe ich dir in der Küche?«
»Denkst du dabei an ihn?«
»Beim Aufräumen? Schon möglich«, sagte Sanne.
»Lenk nicht ab. Hast du an David gedacht, als wir uns damals geküsst haben?«, fragte Mathieu.
»Nein.«
»Und wie wäre es jetzt?«
»Ich weiß es nicht. Als ich das letzte Mal jemanden geküsst habe, war ich zu betrunken, um irgendetwas denken zu können.«
»Erzähl davon.«
»Ein kleiner Ausflug in die Pariser Künstlerszene auf dem Weg hierher.«

»Das klingt aufregend.«
Mathieus Augen wurden ganz schmal.
»Du wohnst nicht zufällig auch auf dem Montmartre?«, fragte Sanne.
»Nein, aber er? Was für ein Klischee! Konnte er jedenfalls gut küssen?«
»Nicht so gut wie du«, sagte Sanne.
»Steh auf«, sagte Mathieu.
Ohne Schuhe war sie nur einige Zentimeter kleiner als Mathieu. Er stand dicht vor ihr, sah ihr in die Augen und schien auf ein Zeichen von ihr zu warten. Sie wusste nicht, was sie tun sollte. Er sah plötzlich sehr verletzlich aus. Sie streichelte seine Wange.
»Ich finde es schön, dass du jetzt da bist«, sagte sie.
Er nahm sie in die Arme und küsste sie.

Sanne wachte im Morgengrauen auf. Mathieu schlief noch. Sie wollte ihn nicht wecken, deshalb bewegte sie sich nicht. Er lag dicht an ihrem Rücken. Die ganze Nacht hatte sie ihn gespürt, als hätten sie sich im Schlaf synchron bewegt. Sie schloss die Augen und schmiegte sich wieder an ihn. Sie wachte von seinem Streicheln auf. Es war ganz leicht. Sie schliefen miteinander, aber dieses Mal viel langsamer und behutsamer als in der Nacht zuvor.

# 8

»Ich würde dir gerne Frühstück machen, befürchte aber, dass nichts mehr zu essen da ist«, sagte Mathieu.
»Ich bin nicht hungrig.«
»Ich habe Eier. Und Kaffee. Irgendwas musst du doch essen.«
»Gut, Eier und Kaffee. Das klingt gut«, sagte Sanne. »Es ist lange her, dass mir jemand Frühstück gemacht hat.«
»Ist das so in einer Ehe?«, fragte Mathieu.
»Nein, nur wenn man einen sterbenskranken Partner pflegt«, sagte Sanne.
Mathieu schlug sich gegen die Stirn.
»Was für ein unsensibler Hornochse ich doch bin!«
»Ist nicht so schlimm. Also, Eier und Kaffee und ein wenig Apfelkuchen, wenn noch welcher da ist?«
»In Ordnung, Mademoiselle, aber Sie bleiben liegen, während ich eile, um das Frühstück zu bereiten. In Frankreich serviert man es im Bett.«
Eigentlich weiß ich gar nicht, was ich hier tue, dachte Mathieu, als er allein in der Küche war. Er ärgerte sich über seinen Auftritt. Warum spielte er Sanne den unbekümmerten jungen Mann vor? Wenn sie ihn wirklich durchschaute, würde sie ihm dieses Getue sowieso nicht abnehmen. Natürlich hatte er Angst, es zu versauen. Er hatte keine Ahnung, wie man eine Witwe behandelte. Träumte sie gerade von ihrem verstorbenen Mann, während er sich

abrackerte, um ihr ein halbwegs passables Frühstück aus Resten zu zaubern? Und was sollte er nach dem Frühstück tun? Konnte er sie dann bitten zu gehen, oder würde sie das verletzen? Als Übersetzerin musste sie doch eigentlich verstehen, dass er schreiben wollte?

Gestern Nacht war sie so leidenschaftlich gewesen wie schon lange keine Frau mehr in seinem Bett. Er war sich unglaublich begabt vorgekommen, obwohl er genau wusste, dass seine erotischen Fähigkeiten nur im oberen Durchschnitt angesiedelt waren. Hätte nicht jeder Mann diese Reaktion bei ihr hervorrufen können? Wie lange hatte sie keinen Sex gehabt? Aus eigener Erfahrung wusste er, dass ein betrunkenes Zusammensein mit Fremden niemals guter Sex war. Hatte sie gestern Nacht überhaupt ihn gemeint, oder war sie in Gedanken die ganze Zeit mit David zusammen gewesen? Er hatte sie beobachtet, während sie schlief, um vielleicht ein Zeichen zu bekommen, das ihm Antwort auf diese Frage gab. Er hatte nicht einschlafen können, weil er befürchtete, dass sie im Schlaf nach David rufen würde.

Bisher war er immer nur mit Frauen ins Bett gegangen, die ihre Ex-Liebhaber mit seiner Hilfe schnell vergessen wollten oder aber wirklich ihn meinten. Was wollte Sanne? Er wusste es nicht und war sich auch nicht sicher, ob er nachfragen konnte.

Sie aßen schweigend und berührten sich nicht. Sanne schien es unangenehm zu sein, überhaupt im Bett zu essen. Sie bemerkte noch nicht einmal die lachsfarbene Rose, die er in einer zur Vase umfunktionierten Karaffe auf das Tablett gestellt hatte. Sie trank ihren Kaffee und aß den Apfelkuchen. Die Eier im Glas rührte sie gar nicht an.

»Ich denke, ich sollte jetzt gehen«, sagte sie, kurz nachdem sie den letzten Bissen hinuntergeschluckt hatte. Auch wenn es genau das gewesen war, was er sich noch vor einer halben Stunde gewünscht hatte, kränkte ihn ihr Vorschlag jetzt. Sie sammelte ihr Kleid auf, das im Wohnzimmer auf dem Boden lag, und verschwand im Bad. Er blieb im Bett liegen und hoffte, dass sie wieder in sein Bett kommen würde. Aber sie beugte sich nur zu ihm herunter und gab ihm einen flüchtigen Kuss auf den Mund.

»Vielen Dank«, sagte sie. Dann schloss sich hinter ihr die Tür. Das war zu viel für ihn. Und außerdem war er plötzlich schrecklich müde. Er zog sich die Decke über den Kopf, hüllte sich in Sannes Duft und schlief wieder ein.

Die Sandalen drückten, sie fröstelte auf dem Weg zur Fähre, ihr war schlecht. Der Himmel bezog sich mit bleiernem Grau, und es begann zu nieseln. Es war richtig, dass sie litt. Es war falsch, in Mathieus Bett zu liegen, es war falsch, dass es ihr am Abend zuvor und in der Nacht mit einem anderen Mann so gut gegangen war, während Davids Körper unter der Erde in einem dunklen Grab lag.

Gestern Nacht hatte sie David vergessen, und das war unverzeihlich. Und sie hatte sich Mathieu so nah gefühlt, während sie mit ihm schlief. Das durfte nicht sein. Sie fühlte sich so, als ob sie David betrogen hätte. Die Fähre nach Roscoff war fast leer. Der Wind hatte aufgefrischt, das Meer war aufgewühlt. Die Kälte stach wie kleine Nadeln in ihre Haut. Der Mann, der sich um die Festmacher und die Billets kümmerte, sah sie neugierig an, als ob er wusste, mit wem sie die vergangene Nacht verbracht hatte, und sie am liebsten gefragt hätte, wie es gewesen war. Es war falsch gewesen, an diesen Ort zu kommen, um den Tod eines Menschen zu vergessen. Hier war alles so intensiv, der Wind, der Wechsel des Lichtes, der Geruch. Es roch fast immer nach Salz und Schlick. Diese Gegend war zu wild und zu poetisch, und die Leute schienen über dich Bescheid zu wissen, obwohl du sie gar nicht kanntest. Sie musste wieder zurück nach Hause in den klaren und kühlen Norden, wo sie hingehörte.

Aber erst einmal werde ich mich aufwärmen, lange baden und dann schlafen, dachte Sanne. Sie hatte das Hotelzimmer noch für eine Nacht reserviert, und es war einfacher, zu bleiben, als mit der Rezeptionistin darüber zu diskutieren, warum sie früher abreisen musste. Auf dem Schreibtisch lag noch ihr aufgeschlagenes Notizbuch. Sie nahm es schuldbewusst in die Hand und legte es in eine Schublade. Morgen würde sie nach Hause fahren und in ihr altes Leben zurückkehren. Sie würde ihre Freunde wieder einladen, Jule mit Konstantin helfen und die Kinder in Berlin besuchen. Sie würde ein Hobby finden, wieder mehr unternehmen. Früher war sie doch auch oft mit ihren Freundinnen allein weggegangen, wenn David auf Geschäftsreise war. Das würde sie wieder tun. Und

vor allem würde sie wieder anfangen zu arbeiten. Sich darum bemühen, noch mehr Autoren zu übersetzen. Mathieus Roman schien ja erst einmal nicht fertig zu werden. Vielleicht würde er gar nicht mehr wollen, dass sie ihn übersetzte?
Sie streute Badezusatz mit Algenessenzen ins Wasser. Es roch wieder so wie gestern auf der Terrasse.
Bevor sie es selbst erlebte, hatte sie schon viele solcher Szenen aus Mathieus Romanen übersetzt. Er konnte sie so gut beschreiben, dass sie die Speisen beim Übersetzen förmlich schmecken konnte und sich nicht nur einmal ausgemalt hatte, Gast eines solchen Festmahls zu sein, das auch in seinen Geschichten oft mit einer Verführungsszene endete. Inszenierte er ein Essen etwa immer so, wenn er eine Frau ins Bett bekommen wollte? Selbst wenn es so wäre, war es ihr eigentlich egal. Es würde sowieso nicht weitergehen. Morgen Abend war sie wieder in Hamburg, und die Nacht mit Mathieu würde nur noch eine Erinnerung sein, die sie sich ab und zu vor dem Schlafengehen gönnte. Sie war 48. Die meisten ihrer Freundinnen hatten sicher seit Ewigkeiten nicht mehr so etwas erlebt wie sie gestern Nacht.
Du hast eine gute Ehe gehabt, du solltest damit zufrieden sein, sagte eine Stimme in ihrem Innern, die sehr nach der ihrer Mutter klang. Ja, Mama, du hast gut reden. Du bist erst mit 73 Witwe geworden und zwei Jahre später auch gestorben. Ich nehme mal an, dass du in diesem Alter sowieso nicht mehr vorgehabt hattest, dich neu zu verlieben. Ich bin 48. Das heißt, ich könnte über 30 Jahre allein

bleiben, nur um David bis zu meinem Tod treu zu sein? Das kannst du doch nicht ernst meinen.

»Mama, lass mich in Ruhe, ich muss mein eigenes Leben führen«, sagte Sanne laut, um die moralinsauren Gedanken ihrer Mutter zu verscheuchen.

# 9

Zwei Uhr nachmittags. Mathieu wachte auf und stellte fest, dass Sanne nicht zurückgekommen war. Aber es hatte jetzt keinen Sinn mehr, dieser schmerzlichen Tatsache durch weiteren Schlaf zu entgehen. Er musste etwas unternehmen. Schreiben? Sicher, das wäre der richtige Weg gewesen, um die Erlebnisse mit Sanne zu verarbeiten. Die letzte Nacht würde sich als Material für eine Szene auf jeden Fall eignen. Aber was wäre, wenn Sanne trotz dieser momentan schwierigen emotionalen Situation weiter seine Übersetzerin bleiben würde, was er hoffte, da sie einfach die beste war? Es wäre nicht das erste Mal, dass er seine Erfahrungen als Vorlage für eine Szene nahm. Es war nicht so, dass er sich während des Liebesaktes mit einer Frau Notizen machte, aber wenn er eine erotische Szene schreiben musste, griff er manchmal auf die eigenen Erlebnisse zurück. Tat das nicht jeder Schriftsteller?
Eine flüchtige Geliebte mit allerdings erstaunlichen Fähigkeiten hatte sich einmal in einigen Szenen wiedererkannt und ihm daraufhin geschrieben. Eigentlich hatte er nicht damit gerechnet, dass sie seine Bücher las, nur deshalb hatte er sich überhaupt getraut, die Szenen ohne Verfremdungen zu übernehmen. Seltsamerweise war die flüchtige Geliebte aber begeistert, dass jetzt an die hunderttausend Leserinnen wussten, wie heiß sie im Bett war. Sie hatte ihm allen Ernstes vorgeschlagen, sie in der zwei-

ten Auflage als Inspirationsquelle zu erwähnen. Diese Art der Betrachtungsweise fand Mathieu etwas befremdlich. Er hätte nicht gerne als Vorlage für eine Romanfigur gedient. Wie auch immer, dachte er, das war mal wieder typisch für ihn. Sich in gedankliche Schleifen zu begeben, die nichts mit seinem eigentlichen Problem zu tun hatten. Er konnte sich noch so sehr ablenken, es störte ihn immer noch, dass Sanne gegangen war. Sein Körper sehnte sich nach ihr. Er wollte sie wiederhaben, aber wie sollte er das anstellen? Er hatte ihre Handynummer, aber wusste er denn, was er sagen wollte, wenn er sie anriefe? Sie kannte sich zu gut mit der Arbeitsweise von Autoren aus, um zu wissen, dass er Liebesschwüre aus dem Handgelenk schütteln konnte, wenn es denn notwendig war. Sehr wahrscheinlich würde sie ihm sogar sagen können, aus welchem seiner Romane er die Anregung für seine Schmeicheleien hatte. Und sich einfach bei ihr vor die Tür stellen? Aber er wusste noch nicht einmal, in welchem Hotel sie wohnte. Es hatte so viel anderes gegeben, das wichtiger gewesen war, daher hatten sie sich mit diesem winzigen Detail nicht aufgehalten. Roscoff war zwar nicht groß, aber es gab unzählige Hotels. Sollte er die alle abklappern, um Sanne zu finden? War sie jemand, der ein gutes Hotel bevorzugte, oder hatte sie sich in einer einfachen Pension eingemietet, weil sie jetzt ihr Geld zusammenhalten musste?
Vielleicht sollte er einfach nach Roscoff übersetzen und bei Louis warten, bis sie vorbeikam? Wenn sie nicht vorhatte, den Rest ihres Aufenthaltes in ihrem Zimmer zu

verbringen, musste sie das früher oder später tun. Und vielleicht waren ja auch die Jungs dort, um ihn ein wenig abzulenken.

Das schien ein guter Plan zu sein. Er sprang aus dem Bett, duschte und putzte sich gleichzeitig die Zähne. Jetzt, da er eine Entscheidung getroffen hatte, die ihn aus seiner Trägheit hinausbeförderte, wollte er möglichst schnell handeln, denn er wusste, dass dieser Energieschub auch wieder ergebnislos vorbeigehen konnte. Er radelte zur Fähre und musste immer wieder Touristen ausweichen, die in Richtung Leuchtturm unterwegs waren. Oder hatte irgendjemand im Dorf geplaudert, und die Frauengruppe war auf dem Weg zu seinem Haus?

Georges hatte gerade keinen Dienst. Mathieu war erleichtert, denn so musste er nicht gleich damit rausrücken, dass seine Eroberungsaktion letztendlich nach hinten losgegangen war. Als er gestern mit den Einkäufen auf die Insel zurückgekehrt war, hatte er Georges von seinem bevorstehenden Treffen mit Sanne vorgeschwärmt. Georges würde es sicher als nicht sehr schmeichelhaft für ihn empfinden, dass Sanne zwar in seinem Bett gewesen war, aber es dann so fluchtartig verlassen hatte, als ob ein Schwarm Hornissen hinter ihr her wäre. Er musste sich unbedingt noch eine bessere Geschichte ausdenken, für den Fall, dass er bei Louis auf Georges traf.

Sol begrüßte ihn mit strahlenden Lächeln und einem verführerischen Blick, der eindeutig nicht in die Kategorie derer gehörte, die eine verheiratete Frau in Gegenwart ihres Mannes anderen Männern zuwerfen sollte, aber Louis

schien es nicht zu bemerken oder aber sich nicht daran zu stören.
»Ich nehme einen doppelten Espresso, einen Orangensaft und ein Omelette mit Käse. Ich brauche dringend eine Stärkung«, sagte er süffisant, und Sol guckte beleidigt. Sie hat verstanden, dachte Mathieu.
»Kommt sofort«, antwortete sie kühl. Das war etwas, was er bei verheirateten Frauen nicht begriff: Sie brachten dich mit ihrem Flirten fast um den Verstand, machten dir gleichzeitig klar, dass sie eigentlich nicht zu haben waren und fühlten sich aber dennoch verletzt, wenn man dann offensichtlich etwas mit einer anderen Frau hatte.
Zum Glück war Patrik nicht da. Er wollte nicht wieder mit dem einzigen Mann in ihrer Runde gesehen werden, der einsam zu sein schien.
»Guten Appetit«, sagte Sol säuerlich und stellte den Teller geräuschvoll vor ihm ab. Mathieu fing aus Gewohnheit an sich auszumalen, wie sich Sols Temperament im Bett auswirken könnte.
»Na, lange Nacht gehabt?«, fragte Georges, noch bevor er sich auf den Stuhl neben ihm fallen ließ. Durch Handzeichen bestellte er bei Sol einen Pastis.
»Ich habe sie heute Morgen gesehen, deine Deutsche. Sie wirkte aber nicht sehr glücklich.«
»Woher willst du wissen, dass sie es war?«, fragte Mathieu.
»Sie trug ein rotes Kleid, das eindeutig nicht für den frühen Morgen bestimmt war. Was für eine atemberaubende Frau, du Glückspilz. Aber was hast du angestellt, dass sie

nach einer mit dir verbrachten Nacht allein unterwegs war? Oder sollte ihr Mann nichts merken?«
»Sie ist Witwe, du Kretin.«
»Entschuldige, dich scheint es ja wirklich erwischt zu haben.«
»Warum das denn?«, fragte Mathieu.
»Du verteidigst sie wie ein Ritter«, sagte Georges.
»Ich bin eben ein Gentleman.«
Georges lachte, als ob er ihm das nicht glaubte.
»Patrik ist ein Gentleman, du nicht.«
»Patrik ist einsam. Warst du schon einmal bei ihm zu Hause? Es muss dort sehr traurig sein.«
»Patrik einsam, dass ich nicht lache. Er ist schon seit Jahren der Geliebte von Martine, der Frau des Gemüsehändlers in der Hauptstraße. Ich weiß nicht, wie, aber sie scheinen sich alle drei mit der Situation bestens arrangiert zu haben. Manchmal gehen sie gemeinsam aus. Dagegen sind wir solche Spießer. Patrik ist ein Hippie gewesen und hat es in den sechziger und siebziger Jahren richtig krachen lassen.«
»Dieser Ort birgt ungeahnte Geschichten«, meinte Mathieu.
»Vielleicht solltest du unter diesen Umständen deine Geschichte besser hier spielen lassen als im langweiligen Paris«, schlug Georges vor. »Aber jetzt zu dir. Was ist denn passiert, mein Alter? Gestern hat doch alles noch so vielversprechend geklungen?«
»Es war auch toll, hat alles hervorragend geklappt.«
»... verstehe.«

»Aber heute Morgen ist sie dann weg, ohne etwas zu sagen. Ich habe keine Ahnung, was ich getan habe.«

»Du sagst, sie ist Witwe? Wie lange war sie denn verheiratet?«

»Es müssen schon ganz schön viele Jahre gewesen sein. Ihre Kinder sind erwachsen.«

»Das ist ein schwieriger Fall. Sie war sicher nicht unglücklich mit ihrem Mann«, sagte Georges.

»Was weiß ich?«, maulte Mathieu.

»Darf ich dir einen Tipp geben?«

»Ich denke, du wirst es in jedem Fall tun, egal, was ich dir jetzt sage.«

»Da hast du wohl recht. Also, Mathieu, ich rate dir, lass die Finger davon. Es ist zu kompliziert. Hast du nicht *Message in a Bottle* mit Kevin Costner gesehen? Das ist einer der Lieblingsfilme meiner Mutter. Kevin Costner ist Witwer, verliebt sich dann aber doch. In eine süße, blonde Journalistin à la Meg Ryan.«

»Das ist ein Roman von Nicholas Sparks.« Natürlich kannte Mathieu die Geschichte. Er hatte sie in der Zeit gelesen, als er sich entschieden hatte, es mit Liebesromanen zu versuchen.

»Dann weißt du ja sicher auch, wie das endete. Kevin Costner segelt mit seinem Boot raus, weil er sich eigentlich endgültig von seiner Frau verabschieden will, und dann ertrinkt er«, sagte Georges.

»Aber vorher rettet er noch jemanden«, wandte Mathieu ein.

»Na und? Er ist auf jeden Fall tot.«

»Und was willst du mir damit sagen? Dass Sanne jetzt sterben muss, weil sie mit mir geschlafen hat?« Georges sah ihn vielsagend an.
»Nein, natürlich nicht. Aber wenn man mal jemanden sehr geliebt hat, ist es schwierig, sich auf jemand anderen richtig einzulassen.«
»Sie hat ihn geliebt.«
»Es ist zu kompliziert, mein Alter. Und außerdem ist sie Deutsche.«
»Na und? Ist das für dich ein Problem?«
»Nein, natürlich nicht, aber die Deutschen waren ja nun die meiste Zeit wirklich nicht unsere Freunde, du weißt.«
»Trinken wir lieber noch was«, sagte Mathieu. Er wollte sich nicht über Georges' Vorurteile aufregen.
Nach dem ersten Glas Pastis fühlte sich Mathieu schon besser. Vielleicht hatte Georges ja wirklich recht, und es war zu kompliziert. Und momentan durfte er sich doch überhaupt keine Komplikationen leisten. Schließlich hatte er einen Roman zu schreiben. Was hatte Sanne gesagt? Du magst deine Figuren nicht? Eigentlich war es eine Frechheit gewesen, so etwas zu behaupten, aber sie hatte leider den Nagel auf den Kopf getroffen. Sie könnte ihm sicher dabei helfen, auf eine bessere Idee zu kommen. Vielleicht sollte er sie doch suchen gehen?
»Georges, hast du zufällig gehört, in welchem Hotel Sanne wohnt?«
»Nein, aber wenn du willst, kann ich mal Claire fragen. Die arbeitet im Touristenbüro und macht die Vermittlungen für die Hotels. Vielleicht erinnert sie sich an deine

Angebetete. Sie ist ja eine sehr beeindruckende Erscheinung. Eben eine richtige Frau.«

»Ja, nicht? Der reinste Vulkan«, sagte Mathieu.

»Wenn das so ist. Soll ich Claire anrufen? Ich denke, sie ist jetzt noch im Büro.«

»Wenn du das tun willst. Aber wird sie dir so einfach die Information geben? Was ist mit Datenschutz?«, fragte Mathieu.

»Bist du wirklich Franzose?«

Georges griff zu Mathieus Handy und wählte eine Nummer. Bevor er zu seiner Frage kam, flirtete er mit Claire, und Mathieu konnte daraus schließen, dass sie schon mehr miteinander getan hatten, als nur einen Kaffee zu trinken.

»Sie ist sehr wahrscheinlich im *Le Temps de Vivre.* Claire hat dort für sie angerufen und nachgefragt, ob noch ein Zimmer frei ist. Eigentlich hätte sie das nicht gebraucht, sagt Claire. Für eine Deutsche spricht Sanne anscheinend ein sehr passables Französisch.«

»Wo ist denn das Hotel?«, fragte Mathieu.

»Du musst nur die Straße rauf und dann rechts um die Ecke. Es liegt an dem Platz bei der Kirche«, sagte Georges.

»Wer hat denn gesagt, dass ich da jetzt hingehe?«

»Du bist doch Franzose. Erwartet eine Deutsche nicht, dass sie nach allen Regeln der Kunst verführt wird, wenn sie sich mit einem Franzosen einlässt?«, meinte Georges.

»Ich bin Elsässer«, sagte Mathieu.

»Und ich bin Bretone.«

»Ist es nicht albern, einfach in ihrem Hotel zu erscheinen?

Vielleicht fühlt sie sich durch mich in ihrer Privatsphäre gestört«, wandte Mathieu ein.

»Wenn ich richtig verstanden habe, bist du doch schon in ihre Privatsphäre eingedrungen«, sagte Georges grinsend.

»Du bist ein Ferkel.«

»Nee, ich komme vom Land. Hier geht es etwas deftiger zu.«

»Dann kannst du ja auch noch ein Glas mit mir trinken«, sagte Mathieu.

»Immer doch. Bleiben wir sitzen. Früher oder später wird deine Deutsche sowieso hier vorbeikommen.«

»Nenn sie nicht immer so.«

»Entschuldige. Ich werde es versuchen. Aber sie ist doch sehr groß. Wie eine Wikingerin.«

»Jetzt hör auf«, sagte Mathieu.

»Ich denke, wir brauchen noch eine Runde«, lenkte Georges ein.

»Dann bin ich betrunken.«

»Was wirst du singen?«

»So betrunken nun auch wieder nicht.«

»Ein Ständchen unter ihrem Fenster wäre doch sehr romantisch«, sagte Georges.

»Jetzt steigerst du dich zu sehr in meine Angelegenheiten hinein«, sagte Mathieu.

»Ihr würde das aber sicher gefallen.«

»Vielleicht solltest du dich um dein eigenes Liebesleben kümmern.«

»Deins ist viel spannender.«

»Das ehrt mich. Aber im Ernst. Es wäre schlichtweg

lächerlich, wenn ich unter ihrem Fenster singe. Außerdem weiß ich gar nicht, in welchem Zimmer sie wohnt.«

»Das kann ich ganz leicht herausfinden«, sagte Georges.

»Lass mich raten: Die Hotelchefin ist eine Jugendfreundin deiner Mutter, und die würde dir selbstverständlich die vertraulichen Informationen geben.«

»Nein, die Freundin meines Cousins arbeitet im *Le Temps de Vivre.*«

»Gibt es eigentlich irgendjemanden in der Gegend, mit dem du nicht verwandt bist?«

»Lass mich nachdenken. Dich, Louis und Patrik. Aber das zählt nicht.«

»Warum denn das nicht?«, fragte Mathieu.

»Ihr seid hier nicht geboren«, antwortete Georges.

»Nett, dass du dennoch mit mir Pastis trinkst.«

Mathieu fühlte sich nach dem dritten Pastis beschwingt, und nach dem vierten war er kurz davor, zum *Le Temps de Vivre* zu gehen und Sanne ein Ständchen zu bringen. Georges hatte inzwischen herausgefunden, dass sie in einem Zimmer zum Platz hin wohnte. Also waren es eigentlich die besten Voraussetzungen für sein Vorhaben. Patrik und Louis hatten sich zu ihnen gesellt und diskutierten mit Georges darüber, welches Lied das beste wäre.

»Wie wäre es mit einem von diesen wehmütigen bretonischen Liebesliedern? In *Salz auf unserer Haut* hat das auch gewirkt.«

»Aber Gavin war doch Schotte?«

»Nur im Film. Weil die Amerikaner den Unterschied zwischen der Bretagne und Paris nicht verstehen.«

»Was für Stümper!«, sagte Patrik.
»Ihr solltet *Salz auf unserer Haut* mal lesen. Es lohnt sich«, sagte Mathieu.
»Du bist Schriftsteller, du hast Zeit, Romane zu lesen. Ich muss mich um das wirkliche Leben kümmern. Liebesgeschichten sind doch was für Frauen«, widersprach Georges.
»Immer noch solo?«, fragte Louis mitfühlend.
»Hat es mit der neuen Bedienung in der Crêperie deiner Eltern nicht geklappt. Wie hieß sie noch?«
»Camille. Nein, es hat nicht geklappt. Sie meinte, dass sie bald zum Studieren weggehen wird und diesen Job nur als Übergang ansieht. Außerdem stünde sie nicht auf bodenständige Bretonen.«
»Ich dachte, sie kommt selbst aus der Gegend«, sagte Louis.
»Ja, sie ist in Lesneven geboren. Aber ihre Mutter ist aus Marseille«, sagte Georges.
»Das erklärt vieles. Nicht traurig sein. Die war sicher sowieso keinen Pfifferling wert«, mischte sich Patrik ein.
»Aber sie sieht verdammt gut aus«, sagte Georges.
Patrik und Louis nickten wissend.
»Ihr kennt sie?«
»Nein, aber als du so von ihr geschwärmt hast, sind wir mal vorbeigegangen und haben sie uns angesehen.«
»Das ist die Provinz«, seufzte Georges. »Ich glaube, ich kenne alle, die altersmäßig für mich in Frage kommen, schon seit der Vorschule. Und das macht sie nicht besonders sexy.«

»Wenn du doch zum Studium weggehen würdest, wäre das sicher anders«, schlug Patrik vor.
»Hab ich gesagt, dass ich weg will? Nein, ich bleibe hier. Irgendwann wird die Richtige schon bei Louis vorbeikommen«, seufzte Georges.
»Apropos, ist das nicht deine Kleine von gestern?«, sagte Patrik und wies mit dem Kopf in Richtung des Kirchplatzes.
Mathieu fragte sich schon gar nicht mehr, warum auch Patrik darüber informiert war, wie Sanne aussah. Es wurde Zeit, dass mehr Touristen nach Roscoff kamen, damit die Jungs neuen Gesprächsstoff bekamen.
Er drehte sich um. Sanne ging die Straße entlang und verbarg ihre Augen hinter einer Sonnenbrille. Sie hatte sich umgezogen, trug eine Jeans und einen weiß-blau gestreiften Pullover, den sie wohl in einem der Läden hier gekauft hatte. Sie sah sehr jung aus. Mathieu legte den Finger auf den Mund. Er wollte nicht, dass sie ihn inmitten dieser Horde albern grinsender Männer entdeckte. Sie ging schnell vorbei.
»Die sah nicht besonders glücklich aus. Vielleicht will sie zu dir?«, sagte Louis.
»Das wäre ja blöd, du bist ja gar nicht da«, sagte Georges.
»Und jetzt?«, fragte Mathieu in die Runde.
»Lauf hinterher. Das ist fast so gut wie singen«, sagte Louis.
»Und was sage ich dann?«
»Sind deine Eltern wirklich Franzosen oder vielleicht doch Deutsche? Im Elsass kann man das ja nie wissen«, sagte Patrik.

»Lass ihn in Ruhe. Er ist eben verliebt und weiß nicht mehr, wo ihm der Kopf steht«, mischte sich jetzt Sol ein, die ihr Gespräch beim Abräumen verfolgt hatte. Sie ist darüber überhaupt nicht deprimiert, dachte Mathieu ein wenig beleidigt.

»Was empfiehlst du mir, Sol? Du bist schließlich eine Frau.«

»Lauf ihr nach. Und der Rest wird dir schon einfallen.«

»Los, wir übernehmen die Rechnung.«

Mathieu stand auf und hoffte, dass Patrik, Georges und Louis nicht anfangen würden, ihn anzufeuern.

»Bis später«, sagte er. »Wünscht mir Glück.«

Er überquerte die Straße und schlenderte zur Holzbrücke hinüber. Es würde reichen, wenn er die letzten Meter liefe. Hoffentlich wirke ich nicht zu betrunken, dachte er.

Sanne blieb am Ende der Holzbrücke stehen. Er beschloss, doch nicht zu laufen, da es irgendwie albern wäre. Sie würde schon nicht ins Watt gehen, und wenn sie zurückkäme, musste sie sowieso an ihm vorbei. Sanne drehte ihm den Rücken zu und sah zur Île de Batz hinüber. Sie denkt gerade an mich, dachte er hoffnungsvoll. Als er schon fast auf ihrer Höhe war, wusste er immer noch nicht, was er ihr sagen sollte. Sie bemerkte ihn nicht, so sehr war sie in Gedanken versunken.

»He.« Was Dümmeres kann dir nicht einfallen, dachte er, aber es war zu spät.

»Hallo«, sagte sie und sah ihn traurig an. »Entschuldige, ich muss total verheult aussehen.«

»Ja, aber das macht nichts«, sagte Mathieu und strich ihr

eine Haarsträhne aus dem Gesicht. »Ich finde dich auch jetzt schön.«

»Willst du dich wirklich mit einem seelischen Wrack abgeben?«, fragte sie.

»Ich sehe hier kein Wrack, höchstens draußen im Meer.«

»Du weißt, was ich meine.«

»Hör auf zu quengeln. Gestern Nacht war großartig, oder nicht? Warum soll es nicht weitergehen? Lass uns den Abend und die Nacht miteinander verbringen«, sagte Mathieu.

»Eigentlich wollte ich morgen nach Hause fahren«, erwiderte Sanne.

»Ohne dich von mir zu verabschieden?«

»Ich weiß nicht. Vielleicht, ja.«

»Das wäre wenig charmant gewesen. Komm schon. War ich so schrecklich?«

»Ganz und gar nicht«, sagte Sanne. Sie lächelte vorsichtig.

»Vielleicht kannst du doch bleiben und weiter auf mir herumhacken?«

»So schlimm war meine Kritik an deiner Geschichte gar nicht.«

»Darf ich dich erinnern? Du hast gesagt, dass ich meine Figuren nicht besonders mag. Das ist schlimmer, als wenn du gesagt hättest, dass du meine Geschichte banal findest«, sagte Mathieu.

»Deine Geschichten sind nicht banal«, sagte Sanne mit Nachdruck.

»Ich würde dich gern in mein Haus einladen. Es ist für

mich allein viel zu groß. Ich habe keine Ahnung, warum ich ausgerechnet das ausgesucht habe. Ich glaube, ich fand es einfach toll, mir jetzt so etwas leisten zu können.«
»Ich kann dein Angebot nicht annehmen«, sagte Sanne.
»Warum denn nicht? Deine Kinder sind erwachsen und kommen sicher einige Zeit ohne dich klar. Und wenn du was übersetzen musst: Im oberen Stockwerk ist noch ein zweites Arbeitszimmer. Von dort hast du einen fantastischen Blick übers Meer.«
»Und wenn es nicht funktioniert?«, fragte sie.
»Was soll nicht funktionieren? Sei einfach mein Gast. So wie früher beim Adel in Russland auf den Landgütern. Gut, ich habe überhaupt nichts Adeliges an mir, aber Müßiggang kann ich in der letzten Zeit ziemlich gut. Und wenn du keine Lust mehr hast, erfindest du eine dringende Familienangelegenheit, die dich nach Norddeutschland zurückruft, und schon bist du weg.«
»Du wärst nicht sauer?«
»Wer weiß das schon? Vielleicht würde ich mit gebrochenem Herzen zurückbleiben, mich ständig betrinken müssen und dann den Liebesroman meines Lebens zu Papier bringen. Also, auch das wäre für mich in Ordnung«, sagte Mathieu.
Sanne küsste ihn auf den Mund.
»Ist das ein Ja?«
Sie nickte.
»Dann hol deine Sachen, und wir fahren rüber auf die Insel. Denk nicht an morgen. Da können wir schon tot sein – oh, entschuldige.«

»Du hast recht. Wenn ich etwas begriffen habe in den vergangenen zwei Jahren, dann das.«
»Carpe diem – nutze den Tag. Sonst stehe ich nicht so auf lateinische Sprüche, aber den finde ich gut«, sagte Mathieu.
Sanne küsste ihn wieder.
»Gut, dass du mich noch gefunden hast.«
»Gut, dass du nach Roscoff gekommen bist«, sagte Mathieu und umarmte sie.

# 10

»Bist du glücklich?«, fragte Mathieu.
»Küss mich«, sagte Sanne.
»Bist du glücklich?«
»Küss mich, dann weißt du es.«
»Ich möchte aber, dass du es sagst.«
»Was?«
»Dass du glücklich bist.«
»Das weißt du doch.«

Mathieu wandte sich von ihr ab, obwohl er sie vor fünf Minuten noch leidenschaftlich geliebt hatte. Warum war er so schwierig? Sie war doch glücklich, hatte er es eben denn nicht bemerkt? Was machte es denn für einen Unterschied, wenn sie es sagte? Sie waren doch keine Teenager mehr. Und er wusste, dass es für sie nicht so einfach war. Sollte sie Mathieu sagen, dass sie sich gerade daran erinnerte, wie David und sie nach dem Sex immer still nebeneinandergelegen hatten? Die Sehnsucht nach dieser magischen Ruhe war ihr wie ein Blitz durch den Körper gefahren. Und das kurz nachdem sie von Mathieu so leidenschaftlich geliebt worden war.
Es hätte keinen Sinn, ihm irgendetwas zu erklären zu versuchen. Er würde ihr sicher nicht glauben, dass sie sich frei und leicht fühlte, seitdem sie ihre Sachen im *Le Temps de Vivre* zusammengepackt und die Fähre auf die Île de

Batz genommen hatte. Sie hatte dieses Gefühl zum letzten Mal vor so langer Zeit verspürt, dass sie sich an seine Textur erst dann hatte erinnern können, als sie wieder so empfand. Sie hatte ihre Vergangenheit auf der kurzen Überfahrt zur Île de Batz hinter sich gelassen. Die Sorgen um die Kinder waren im Kielwasser verschwunden. Sie war frei und hatte nicht mehr den Eindruck, dass ihr Körper die Verlängerung der Körper anderer Menschen war. Jahrelang hatte sie fast immer gespürt, wie es ihren Kindern ging, schon bevor sie irgendetwas gesagt hatten. Als sie erwachsen wurden, ließ das nach, und sie hatte sich darauf gefreut, in ihrer Gefühlswelt wieder allein sein zu können, wenn sie wollte, aber dann war David krank geworden, und die Sorge um ihn hatte die Sorge um die Kinder nahtlos abgelöst. Ihr Inneres war auch weiterhin von jemand anderem bestimmt und bewohnt worden als von ihr selbst.

Sie hatte nicht eine dieser Frauen sein wollen, die ihre Männer nach dem Auszug der Kinder deshalb so sehr umsorgten, weil sie nicht mit der inneren Freiheit zurechtkamen und fürchteten, dass sie sich, wenn sie losließen, leer fühlen würden. Aber zum Schluss hatte sie sich um David kümmern müssen wie um ein Kleinkind. Manchmal war er bedürftiger gewesen als jemals eins ihrer Kinder.

Als er noch gesund gewesen war, hatten sie gewusst, dass sie nicht zu den Paaren gehören wollten, die ihre neu erworbene innere Freiheit nicht genossen. Auch wenn sie ihre Kinder über alles liebten, hatten sie sich doch schon auf die Zeit gefreut, wenn sie erwachsen wären, und sich

vorgestellt, wochenlang zu verreisen, ohne darauf achten zu müssen, dass sie überall Handyempfang hatten.
Jetzt war sie in dieser Situation, aber allein. Sie hatte ihr Handy auf den Kaminsims im Wohnzimmer gelegt, den Alarm auf lautlos gestellt und es dort vergessen. Sie hatte auf der Fähre noch mit Jule telefoniert und ihr gesagt, dass es ihr gutgehe, sie aber in den nächsten Tagen schlecht zu erreichen sei und sie sich keine Sorgen zu machen brauche. Jule war wie David, sie fragte nicht nach, und Sanne wusste, dass sie Katha und Finn auch dazu bringen würde, es nicht zu tun.
»Guck nicht so verletzt. Es geht mir so gut mit dir. Ich finde dich umwerfend«, versuchte sie Mathieu zu beruhigen.
»Aber du bist nicht glücklich.«
»Das stimmt nicht. Auch wenn du Schriftsteller bist. Bitte hör auf, auf dieser Frage herumzureiten.«
»Entschuldige. Ich bin sehr glücklich mit dir«, sagte Mathieu leise.
»Du kannst mich nicht verstehen. Du hast niemanden verloren, den du sehr geliebt hast. Dir ist noch nicht der Boden unter den Füßen weggesackt, so dass du dachtest, dass du in schwindelerregende Tiefe abstürzt und dich überhaupt nicht mehr halten kannst.«
»Und woher willst du wissen, dass mir so etwas noch nicht passiert ist?«, fragte Mathieu. Seine Stimme klang fast gekränkt.
»Weil ich es sonst in deinen Büchern gelesen hätte«, erwiderte Sanne.

»Ich schreibe leichte Liebesgeschichten, vergiss das nicht, da haben diese Themen keinen Platz.«

»Aber zwischen den Zeilen hätte ich es gelesen«, beharrte Sanne.

»Da habe ich es dann wohl nicht geschrieben«, gab Mathieu trotzig zurück.

Er stand auf und griff nach seiner Hose, die er in der Nacht vorher achtlos auf den Boden geworfen hatte.

»Du verstehst gar nichts«, rief er und stürmte aus dem Schlafzimmer. Sanne blieb verdattert zurück. Was war mit ihm los? Wollte er, dass sie ihm folgte, ihre mütterliche Seite zum Vorschein holte und sich bei ihm für das entschuldigte, was auch immer sie ihm angetan hatte? Vielleicht wäre das die Lösung, aber sie wollte jetzt nicht fürsorglich sein. Sie war doch diejenige, die Fürsorge brauchte, war es denn nicht so? Nur weil sie sein Schreiben kritisiert hatte, war er beleidigt?

Denn etwas anderes konnte es nicht sein. Er war so lässig und leichtfüßig, ihm konnte nichts passiert sein, das ihn fast umgebracht hätte. Das hätte sie schon früher bemerkt. So etwas konnte man sehen. Zumindest wenn man selbst schon mal am Abgrund gestanden und sich überlegt hatte, ob man nicht springen sollte.

Aber es hatte auch keinen Sinn, hier allein im Bett liegen zu bleiben und darauf zu warten, dass er zurückkam und sich entschuldigte. Sie zog sich an, draußen war es wieder sehr warm.

Sie hatte erwartet, Mathieu an seinem Laptop im Wohnzimmer vorzufinden, wie er sich seinen Frust von der Seele schrieb. Taten das Schriftsteller nicht, wenn sie nicht weiterwussten? Aber er war nicht im Wohnzimmer und auch nicht in der Küche. Sie ging in den ersten Stock zurück und suchte ihn in den anderen Zimmern, aber auch dort fand sie ihn nicht.

Sie wusste nicht, ob sie unruhig oder ungehalten sein sollte. Alle drei Kinder hatten, als sie klein waren, irgendwann mal wutentbrannt das Haus verlassen, ohne Bescheid zu sagen. Finn hatte sogar vorher seinen kleinen grünen Spielkoffer gegriffen und war so lange durch die Siedlung gelaufen, bis ihn eine Nachbarin angesprochen und gefragt hatte, ob er sich verlaufen hätte. Sie hatte ihn dann nach Hause gebracht. Sanne konnte sich noch gut an die Szene erinnern. Katha war vollkommen aufgelöst, weil sie dachte, ihr Bruder sei jetzt für immer verschwunden, Jule kam gerade aus der Schule und versuchte, die Situation zu entschärfen, indem sie anfing, für alle Brote zu schmieren. Und sie selbst war kurz davor gewesen, die Polizei anzurufen, weil sie die Schreckensvorstellung, jemand könnte Finn mitgenommen haben, nicht mehr losließ. Als Finn wieder da war, weinten alle, auch Finn, der aber wohl nicht so sehr aus Erleichterung, wieder zu Hause zu sein, sondern aus Angst, Ärger zu bekommen, wenn er nicht zerknirscht wirkte, heulte.

Sanne sah aus dem Fenster in den Garten und auf das Meer. Auch dort war Mathieu nicht.

Musste sie sich Sorgen machen?

Sie versuchte nachzudenken, wo Finn hier hingehen würde, wenn er sich gekränkt fühlte und allein sein wollte. Zu

Hause war er immer in ihrem Garten auf den Kirschbaum geklettert und hatte sich dort so hingesetzt, dass man ihn von unten nicht sofort entdecken konnte.

Hier gab es keine hohen Bäume, aber vielleicht war Mathieu auf den Leuchtturm gestiegen. Finn wollte damals immer gefunden werden. Vielleicht war es bei Mathieu ja genauso?

Der Weg zum Leuchtturm war heute erstaunlich leer. Sehr wahrscheinlich hatte die Hitze die Touristen davon abgehalten, bis hierher zu kommen. Sie zogen es vor, in einem schattigen Café oder Restaurant im Hafen zu bleiben.

Sie war mit Mathieu schon einmal auf dem Leuchtturm gewesen, hatte so getan, als ob es sie überhaupt nicht ängstigte, runterzusehen, ja, es sogar genoss, aber eigentlich hatte sie es einfach nur angsteinflößend gefunden, von da oben über die Insel zu sehen, und gleichzeitig hatte sie sich darüber gefreut, dass Mathieus Augen strahlten, weil sie wusste, dass er sich hier absolut wohl fühlte.

Als sie die ersten Stufen erklomm, hoffte sie, dass Mathieu wirklich dort oben war und nicht in Roscoff im *Chez Louis* saß und sich bei seinen Kumpels über die Frauen beschwerte. Sie hätte natürlich Oscar, der die Karten verkaufte, fragen können, ob Mathieu auf dem Turm war, aber sie wollte nicht schon wieder Stoff zum Dorfklatsch beisteuern.

Mathieu kauerte in einer Ecke auf dem Boden des Aussichtspunktes und verbarg sein Gesicht in den Händen. Er weinte. Ihr erster Impuls war es, wegzulaufen. Sie wollte keine Trauer, kein Leid. Sie war doch gerade ihrem eigenen Leid davongerannt, dank Mathieu war sie sogar fast vollständig glücklich gewesen. Sie wollte, dass er ihr weiter zeigte, wie leicht und einfach leben sein konnte. Und jetzt sah er so aus wie ihre Kinder, nachdem sie ihren Vater verloren hatten. Aber sie durfte nicht kneifen. Sie musste zu ihm gehen und sich neben ihn auf den Boden setzen, egal, wie niedrig ihr das Geländer vorkam und wie einfach es ihr erschien, von diesem Leuchtturm zu fallen. Immerhin war es hier oben etwas kühler.

Sie setzte sich neben Mathieu und schwieg. Er wollte nicht umarmt und gedrückt werden. Sie legte ihm nur die Hand auf die Schulter.

»Ich bin da«, sagte sie leise. »Ich bin für dich da.«

Er hörte auf zu weinen und nahm seine Hände vom Gesicht. Sie streichelte seine Schulter und hoffte, dass in der nächsten Zeit niemand auf den Turm kommen würde.

Er lehnte sich an sie, wie sie das bei David getan hatte, wenn sie Schutz brauchte.

»Es war 1984, Fußballweltmeisterschaft, Endspiel Frankreich – Spanien. Ich habe es zu Hause mit meinem Vater gesehen. Meine Mutter versorgte uns mit Snacks und zog sich dann zurück. Sie interessierte Fußball überhaupt nicht, selbst jetzt nicht. Eigentlich interessierte mich Fußball auch nicht besonders, aber Frankreich im Endspiel! Und ich allein mit meinem Vater, der ein absoluter Fußballfan war, allein im Wohnzimmer, ich durfte sogar Bier trinken. Wir grölten, jubelten, fluchten, und als das Spiel zu Ende und Frankreich Weltmeister war, sind wir nach

draußen gelaufen und haben mit unseren Nachbarn auf der Straße gefeiert. Es war absolut gigantisch.
Thea kam in der Nacht nicht nach Hause, aber das hatte sie schon angekündigt. Sie hatte gerade ihr Abitur gemacht und feierte mit Freunden in der Innenstadt von Straßburg.« Mathieu drehte sich zu ihr und sah sie an.
»Ich wäre so gerne mit ihr mitgegangen, aber sie hat mir die Haare zerzaust, mich liebevoll angesehen und gesagt, du bist dafür zu jung. Ich werde dir morgen genau berichten, was ich erlebt habe. Ich ging ins Bett und freute mich schon darauf, was meine Schwester mir am nächsten Tag erzählen würde, wenn unsere Eltern nicht zuhörten. Ihr brachte es Spaß, mich an ihren Abenteuern teilhaben zu lassen.
Sie kam dann immer in mein Zimmer, warf sich auf mein Bett und fing an zu erzählen. Dabei rauchte sie manchmal eine Zigarette, wenn wir allein waren. Ich hatte immer Angst, meine Eltern könnten denken, ich hätte geraucht, aber ich fand es auch sehr cool von ihr, dass sie sich über das Rauchverbot unserer Eltern leichtfertig hinwegsetzte. Sie wollte am Morgen zurückkommen. Wir waren bei Verwandten eingeladen.«
Mathieu schwieg und sah über das Meer.
»Meine Eltern waren sauer, weil sie dachten, sie sei irgendwo mit ihren Freunden versumpft und hätte ihre familiären Verpflichtungen vergessen.
Sie kamen gegen elf Uhr. Sie sagten, es sei ein Unfall mit einem Motorrad passiert. Sie sagten, es sei jemand gestorben und dass es Thea war. Sie sind dann ins Krankenhaus, um sie zu identifizieren. Sie haben mich nicht mitgenom-

men, obwohl ich schon fünfzehn war. Sie kamen erst spätabends nach Hause und haben sich dann in ihren Zimmern verkrochen. Jeder für sich. So blieb das über Monate und Jahre. Wenn sie nicht gearbeitet haben – sie haben sich keinen Tag freigenommen –, saßen sie jeder für sich in seinem Arbeitszimmer und haben nicht miteinander geredet. Um mich haben sie sich nicht gekümmert. Ich bin direkt nach der Beerdigung wieder in die Schule gegangen und habe so getan, als ob nichts passiert wäre.«

»Das wusste ich nicht, Mathieu. Es tut mir leid.«

»Schon gut. Ich habe es niemandem erzählt. Meine Freunde in Paris wissen es nicht. Niemand. Ich fahre nicht so oft ins Elsass. Vielleicht auch deshalb nicht. Meine Eltern sind zwar noch zusammen, aber sie geben sich immer noch gegenseitig die Schuld am Tod ihrer Tochter. Das ist die Hölle.«

»Was kann ich tun?«, fragte Sanne. Und ärgerte sich sofort darüber. Sie wusste, dass diese Frage die falscheste war, die man stellen konnte, wenn jemand verzweifelt war.

»Weiß ich nicht«, sagte Mathieu und ließ die Schultern hängen.

»Du kommst jetzt mit mir runter von diesem Leuchtturm. Dann gehen wir nach Hause, und ich mache dir die besten Pfannkuchen, die du jemals gegessen hast«, schlug Sanne vor.

Sie zog ihn zu sich hoch. Er ließ sich zur Treppe führen und ging vor ihr die steilen Stufen hinunter. Wenn ich falle, dann jedenfalls weich, dachte sie.

»Du erinnerst mich an sie«, sagte Mathieu.
»Weil sie jetzt ungefähr so alt wäre wie ich?«, fragte Sanne.
»Nein, weil sie sich ähnlich bewegt hat. Und deine Augen. Thea hatte braune Augen, du blaue, aber es war derselbe Blick: diese Mischung aus Wohlwollen, Interesse und Belustigung, als sich die weiblichen Fans nach meiner Lesung auf der Buchmesse um mich scharten. Und als ich dann endlich begriff, wer du bist, dachte ich, die ist meine.«
»Das ließ sich dann ja leider nicht so umsetzen«, bemerkte Sanne.
»Ja, du bist so auf deiner Verheiratetnummer herumgeritten, obwohl du mich genauso wolltest wie ich dich«, sagte Mathieu.
»Ja, das stimmt, aber ich hatte Familie, die wollte ich nicht gefährden.«
»Und das hat mich fasziniert. Eine Frau mit altmodischen Werten. Ich hatte bisher nur Ehefrauen kennengelernt, die sich mir an den Hals warfen.«
»Hätte ich eigentlich gerne damals schon getan.«
»Besser spät als nie. Du hast in Frankfurt sogar Theas Haarfarbe gehabt, die sie zuletzt hatte.«
»Für eine Achtzehnjährige war dieses Rot sicher angemessen, aber nicht für mich«, sagte Sanne.
»Ich fand es süß. Es war so offensichtlich, was du damit ausdrücken wolltest: Hey, ich bin zwar Mutter und vielleicht gerade etwas fülliger, aber ich bin sehr flott.«
»Flott, was für ein altmodisches Wort. Findest du mich altmodisch? Und war ich damals zu dick?«

»Nein, du bist nicht altmodisch, aber du hältst die alten Werte hoch: Familie, Treue, die große Liebe. Das hat mich fasziniert. Besonders, weil es so dem widersprach, was dein Körper mir sagte. Vielleicht kann ich durch dich anfangen, an die wahre Liebe zu glauben?«, fragte Mathieu.
»Du tust es nicht?«
»Nur weil ich diese Geschichten schreibe? Was Liebe angeht, bin ich nach Theas Tod der reinste Zyniker geworden.«
»Sie hat dir sehr gefehlt?«, fragte Sanne.
»Sie war der Mensch, der mir am nächsten gestanden hat. Näher als meine Eltern«, sagte Mathieu.
»Willst du Äpfel oder Schokolade zu den Pfannkuchen?«
»Beides. Du machst mir die dicken deutschen?«
»Wenn du lieber Crêpes willst?«
»Nein, ich finde es schön so.«
»Hast du noch irgendwo Cidre? Der passt am besten zu den Pfannkuchen.«
»Ich glaube, im Kühlschrank.«
Mathieu saß an der Theke und sah Sanne bei der Arbeit zu. Jetzt ging es ihm wieder besser. Er war froh, dass er ihr von seinem Geheimnis erzählt hatte, das er bisher nur mit ganz wenigen Menschen geteilt hatte.
Einen Tag nach seinem Schulabschluss hatte er seine Taschen gepackt und den Zug nach Marseille genommen. Er wollte die größtmögliche Entfernung zwischen sich und sein vorheriges Leben legen, die in Frankreich möglich war. Die letzten Schuljahre hatte er wie in Trance hinter sich gebracht. Kurz nach Theas Tod begann er zu kiffen,

machte alles, was seine Eltern nicht billigten, und das Schlimmste war, dass sie sich überhaupt nicht dafür interessierten, es überhaupt nicht zu bemerken schienen. Er hatte das Gefühl, unsichtbar zu sein. Seine Mutter kochte für ihn, sie wusch seine Wäsche und putzte sein Zimmer, aber ansonsten war er nicht existent. Sie lebten ihr Leben ohne ihn und er seins ohne sie. Er wusste eigentlich gar nicht, wie ihr Leben aussah. Er sah sie nur selten, wenn er mal abends rechtzeitig nach Hause kam. Sie hielten sich fast nie gleichzeitig im selben Raum auf. Sein Vater saß am Computer, und seine Mutter sah fern oder telefonierte mit ihren Freundinnen. Niemand interessierte sich in diesem Haus für den anderen, als ob Thea alle Bindungen, die zwischen den einzelnen Personen bestanden hatten, mit ins Grab genommen hatte.
Er ging nicht zum Friedhof. Er versuchte nicht, mit ihr zu sprechen, er nahm keine Verbindung zu ihr auf. Tot ist tot, dachte er. Ich glaube nicht an den Mist mit der Seele und Gott. Wenn es wirklich einen Gott geben würde, hätte er das nicht zugelassen.
»Weißt du, dass ich mich an die Jahre zwischen 20 und 25 nicht richtig erinnere? Es waren wohl zu viel Alkohol und Drogen im Spiel. Glücklicherweise meistens Marihuana. Ich weiß nicht, warum ich nie auf was anderes umgestiegen bin. Doch, ich weiß es. Thea hat mir eingebleut, dass ich nur das rauchen soll, als sie anfing zu kiffen. Und ich habe mich glücklicherweise an ihren Rat gehalten.«
Sanne gab ihm die Pfannkuchen. Es war gut, dass sie nicht mit ihm an einem Tisch saß, sondern weiter Pfannkuchen

backte. So konnte er sich einreden, dass sie ihm vielleicht gar nicht richtig zuhörte.

»In Marseille habe ich alles Mögliche gemacht. Gekellnert, am Hafen gearbeitet, im Supermarkt. Irgendwann bin ich dann in die Off-Literaturszene geraten. Und dort habe ich mich zum ersten Mal seit Jahren aufgehoben und verstanden gefühlt. Dort waren viele mit irgendwelchen dunklen Flecken in der Biographie. Es fiel nicht auf, dass ich nicht den bürgerlichen Normen entsprach. Und dann habe ich angefangen zu schreiben. Ich denke, das hat mir das Leben gerettet. Nichts von dem, was ich damals geschrieben habe, ist veröffentlicht worden, aber das war auch nicht so wichtig. Ich habe mir alle Gefühle von der Seele geschrieben, die Wut und den Hass auf meine Eltern, weil sie nach Theas Tod nicht für mich da waren, die Trauer um den Menschen, den ich am meisten geliebt hatte.

Und dann bin ich irgendwann nach Paris gegangen, habe mit den Drogen aufgehört, wieder auf einem normalen Pensum getrunken. Den Rest kennst du. Meine Agentin, die an mich glaubte. Meine Romane der letzten fünfzehn Jahre kennst du besser als ich.«

»Warum konntest du nach fünf Jahren das Ruder herumreißen?«

»Ich weiß es nicht. Es passierte einfach.«

Er wollte ihr nicht erzählen, dass er beinahe selbst gestorben wäre, weil er volltrunken und mit Marihuana zugedröhnt mit dem Motorrad auf einer Landstraße auf der falschen Seite gefahren war und fast von einem Lastwagen erfasst worden wäre, wenn der Fahrer nicht so geistesgegenwärtig gewesen wäre, auszuweichen, so dass er nur mit Knochenbrüchen und einem Schädel-Hirn-Trauma im Krankenhaus landete. Er hatte sich nur überschlagen und war nicht in den Lastwagen gerast, wie wohl ursprünglich geplant.

Er wusste, dass er sich hatte umbringen wollen, aber als es ihm nicht gelungen war, fing er an, darüber nachzudenken, was Thea dazu gesagt hätte. Und ihm wurde klar, dass sie niemals gewollt hätte, dass er starb.

»Jetzt sind wir beide Menschen mit einer dramatischen Todesgeschichte. Was machen wir nun damit?«, fragte Sanne.

»Weitertanzen.«

»Gut, weitertanzen. Und dich lieben.«

# 11

Sanne war froh, dass Mathieu sich jetzt ans Schreiben machen wollte. In den vergangenen Tagen war er überhaupt nicht dazu gekommen, wohl auch weil ihre Anwesenheit ihn davon abgehalten hatte. Es genügten ein Blick oder eine Berührung, und sie waren wieder im Bett gelandet oder hatten sich auf der Terrasse geliebt. Jetzt war Sanne froh, dass sie damals in Frankfurt nicht mit ihm geschlafen hatte, denn dann hätte sie ihn die nächsten Jahre nicht vergessen können, sondern sich immer wieder danach gesehnt, von ihm geliebt zu werden.
Im Moment konnte sie noch die Zeit vergehen lassen, ohne sich Gedanken zu machen. Sie wusste, das würde nicht endlos so gehen können, aber sie wollte diese magische Zeit auskosten. Nutze den Tag, hatte Mathieu gesagt, und das taten sie denn auch. Seit sie erfahren hatte, dass auch er mit einem großen Verlust hatte umgehen müssen, fühlte sie sich ihm noch viel näher. Es hat alles seine Zeit, dachte sie. Sie war dankbar, dass ihr diese Zeit der Entspannung und Freude geschenkt wurde. Sie ließ sich ein Bad ein und nahm ein Glas Champagner mit. Dann versank sie in einem Schaumbad, das nach Zitronen und Apfelsinen duftete, und sah aus dem Fenster auf das Meer.
Hätte Maria ihr vor zwei Wochen in Paris erzählt, dass sie in nächster Zukunft mit so einem Mann ihre Nächte und Tage verbringen würde, sie hätte es nicht geglaubt. Bisher

hatte sie ihre beste Freundin noch nicht darüber aufgeklärt, warum sie länger in Frankreich bleiben wollte, aber sie war sich sicher, dass Maria auch von selbst auf den möglichen Grund gekommen war. Eigentlich ist das ungerecht, dachte Sanne. Ich habe eine gute Ehe geführt, drei fantastische erwachsene Kinder, und jetzt habe ich einen jüngeren, intelligenten, feinfühligen Liebhaber, keine zwei Jahre, nachdem David gestorben ist. Für diesen Liebhaber hatte sie noch nicht einmal auf die Suche gehen müssen, er war ihr vor die Füße gefallen. Maria dagegen schleppte zwar ab und zu jemanden ab, aber meist blieben diese Nächte ohne Wiederholung, weil sie eigentlich immer nur auf der Suche nach ihrem ehemaligen Freund war. Sie hatte ihn bisher nicht loslassen können, und Sanne bezweifelte, ob sie das jemals würde tun können. Gab es für ihre Freundin wirklich nur den einen Menschen, mit dem sie hätte glücklich sein können?

Der Champagner machte sie angenehm entspannt, und sie freute sich schon darauf, nachher wieder mit Mathieu ins Bett zu gehen.

Es war still, der Wind hatte nachgelassen, die Sonne verfärbte sich langsam rötlich. Sie hörte das Klicken von Mathieus Tastatur und schloss die Augen. Wunderbar, dabei zu sein, wenn etwas entstand, das sie später übersetzen würde.

»Mist, Mist, Mist«, hörte sie Mathieu plötzlich fluchen.

Das klang so, als ob er sie brauchte. Sie sprang aus der Badewanne und lief nur in einen Kaftan gehüllt ins Wohnzimmer.

»Was ist, kann ich dir helfen?«, fragte sie.
»Nee, das kannst du nicht. Das, was ich schreibe, ist nämlich leider absoluter Müll.«
»Vielleicht sollte ich doch einen kurzen Bilck darauf werfen? Denn manchmal kann ein Autor seinen eigenen Text nicht mehr objektiv beurteilen.«
»Nein, das brauchst du nicht zu lesen. Es ist der reinste Mist«, sagte Mathieu.
Sanne schwieg. Lag es etwa an ihr, dass er nicht schreiben konnte?
»Guck nicht so schuldbewusst. Du bist nicht der Grund, warum ich nichts Ordentliches zu Papier bringe, obwohl es natürlich einfacher wäre, dir die Schuld in die Schuhe zu schieben.«
»Das erleichtert mich sehr.«
»Das ist der Beginn einer Schreibblockade. Es musste mich auch mal erwischen. Jetzt ist es so weit.«
»Quatsch, das wird vorbeigehen.«
»Woher weißt du das? Du bist doch kein Schriftsteller.«
»Ja, aber ich arbeite schließlich auch mit Worten, und ich weiß, dass man in so einer Stimmung auf keinen Fall weitermachen sollte.«
»Du hast recht. Ich höre auf zu schreiben. Und dann werfe ich den Laptop ins Meer.«
»Zieh aber vorher Kopien«, riet Sanne.
»Warum bist du immer so praktisch?«, gab Mathieu zurück.
»Sollte ich jetzt lieber Panik machen?«
»Vielleicht würde mir das gefallen. Wir könnten zu Louis

gehen, uns betrinken und dann den Laptop gemeinsam ins Meer werfen.«

»Ich werde mich doch nicht so leichtfertig von meiner Einnahmequelle trennen«, sagte Sanne.

»Es gibt bestimmt andere Autoren, die du übersetzen kannst«, spöttelte Mathieu.

»Natürlich. Aber ich möchte lieber weiter deine Romane übersetzen.«

»Weil sie so einfach geschrieben sind?«

»Nein, das habe ich dir doch schon gesagt. Weil ich es mag, wie du schreibst.«

»Und weil ich ein so fantastischer Liebhaber bin?«

»Auch das, aber verlange jetzt nicht von mir, mit allen Autoren, die ich übersetze, ins Bett zu gehen. Ich weiß auch so, dass du für mich der Richtige bist – mit oder ohne Schreibblockade.«

Mathieu lächelte.

»Wie wäre es denn, wenn du dir freinimmst und einige Zeit nicht schreibst?«, fragte Sanne. Sie war froh, dass Mathieu nicht mehr ganz so verzweifelt aussah.

»Wie meinst du das: nicht schreiben?«, fragte Mathieu.

»Einfach in den Tag hineinleben so wie ich. Wir könnten Ausflüge machen, spazieren gehen, uns lieben – gönn dir freie Zeit. Und dann wird sich auch wieder etwas entwickeln.«

»Und das Buchprojekt?«

»Es gefällt dir doch nicht.«

»Aber darum geht es nicht.«

»Nein? Hast du damals, als du anfingst, Romane zu

schreiben, angenommen, dass du jemals etwas schreiben würdest, das dir nicht gefällt?«

»Nein, ich habe mir geschworen, so etwas nie zu machen«, sagte Mathieu.

»Also bitte. Dann tu es auch nicht. Deine Lektorin wird es verstehen. Sag ihr, dass du eine fantastische Idee für einen Roman hast, die viel besser ist als das, was du ihr bisher versprochen hast.«

»Und wenn sie nicht darauf eingeht?«

»Das wird sie. Du bist Mathieu Fleury, nicht irgendwer. Und jetzt fahren wir zum Supermarkt, kaufen alles für ein Picknick und suchen uns eine schöne Stelle. Du lässt dein Notizbuch hier und versprichst mir, mal nicht an deine Arbeit zu denken. Ich bin mir sicher, dass du dann eine Lösung findest.«

»Woher weißt du das?«

»Weil ich schon sehr lange selbständig arbeite und eine Familie habe, die mich immer wieder dazu gezwungen hat, meine Arbeit zu unterbrechen. Zuerst dachte ich, dass das schlecht für die Übersetzungen wäre, aber dann begriff ich, dass sich meine Geschichte gerade in den Pausen weiterentwickelte.«

»Okay, dann machen wir diesen Ausflug, auch wenn ich nicht davon überzeugt bin, dass er irgendetwas bringt. Willst du so gehen?« Erst jetzt bemerkte sie, dass sie immer noch nur ihren Kaftan trug.

»Vielleicht können wir uns mit etwas anderem ablenken als mit einem Picknick?«, fragte Mathieu.

»Später. Ich zieh mir schnell was an. Und du versprichst

mir, dass du nicht doch alles löschst, solange ich im Schlafzimmer bin.«
»Ja, Mam«, sagte Mathieu und warf sich auf das Sofa. »Ich werde hier auf Sie und Ihre weiteren Befehle warten.«
Sanne musste lächeln. Wie schaffte es Mathieu nur, auch noch im Zustand der Verzweiflung hinreißend zu sein?
Die Tagestouristen waren schon wieder auf dem Festland, und die Einheimischen, die während der Saison jede Gelegenheit ausnutzten, um an den Touristen Geld zu verdienen, hatten sich erschöpft in ihre Gärten und Häuser zurückgezogen. Sanne und Mathieu gingen schweigend nebeneinander her. Sie mussten ihre Schrittgeschwindigkeit nicht aufeinander abstimmen, sie hatten denselben Rhythmus. Sanne spürte, dass Mathieu ruhiger wurde und sich entspannte. Sie brauchte ihn nicht zu berühren oder mit ihm zu sprechen, um sich ihm nahe zu fühlen. Mathieu hätte diesen Moment nicht besser erfinden können.
Sie sahen zum Hafen hinunter. Es war Flut, die Boote lagen nicht mehr auf Schlick, sondern dümpelten im Wasser vor sich hin. Vor der Bude am Hafen unterhielten sich einige einheimische Männer und tranken etwas. Jemand spielte hinter verschlossenen rauchblauen Fensterläden Querflöte. Von fern hörten sie das Tuckern eines Motorbootes. Ansonsten war es still. Ohne sich darüber absprechen zu müssen, gingen sie nicht zum Hafen hinunter, sondern weiter zur Spitze der Insel.
»Vielleicht sollte ich über das hier schreiben«, meinte Mathieu.

»Es ist auf jeden Fall ein Ort, den zu beschreiben sich lohnt«, sagte Sanne.

»Soll ich über uns schreiben?«

»Das finde ich nicht. Wir sollten unsere Geschichte erst einmal erleben, und danach kannst du über sie schreiben. So macht ihr Schriftsteller es doch.«

»Ich habe nicht mit allen Frauen geschlafen oder sie wirklich gekannt, die ich beschrieben habe. Ich habe auch einige erfunden«, sagte Mathieu.

»Hoffentlich. Einige waren so perfekt. Wenn du die gekannt hättest, könnte ich mich in deiner Gegenwart nicht mehr ausziehen«, sagte Sanne.

»Das wäre ausgesprochen schade«, erwiderte Mathieu. »Manchmal habe ich Frauen beschrieben, die ich nicht haben konnte, um sie zu entzaubern oder mich an ihnen zu rächen.«

»Waren sie sauer?«

»Sie haben es gar nicht bemerkt.«

»Würdest du über meine Trauer schreiben?«, fragte Sanne.

»Nein, nicht jetzt.«

»Dafür danke ich dir.«

»Traust du mir denn?«, fragte Mathieu.

»Sollte ich das nicht?«

»Es gibt etliche Beispiele, in denen Autoren ihre aktuellen Geliebten als Vorlage genommen haben.«

»Ich würde sowieso keine interessante Figur abgeben«, seufzte Sanne.

»Dieser Meinung bist auch nur du«, sagte Mathieu und küsste sie.

»Was wäre, wenn du über Thea schreibst?«
»Warum?«
»Weil ich glaube, dass du das möchtest.«
»Wie kommst du auf diese Idee?«
»Weiß nicht. Ich wollte es dir nur sagen.«
»Du bist ganz schön mutig, weil du den Finger in die Wunde legst«, stellte Mathieu fest.
»Ich glaube, dass du dich davor nicht drücken kannst. Das hast du lange genug getan«, sagte Sanne.
»Dann schreibe ich lieber gar nicht«, entgegnete Mathieu.
»Aber was mache ich, wenn ich erst einmal nicht mehr schreibe?«
»Wie lange hast du das Haus noch gemietet?«
»Den ganzen Sommer über.«
»Lebe.«
»Was soll ich?«
»Leben.«
»Hilfst du mir dabei?«
»So wie du mir geholfen hast, ja.«
»Habe ich dir denn geholfen?«
»Durch dich fühle ich mich wieder lebendig und vielleicht auch ein wenig jünger.«
»Du warst nie alt.«
»Aber ich habe mich so gefühlt – mindestens wie siebzig.«
»Was sagt David dazu?«, fragte Mathieu vorsichtig.
»Ich habe in den vergangenen Tagen wenig mit ihm gesprochen.«
»Ist das gut oder schlecht?«
»Gut, nehme ich an«, sagte Sanne.

»Was wollen wir denn hier?«, fragte Mathieu, als Sanne auf den Parkplatz des Intermarché in Lesneven abbog.
»Du als Franzose müsstest das eigentlich wissen. Wir kaufen die Grundausstattung zum Picknicken. Das ist doch eine eurer Lieblingsbeschäftigungen in den Ferien.«
»Die meiner Eltern war das nicht unbedingt.«
»Aber meine, sobald ich in Frankreich war. Wir haben auf unseren Reisen oft gepicknickt.«
Gibt es eigentlich etwas, das sie nicht mit David gemacht hat?, dachte Mathieu.
»Du wirst aber jetzt keinen Campingtisch kaufen? Hier gibt es unzählige Picknickplätze«, sagte Mathieu.
»Das nicht, aber Campingsessel.«
»Wie spießig.«
»Du wirst noch froh darüber sein«, sagte Sanne.
Mathieu folgte Sanne durch den großen Supermarkt und kam sich im Gegensatz zu ihr wie ein Tourist vor. Sie wusste genau, was sie wollte. Wildschweinpaté aus der Gegend und Foie gras, Austern, Shrimps, Mayonnaise, Baguette, Cidre, eine kleine Flasche Champagner.
»Für die Austern«, erklärte sie.
»Vielleicht sollten wir auch eine Decke mitnehmen. Damit es bequemer ist, so für alle Fälle«, schlug Mathieu vor.
»Kannst du eigentlich auch mal an etwas anderes denken?«, fragte Sanne lächelnd und küsste ihn auf den Mund.
»Wenig. Schieb es auf mein jugendliches Alter. Vielleicht sind das aber auch schon Entzugserscheinungen, weil ich nicht schreibe.«
»Hilf mir lieber beim Einkaufen. Wir brauchen noch To-

maten, Oliven, ein wenig Käse. Das kannst du besser aussuchen als ich. Ich besorge Crème Caramel und Mousse au Chocolat.«

Sie arbeiteten Hand in Hand, und auf einmal gefiel Mathieu das, obwohl er sonst diesen alltäglichen Arbeiten nicht viel abgewinnen konnte, weil er sie für zu banal hielt.

Sie fuhren Richtung Küste und bogen nach Kerlouan ab. Die Straße wurde schmaler, immer weniger Wagen mit nicht einheimischen Kennzeichen begegneten ihnen. Die Sonne war nur selten zu sehen. Wenn das so weitergeht, picknicken wir im Regen, dachte Mathieu schaudernd. Sanne war so etwas zuzutrauen. Sie kam ja schließlich aus Norddeutschland, und da regnete es doch ständig?

Als sie in der Bucht von Kerlouan ankamen, war es später Nachmittag und niemand außer ihnen schien unterwegs zu sein.

»Hier ist es ja nicht gerade aufregend und für Sex am Strand viel zu kalt«, sagte Mathieu.

Sanne überhörte seine Kritik. Sie parkte das Auto und zog ihre Windjacke an.

»Genau darum geht es«, sagte sie.

Mathieu trottete hinter ihr her. Nach kurzer Zeit wurde er ungeduldig.

»Was soll hier so interessant sein?«, fragte er missmutig.

»Sieh hin«, sagte sie.

»Das tue ich doch. Da sind das Meer und der Strand. Ich dachte, du findest das auch auf die Dauer zu langweilig?«

»Manchmal schon, aber heute nicht.«

Sie gingen schweigend nebeneinander her. Grauer Himmel, keine Sonne zu sehen. Super, dachte Mathieu. Es kann gar nicht schlimmer kommen. Sanne blieb immer wieder stehen und hob Steine und Muscheln auf.
»Schön«, sagte er lahm, als sie ihm einen nach ihrer Meinung besonders schönen Stein zeigte.
»Sei nicht so arrogant. Das hier ist nicht banal. Das ist Teil der Schöpfung, eines großen Werkes nach einem genialen Plan.«
»Du glaubst doch nicht etwa, dass Gott die Welt erschaffen hat?«, fragte Mathieu entsetzt.
»Nein, aber ich weiß, dass es mehr gibt als das, was wir erforschen können.«
»Was macht dich da so sicher?«, fragte Mathieu.
»Ich weiß es einfach«, sagte Sanne.
»Das muss schön sein.«
»Ist es auch. Es ist nicht so wichtig, dass du an etwas glaubst. Ich möchte nur, dass du hinsiehst, ohne zu analysieren, zu beurteilen oder zu beobachten.«
Sie gingen weiter und schwiegen. Mathieu betrachtete die ziehenden Wolken, das graue Meer. Er nahm sich die Zeit, die Steine im Sand zu sehen. Er hörte das Knacken der Muscheln unter seinen Schuhen und das Rauschen des Windes. Er roch den Seetang und das Salz. Langsam wurde er ruhiger. Seine Gedanken, die er sonst nur beim Sex oder wenn er zu viel getrunken hatte, abschalten konnte, wurden langsamer. Und nach einer Zeit dachte er nichts mehr, und das machte ihn glücklich.
Sanne hatte die Schuhe ausgezogen und die Hosenbeine

bis zu den Knien hochgekrempelt. Sie stand im Wasser und sah über das Meer. In ihren Gedanken war sie plötzlich weit weg. Jetzt ist sie sicher wieder mit ihrem Mann zusammen, dachte Mathieu eifersüchtig, wird das irgendwann einmal aufhören?

Er hatte bei seinen Eltern erlebt, wie sehr man sich in seine Trauer verkriechen und sie als Schutzschild gegen die Welt benutzen konnte und als Erklärung dafür, dass man nicht mehr richtig lebte. Mittlerweile glaubte er, dass es nicht nur an Theas Tod gelegen hatte, dass sich ihre Leben so entwickelten, sondern an der Entscheidung, sich diesem schweren Schicksalsschlag zu überlassen und aufzugeben.

Er hatte es ja auch jahrelang getan.

Sanne war nicht so. Sie hatte getrauert, sie hatte sich all dem Schmerz gestellt, den er und seine Eltern nicht hatten ertragen können. Sie hatten sich in Sprachlosigkeit geflüchtet, er in alle möglichen albernen Zerstreuungen. Sanne war mutig. Sie hatte ihrem Verlust ins Auge gesehen und war mit ihm umgegangen. Natürlich dachte sie auch noch an ihren Mann, aber sie liebte auch ihn, selbst wenn sie es noch nicht gesagt hatte. Er hatte es daran bemerkt, wie sie ihn ansah. Er hatte keine Ahnung, was mit ihrer Liebe passieren würde, wenn sie wieder in ihr normales Leben zurückkehrte, aber das war ihm auch nicht wichtig. Er war hier und konnte mit der weisesten, liebsten, aufregendsten, tiefgründigsten, mutigsten Frau zusammen sein, die er jemals kennengelernt hatte.

Er dachte an Thea. Sie hätte diese Bucht geliebt. Als er klein war, waren sie jedes Jahr ans Meer gefahren. Und

Thea hatte dann stundenlang mit ihm im Sand gebuddelt und ihm Geschichten erzählt.
Jetzt drehte sich Sanne zu ihm um und lächelte ihn warm an.
»Komm doch auch, oder ist es dir etwa zu kalt?«, fragte sie herausfordernd und strich ihre vom Wind zerzausten Haare aus der Stirn.
»Natürlich nicht«, sagte er, zog Strümpfe und Schuhe aus und versuchte, sich nicht anmerken zu lassen, dass er das Wasser viel zu kalt fand. Sie streckte ihm die Hände entgegen.
»Komm, ich helfe dir, alter Mann«, sagte sie schmunzelnd und zog ihn zu sich heran. Beinahe wäre er umgefallen, aber sie hielt ihn in ihren Armen fest. Er vergrub seine Nase in ihrer Halsbeuge und fühlte sich absolut glücklich.
»Lass uns am Wasser picknicken«, schlug Sanne vor, nachdem sie lange schweigend im Wasser gestanden hatten. Am Auto ergriff Sanne einen Korb mit Brot und Wein und ging zurück an den Strand. Das heißt wohl, dass ich den Rest schleppen soll, dachte Mathieu. Er musste sich ziemlich abmühen mit den Stühlen und der Kühlbox. Immer wieder sackte er im Sand ein, aber er versuchte, sich seine Anstrengung nicht anmerken zu lassen. Sanne war anscheinend daran gewöhnt, dass sie wenig tragen musste. Sie hatte ja auch genug Leute zum Tragen gehabt, und David schien ein muskulöser Naturbursche gewesen zu sein, bevor er krank wurde. Mit dieser Eigenschaft kann ich wirklich nicht dienen, dachte Mathieu mürrisch, und ich will es auch gar nicht. Er war

ziemlich außer Atem, als er bei Sanne ankam, hoffte aber, dass sie es nicht bemerkte.
Sie baute alles für das Picknick auf, und er sah ihr dabei zu.
»Du hast sogar an die Servietten gedacht«, meinte Mathieu bewundernd.
»Das ist nett, dass es dir gefällt. Und ich mag es, dass du mir nicht hilfst, es ist zwar macho, aber ziemlich sexy. Doch gewöhn dich nicht daran. Ich will nur noch selten andere Leute betüdeln.«
»Betüdeln, wie drollig. Findet man dieses Wort im Duden, Frau Übersetzerin?«
»Mach dich nur lustig. Soll ich anfangen, auf deinen Stilblüten herumzureiten?«
»Könntest du das denn?«
»Natürlich, nach so vielen Übersetzungen kenne ich sie alle.«
»Okay, Gnade. Verschone mich bitte. Ich soll doch leben und nicht wieder nur ans Schreiben denken«, sagte Mathieu.
»Genau, lass uns lieber die Austern essen, und es ist, glaube ich, doch Zeit für Champagner, meinst du nicht auch?«
Sie küsste ihn und zog ihm den Gürtel seiner Jeans heraus. Hat sie das auch mit David gemacht, dachte er, bevor er aufhörte zu denken.

Mathieu ging davon aus, dass seine Lektorin Anne Duval sofort zum Hörer greifen würde, sobald sie seine Mail bekommen hätte. Er war früh aufgestanden und wartete an

seinem Schreibtisch auf das Klingeln des Telefons. Die Mail an seinen Verlag hatte er noch in der Nacht geschrieben, berauscht von Champagner und erotischer Ekstase. Soweit er sich erinnerte, war sie eine Hymne auf das Leben gewesen. Sie war sehr gut formuliert gewesen, Mathieu wusste aber nicht, ob das ausreichen würde, Anne gegenüber dem Inhalt gnädig zu stimmen. Vielleicht sollte ich die Mail ausdrucken und archivieren, dachte er. Das machte er mit vielen seiner Mails. Früher wurden posthum auch Briefwechsel berühmter Autoren veröffentlicht. Er wollte zumindest schon einmal vorsorgen, falls sein Verlag nach seinem plötzlichen Ableben auf die Idee kommen sollte, so etwas herauszubringen.
Während er auf Annes Anruf wartete, sann er darüber nach, dass er noch nicht geklärt hatte, wer die Rechte an seinen Büchern nach seinem Tod bekommen sollte. Er hatte keine Kinder, und das würde sich wohl auch nicht mehr ändern. Er wollte nicht zu den alten Daddys gehören, die mit Mitte vierzig anfingen, sich spät berufen eine Familie zuzulegen. Und Sanne würde ja auf jeden Fall keine Kinder mehr bekommen. Vielleicht war das irrational, aber er konnte sich momentan nicht mehr vorstellen, mit einer anderen Frau als mit ihr zusammen zu sein. Seit Thea war sie die erste Frau, die ihn wirklich berührte.
Sein Handy klingelte. Es war wie zu erwarten Anne. Jetzt musste er seinen ganzen Charme mobilisieren. Sie spuckte sicher schon Feuer.
»Hallo, meine Schöne«, meldete er sich, bevor sie etwas sagen konnte.

»Mathieu, was ist los, habe ich das richtig gelesen?« Anne war eindeutig sauer.

»Ich befürchte, schon.«

»Hast du gestern zu viel getrunken oder etwas genommen?«

»Nicht mehr als sonst«, versuchte Mathieu das Gespräch auf die scherzhafte Ebene zu ziehen. Aber Anne sprang nicht darauf an.

»Erklär es mir noch einmal langsam. Du kannst nicht liefern?«

»So wie es aussieht, nicht.«

»Du weißt, dass wir schon einen Platz für dich im Programm reserviert haben?«

»Ich weiß, ich bin ja auch untröstlich, aber ich möchte nur die Qualität abliefern, die du von mir kennst, und daher brauche ich noch mehr Zeit.«

»Was ist das für eine neue Idee und warum nicht die Pariser Modeszene?«

»Du weißt doch, wie ich rumlaufe. Mich interessiert diese Szene überhaupt nicht. Ich würde so etwas natürlich schreiben können, aber es wäre nicht echt«, sagte Mathieu.

»Du weißt, dass ich deine Arbeit sehr schätze.«

»Ja, das ist mir bekannt.«

»Und ich habe dich immer das machen lassen, was du möchtest«, fuhr Anne fort.

Mathieu schwieg.

»Gut, ich werde im Verlag verbreiten, dass wir länger auf deinen nächsten Roman warten müssen als geplant. Wer-

de ich denn im nächsten Jahr ein Manuskript bekommen?«
»Versprochen.«
»Und du wirst nicht plötzlich anfangen, wieder schwer verständliche Hochliteratur zu schreiben?«
»Wer weiß? Nein, das war ein Scherz.«
»Ich habe deine Verkaufszahlen gerade auf dem Schirm. Dein letzter Roman hat sich auch fantastisch verkauft. Also bleib dabei«, sagte Anne streng.
»Werde ich versuchen«, sagte Mathieu.
»Gut, melde dich, wenn du was Neues hast.«
»Ich danke dir, Anne. Ich weiß, dass es nicht leicht ist.«
»Genug gesäuselt. Ich muss weiterarbeiten. Ich habe im Gegensatz zu dir feste Arbeitszeiten und einen Kollegen, der seit einer Viertelstunde verzweifelt versucht, mich zu erreichen. Du meldest dich mit ein wenig Text. Spätestens nach der Sommerpause.«
»Du bist ein Schatz. Du kannst dich darauf verlassen«, sagte Mathieu erleichtert.
Die Mail an seine Agentin fiel wesentlich kürzer und sachlicher aus als die an seine Lektorin. Danach fuhr er den Computer herunter und schaltete sein Handy ab. Jetzt war nichts wichtiger, als Sanne mit einer Tasse Café au Lait und einem Brioche zu wecken.
Sie empfing ihn mit einem Lächeln.
»Ich habe alles geregelt«, sagte Mathieu. »Jetzt bin ich erst einmal frei.«
»Und wie fühlst du dich?«
»Es macht mir Angst. Diesen Zustand kenne ich seit Jah-

ren nicht mehr. Entweder ich war von Lesereisen so erschöpft, dass ich nicht schreiben konnte, oder ich habe doch etwas geschrieben. Was macht man, wenn man nicht ständig mit der Arbeit beschäftigt ist? Ich merke schon, wie sich Leere in meinem Kopf ausbreitet.«

»Quatsch. So schnell geht das nicht. Lass uns diesen Tag so beginnen, wie ein Ferientag aussähe, wenn du irgendwo angestellt wärst und die Arbeit tausend Kilometer weit weg wäre. Du kommst ins Bett, und wir frühstücken. Und später nehmen wir ein Auto und fahren einfach darauf los. Die Insel ist zwar sehr schön, aber es wird dir sicher guttun, mal etwas anderes zu sehen als nur den Leuchtturm, den Strand, die Touristen, mich.«

»Du wirst mir nicht langweilig«, sagte Mathieu.

# 12

*Liebe Thea,*
*es fällt mir etwas schwer, einen Brief an jemanden zu schreiben, der schon so lange tot ist. Aber hier in diesem Moleskine-Notizbuch scheint der richtige Platz dafür zu sein.*
*Bei David bin ich überzeugt, dass er noch irgendwo in der Nähe ist und mir beim Schreiben vielleicht sogar über die Schulter sieht. Bei Dir ist es anders. Ich weiß nicht, wo Du bist. Die Vorstellung, dass Deine Seele einem anderen Menschen verholfen hat, auf die Welt zu kommen, finde ich befremdlich. Aber ich kann auch nicht glauben, dass außer den Gedanken an Dich nichts übrig geblieben ist. Vielleicht hast Du ja David getroffen? Diese Vorstellung ist irgendwie tröstlich. Und so eigenartig das vielleicht klingt: Ich glaube, ihr würdet euch mögen.*
*In den vergangenen Tagen habe ich Dich durch Mathieus Erzählungen sehr gut kennengelernt. Dein Bruder hat viel von Dir erzählt, und Du gefällst mir so gut, dass ich mir vorstellen könnte, Deine Mutter gewesen sein zu wollen. Eigenartig: Du wärst fast genauso alt wie ich, wenn Du das Glück gehabt hättest, länger zu leben.*
*Fandest Du es cool, von einem jüngeren Bruder so geliebt und geradezu verehrt zu werden? Ich denke schon.*

*Du hättest ihn auch nicht leiden oder – noch schlimmer – gar nicht beachten können, weil er nicht in Deine Welt passte. Aber so warst Du nicht.*
*Du musst sehr fürsorglich gewesen sein und keine Spur eifersüchtig, als Mathieu auf die Welt kam. In den wenigen Jahren, die ihr zusammen verbracht habt, hat er sich wie ein Kompass nach Dir ausgerichtet. Ich weiß nicht, was mit eurer Mutter los war, normalerweise wäre sie doch die Person gewesen, der Mathieu am meisten hätte vertrauen sollen, aber so war es bei euch nicht. Vielleicht war sie auch schon vor Deinem Tod nicht in der Lage, die mütterlichen Gefühle aufzubringen, die man braucht, um fürsorglich und warm zu sein. Du warst das.*
*Was hat Mathieu mir erzählt? Wenn Du aus dem Kindergarten kamst, bist Du zuerst in sein Zimmer gelaufen, hast ihn aus seinem Bett geholt, ihn durch das Haus getragen und ihm alles erklärt und gezeigt. Natürlich war Mathieu zu klein, um sich daran zu erinnern, aber Du hast es ihm später immer wieder erzählt.*
*Ich weiß nicht, was mit eurem Vater war. Er kommt in Mathieus Erzählungen so gut wie gar nicht vor. Du hättest es mir sicher erklären können, oder hat er nur alles in Bezug auf seinen Vater vergessen, weil Du gestorben bist? Sehr wahrscheinlich. Du musst ein sehr warmer, liebevoller Mensch gewesen sein, denn die Lücke, die Du hinterlassen hast, ist so unfassbar groß und nicht zu schließen gewesen. Ich glaube, ich konnte Mathieu helfen, um Dich zu trauern. Manchmal hat er um Dich*

*geweint, wenn er von Dir gesprochen hat. Und ich wusste, wie ich damit umgehen musste. Denn Du weißt ja sicher schon, dass ich gelernt habe, mit Trauer umzugehen. Haben Mathieu und ich uns getroffen, um uns gegenseitig zu helfen, den Tod zu überwinden? Und wenn wir uns geholfen haben, gehen wir dann auseinander? Lieber nicht daran denken. Das ist jetzt auch nicht wichtig. Wir werden es sehen.*
*Habe ich Dir schon erzählt, dass mein Sohn und Dein Bruder sich ähneln? Beide lieben es, einen zu unterhalten, beide sind in ihrer Theatralik ein wenig kindisch und benehmen sich manchmal wie Diven. Beide bringen mich zum Lachen. Ich bin mir sicher, dass Mathieu Dich auch oft zum Lachen gebracht hat.*
*Ich weiß nicht, warum Deine Zeit in diesem Leben so kurz bemessen war. Hattest Du Deine Aufgabe schon erfüllt gehabt? Es fällt mir schwer, daran zu glauben, dass es einen tieferen Sinn haben soll, dass Du so früh gestorben bist. Vielleicht ist Schicksal wirklich nur erfunden worden, um unerträgliche Dinge erträglicher zu machen. Ich weiß es nicht.*
*Wir werden Dich nicht vergessen, jetzt, wo Du nach so langer Zeit wieder da bist.*
*Deine Sanne*

# 13

»Ich habe einen großartigen Plan«, verkündete Mathieu nach einem Frühstück im Bett. »Wir fahren heute nach Brest und sehen uns das Spiel an.«
»Welches Spiel?«
»Na, das Spiel.«
»Fußball, Handball, Volleyball?«
»Fußball natürlich.«
»Du willst Fußball gucken? Ich dachte, das hättest du nicht mehr getan, seit Thea …«
»Ja, stimmt, aber jetzt ist es anders. Ich habe die mutigste Frau, die ich kenne, an meiner Seite. Mit dir möchte ich es erleben. Kann doch lustig sein, jubeln, Dampf ablassen, brüllen.« Mathieu wirkte regelrecht euphorisch. »Vielleicht findest du es sexy, wenn ich den Macho raushängen lasse, Baby.«
»Und wer spielt gegen wen?«, fragte Sanne.
»Ich nehme mal an, Brest gegen …«
»Du weißt es nicht?«
»Hab ich wieder vergessen«, gab Mathieu zu. »Georges meinte, das ist das letzte Spiel der Saison, da müsste man hin. Das Stadion ist bei jedem Spiel voll von überzeugten Bretonen, die ihre Nationalhymne singen und Fahnen schwenken.«
»Habe ich eine Wahl?«
»Eigentlich nicht.«

»Das wusste ich doch. Natürlich komme ich gerne mit. Selbst zum Fußball.«

»Das ist sehr großzügig von dir.« Sanne lächelte amüsiert.

»So bin ich eben.«

»Ich denke, wir sollten nicht mit Georges und Christian fahren. Man weiß nicht genau, wie viel sie beim Spiel trinken. Was hältst du davon, wenn wir in Brest übernachten? Die Stadt ist zwar nicht so schön, aber ein paar mehr Menschen als auf der Insel und in Roscoff kann ich schon vertragen.«

»Großartige Idee. Dann kann ich shoppen gehen. Kommst du mit?«, fragte Sanne.

»Ich habe wohl keine andere Wahl, wenn du mich zum Fußball begleitest«, sagte Mathieu.

»Das sehe ich auch so.«

»Georges hat mir ein Hotel empfohlen: *Les Gens de Mer.* Es liegt direkt am alten Hafen. Ich habe vorhin angerufen und reserviert.«

»Maria würde das gefallen.«

»Wer ist Maria?«

Erst jetzt fiel Sanne auf, dass sie noch gar nichts von ihrer besten Freundin erzählt hatte. Sie hatte fast ein schlechtes Gewissen, immerhin war Maria schon so lange ein sehr wichtiger Teil in ihrem Leben.

»Maria ist die Einzige, die weiß, dass ich jetzt mit dir zusammen bin«, sagte Sanne.

»Deinen Kindern hast du es noch nicht erzählt?«, fragte Mathieu.

Er ist beleidigt, dachte Sanne irritiert. »Es hat sich noch

nicht ergeben. Wir schicken uns E-Mails, und irgendwie schien es mir nicht angebracht, so etwas in einer Mail zu erwähnen.«

»*So etwas* soll ich sein?«, fragte Mathieu.

»Nein, natürlich nicht. Es ist schwierig. Bitte versteh. Ich weiß nicht, wie sie darauf reagieren werden«, sagte Sanne.

»Worauf? Dass du nach fast zwei Jahren Trauerzeit wieder mit einem Mann zusammen bist? Das ist doch kindisch. Sicher werden sie sich freuen.«

»Das glaube ich auch«, sagte Sanne und küsste ihn. Sie wollte nicht weiter auf diesem schwierigen Thema herumreiten.

Auf dem Weg nach Brest hörten sie schweigend Musik. Wie selbstverständlich hatte sich Mathieu ans Steuer gesetzt und sie nicht einmal gefragt, ob sie fahren wollte. Gut, er hatte sich das Auto geliehen, ihres hatten sie zurückgegeben, aber Sanne fand, dass er zumindest hätte fragen können. War er doch ein französischer Macho? Sie sah ihn von der Seite an, während er sich auf den Verkehr konzentrierte. Fast so wie David, dachte sie. Wie war er aufgewachsen? Außer der Geschichte mit Thea wusste sie wenig über ihn. Was war mit seinen Eltern und mit seinen Freunden?

Seit sie auf der Île de Batz waren, hatte sein Telefon nicht sehr oft geklingelt. Lebte er in Paris eher als Einsiedler wie einige Schriftsteller, die sie im Laufe ihrer Arbeitsjahre als Übersetzerin kennengelernt hatte, oder blieb er mit seinen Freunden überwiegend über E-Mail in Kontakt? Würde sie zu seinen Freunden passen? Kannte er nur Künstler?

Bisher war sie so damit beschäftigt gewesen, ihn einfach nur toll zu finden, dass sie nicht bemerkt hatte, wie verschwiegen er eigentlich war, wenn es um ihn selbst ging. Diese Art von Verschwiegenheit kannte sie nicht. In ihrer Familie hatten sie alles besprochen, was manchmal etwas anstrengend geworden war, wenn zum Beispiel die gesamte Familie inklusive David, selbst wenn er auf Geschäftsreise war, Anteil daran nahm, dass eine neue Liebe am Horizont von einem der Kinder auftauchte.
Vor kurzem hatten sie die DVD *Dan – Mitten im Leben* mit Juliette Binoche gesehen. Eine große Familie verbringt Thanksgiving in ihrem Ferienhaus auf Rhode Island. Der jüngste Sohn bringt eine neue Freundin mit. Kaum ist sie zehn Minuten da, stürmt er in die Küche und fragt seine Eltern und seine drei Geschwister, wie sie die Neue finden, und alle finden es ganz normal, sofort ihre Meinung dazu zu äußern. So war es auch bei ihnen gewesen. Würde Mathieu mit dieser Art der Familienkommunikation klarkommen, wenn er ihre Kinder kennenlernen sollte? Wollte sie überhaupt, dass er Teil ihres bisherigen Lebens wurde? Oder war das Zusammensein mit Mathieu nur eine Sommerliebe, die ohne Tragik zu Ende gehen würde, wenn die Herbststürme über die Île de Batz fegten? Würde sie dann wieder in Hamburg und er in Paris sein? Bisher hatte sie sich darüber noch keine Gedanken gemacht. Aber warum sollte sie das auch tun?
Das Hotel *Les Gens de Mer* entsprach nicht dem Standard der Hotels, die sie früher mit David besucht hatte. Es war einfacher, ganz hübsch mit maritimen Elementen einge-

richtet, aber nicht so stilvoll, wie sie es schätzte. Sie ärgerte sich darüber, dass Mathieu allein entschieden hatte. Wenn er sie um Rat gefragt hätte, wären sie bestimmt in einem anderen Hotel gelandet. Jetzt musste sie mit ihm hier die Nacht verbringen und befürchten, dass die Betten in diesem Hotel sie nicht unbedingt zum Sex inspirieren würden. Das war an sich nicht schlimm, sie war schließlich kein Teenager mehr, der jede Gelegenheit wahrnahm, um Sex zu haben, aber vielleicht erwartete Mathieu von ihr, dass sie auch hier auf ihn scharf wäre, was sie sich momentan nicht vorstellen konnte. Er sah sich anerkennend im Hotel um und lobte sogar die Einrichtung. Hatte er wirklich so niedrige Ansprüche, oder fehlten ihm der Hintergrund und die Erfahrung, um ein gutes Hotel von einem durchschnittlichen unterscheiden zu können? O Gott, was mache ich hier?, dachte Sanne. Möchte ich mit diesen Gedanken boykottieren, dass ich glücklich bin?
»Ist doch gut hier«, meinte er im Aufzug, in dem es penetrant nach scharfen Putzmitteln roch. Er versuchte, sie an sich zu ziehen und zu küssen, aber sie wich ihm aus. Er tat so, als ob er ihre Abwehr nicht bemerkte, glücklicherweise klingelte sein Handy.
Das Zimmer war zwar sauber, aber nicht sehr geschmackvoll eingerichtet. Jedenfalls gefiel es ihr nicht. Mathieu telefonierte noch immer, während er sich im Zimmer umsah und zustimmend den Daumen hob. Sie zuckte die Schultern. Sie wollte keinen Streit über die Einrichtung des Hotelzimmers. Sie sehnte sich nach dem *Le Temps de Vivre* mit seiner klaren, modernen Einrichtung in dem alten Ge-

mäuer. Das war ein Hotel nach ihrer Vorstellung, stilvoll und schlicht. Und erst das Frühstück! Die kleinen Pfannkuchen mit der selbstgemachten Konfitüre, der Käsekuchen, die noch ofenfrischen Croissants. Morgen würde es sicher nur trockene Croissants und abgepackte Marmelade geben.

»Wir haben noch Zeit bis zum Spiel«, sagte Mathieu mit rauchiger Stimme. Bisher hatte sie diesen Tonfall immer sexy gefunden, aber jetzt nervte er sie.

»Ich habe Kopfschmerzen und würde gerne spazieren gehen«, wehrte sie ab. So weit war es schon? Dass sie einen Vorwand erfand, um nicht mit ihm schlafen zu müssen? Der Gedanke machte sie traurig.

»Du Arme, gut, wir gehen spazieren. Sicher fühlst du dich danach wieder besser.« Mathieu klang besorgt. Er schien ihre Lüge zu schlucken.

Schweigend gingen sie durch die Altstadt. Mathieu hatte recht: Sie gefiel ihr nicht besonders gut. Was machte sie eigentlich hier, dachte sie und wünschte sich, sie wäre in Roscoff oder auf der Île de Batz geblieben, meinetwegen auch allein. Mathieu hätte ja mit den Jungs fahren können, und vielleicht wäre es schön gewesen, sich mal nicht zu sehen.

Mathieu gab sich keine Mühe, sie zu unterhalten, sondern schlich schweigend neben ihr her. Er ließ seine Schultern hängen und hatte den Kopf leicht gesenkt. Genauso macht es Finn, wenn er enttäuscht ist, dachte Sanne. Sie wollte noch weiter sauer auf Mathieu sein, weil er sie in dieses Hotel mitgeschleift hatte. Es war schon erstaunlich, wie sehr sich ihr Sohn und Mathieu manchmal ähnelten. Vielleicht lag es daran, dass sie beide kreative Menschen waren, oder hatten sie vielleicht denselben Aszendenten? Mathieu ließ förmlich die Ohren hängen.

»Was ist denn los?«, fragte sie ihn, obwohl sie ja eigentlich vorgehabt hatte, so lange zu schmollen, bis er auf die Idee käme, sie zu fragen, was sie störte.

»Ach nichts«, sagte er mit von Leid erstickter Stimme. Auch diesen Tonfall kannte sie von Finn.

»Komm, sag schon«, drängte sie.

»Es ist so grauenhaft«, brach es aus Mathieu heraus.

»Was denn?«, fragte Sanne.

»Dass du so enttäuscht bist.«

»Das hast du bemerkt?« Sie war schon gar nicht mehr so sauer.

»Natürlich. Du hättest deinen Gesichtsausdruck sehen sollen, als du das Hotel betratest – eine Mischung aus Abscheu und Empörung.«

»Vielleicht bin ich ein wenig zu empfindlich.«

»Kann sein. Meinst du, du kannst es heute Nacht dort mit mir aushalten?«, fragte er mit einer Spur von hoffnungsvoller Verzweiflung in der Stimme.

»Da musst du mich aber besonders verwöhnen«, sagte sie lächelnd.

»Sollen wir jetzt eine Apotheke suchen?«

»Wieso?«

»Wegen deiner Kopfschmerzen.«

»Hatte ich doch gar nicht.«

»Nächstes Mal sagst du gleich, was los ist, okay? Ich glaube nicht, dass du bei mir Kopfschmerzen vortäuschen musst«, sagte Mathieu.
Ja, dachte sie, er hat recht. Wir sind nicht verheiratet und noch nicht lange zusammen. Da braucht man so etwas nicht zu tun.
Sie trafen Christian und Georges am Stadion. Es war nicht klar, wer von den beiden auf dem Weg hierher am Steuer des schmutzig grauen Kastenwagens gesessen hatte, denn beide schienen schon weit über die ersten Biere hinausgekommen zu sein. Sie begrüßten Mathieu mit einer herzlichen Umarmung und sahen Sanne erstaunt an. Anscheinend hatte Mathieu vergessen zu erwähnen, dass er sie mitbringen würde.
»Jungs, das ist Sanne, meine Freundin«, sagte Mathieu voller Stolz, und als sie in akzentfreiem Französisch zu sprechen begann, schlugen sich Georges und Christian zeitgleich gegen die Stirn.
»Stimmt ja, du bist die Deutsche. Dann hat es also geklappt, Mathieu? Kompliment.«
Toll, dachte Sanne. Ich spreche anscheinend doch nicht so akzentfrei, wie ich dachte. Und war Georges nicht der Mann, der sie auf der Fähre gemustert hatte, nachdem sie die erste Nacht mit Mathieu verbracht hatte? Anscheinend hatte er damals schon Bescheid gewusst, dass es sie gab.
»Will sie auch mit zum Fußball?«, fragte Georges Mathieu leise, aber nicht leise genug, dass Sanne es nicht verstand.
»Ja, mein Alter, warum auch nicht?«

»Frauen und Fußball, das geht doch nicht zusammen.«

»Vielleicht nicht bei den Frauen, die ihr kennt«, erwiderte Mathieu. »Sanne ist perfekt, sie kennt sich absolut aus. Das ist bei allen deutschen Frauen so. Erinnere dich doch mal an die Fußballweltmeisterschaft 2006 in Berlin und die vielen fußballbegeisterten Frauen. Sind die deutschen Frauen nicht auch zweifache Fußballweltmeisterinnen?«

Sanne nickte zögernd. Sie hatte keine Ahnung, aber sie wollte sich hier auf keinen Fall als Kretin outen.

»Also Jungs, gehen wir rein und zeigen den Leuten aus Toulouse, wo es langgeht«, sagte Mathieu. Georges und Christian schulterten ihre Fahnen, Mathieu und Sanne folgten ihnen. Hier bildete sie die Ausnahme. Viele Männer starrten sie an, als ob sie so etwas wie ein Weltwunder war. Vielleicht sollte ich doch im Café auf sie warten, dachte sie, aber Mathieu schien es zu gefallen, dass sie so große Aufmerksamkeit erregte. Er grinste und machte immer noch Bemerkungen über ihr ausgeprägtes Fußballtalent.

»Als Kind hat sie immer mit ihren drei Brüdern auf dem Hof gespielt und alle in die Pfanne gehauen«, behauptete er. »Einmal hat sie sogar jemanden mit ihrem Schuss gefällt. Erzähl doch mal, mit wie viel Stichen musste der genäht werden?«

Sie hatte so gut wie nie Fußball gespielt, sondern lieber gelesen. Außerdem hätte ihr großer Bruder sie sowieso nicht mitspielen lassen, weil er fand, dass ihr das Ballgefühl fehlte. Es brachte überhaupt nichts, den beiden zu

erklären, dass Mathieu ihnen ein Märchen erzählte, denn Georges und Christian hatten schon fachmännisch ihre Waden inspiziert und dabei verständnisvoll genickt. Super, dachte Sanne. Jedenfalls habe ich jetzt eine gute Entschuldigung für meine strammen Waden.
»Eure Plätze sind auch in der Fankurve von Brest 28«, sagte Georges. Jedenfalls habe ich Jeans und ein T-Shirt angezogen, das dreckig werden kann, dachte Sanne. Mathieu nahm sie an die Hand und führte sie zu ihrem Platz. Sie war sehr froh, dass er hier den Beschützer gab. Sie saßen inmitten von Männern und Jungen, die alle so aussahen, als ob sie ein Fischerboot besäßen und Holz hacken könnten oder als ob das zumindest etwas wäre, was sie auf jeden Fall tun würden, wenn sie dafür alt genug waren. Sanne sah auf die Uhr. Wenn es pünktlich beginnen sollte, was sie sich allerdings nicht vorstellen konnte, müsste es gleich losgehen.
Ein Raunen ging durch die Menge, dann lief die erste Mannschaft ein. »Das sind die aus Toulouse«, erklärte Mathieu, der sich noch schlau darüber gemacht hatte, welche Trikots die Brester trugen. »Die rot-weißen mit den schwarzen Hosen sind wir«, sagte er, und seine Stimme klang genauso aufgeregt wie die von Christian und Georges.
»Gleich kommen unsere Jungs«, sagte Christian andächtig. Dann stand er auf, entrollte seine Fahne und begann sie mit dem rechten Arm zu schwenken. Georges machte das Gleiche wie fast alle in der Fankurve von Brest 28. Es war ein Meer aus roten und weiß-schwarzen Fahnen.
»Die weiß-schwarze Fahne ist die bretonische«, brüllte

Mathieu ihr ins Ohr. Sanne konnte ihn fast nicht verstehen, weil Christian und Georges jetzt sangen.

»Das ist die bretonische Hymne«, erklärte Mathieu. *»Bro gozh ma zadoù«.*

»Du hast ja gut recherchiert.«

»Das musste ich doch auch, um dich unterhalten zu können«, sagte Mathieu.

»Dann kannst du mir sicher auch sagen, was der Refrain bedeutet?«

»Ja, das habe ich doch noch gestern gelesen. Warte.«

*»O Bretagne, mein Land, ich liebe mein Land. So wie das Meer es wie eine Mauer umgibt. Mein Land soll befreit werden«,* kam es aus der unteren Reihe. Ein pubertierender und von Pickeln geplagter Junge deklamierte den Refrain mit leuchtenden Augen und legte dabei seine Hand aufs Herz. Sanne bedankte sich mit einem Kopfnicken und war froh darüber, dass der Junge gleich gehört hatte, dass sie Deutsche war, und ihr deshalb ihr Unwissen verzieh. Mathieu hatte sich mittlerweile die Fahne von Georges ausgeborgt und sang aus vollem Hals mit, während er einen Arm um Georges gelegt hatte und mit ihm schunkelte. Ich möchte nirgendwo anders sein als gerade hier, dachte Sanne. Sie brüllte, buhte, pfiff, sang, jubelte und war Teil der perfektesten Welle, die jemals in einem Stadion entstanden war. In der Pause trank sie mit den Jungs Bier und aß Würstchen, und Georges fachsimpelte mit ihr über die Spielzüge.

»Was für eine Frau!«, rief Georges und prostete Mathieu zu.

»Ja, nicht wahr?«, sagte Mathieu und gab ihr mit Besitzergeste einen Klaps auf den Po. Brest verlor 0:2. Christian und Georges beschlossen, ihren Frust noch mit ein paar Bier hinunterzuspülen, bevor sie nach Hause fuhren, und Sanne hoffte, die beiden würden so lange trinken, dass sie erst einmal ihren Rausch ausschlafen müssten, bevor sie das Zündschloss ihres Autos fänden.

Sie konnte es kaum abwarten, mit Mathieu allein zu sein.

»Komm her, Puppe«, sagte Mathieu, als sie an ihrer Zimmertür angekommen waren, und nahm sie auf die Arme. »Ich bringe dich jetzt in meine Höhle.«

# 14

Ein Anruf der Kinder genügte, und alles war verändert. Sanne packte stumm ihre Koffer im Schlafzimmer ihres gemeinsamen Hauses auf der Île de Batz. Mathieu sah ihr schweigend zu. Er wollte ihr sagen, dass er nicht verstand, warum sie das tat, nur weil ihre Kinder für ein Wochenende nach Roscoff kommen wollten. Er wollte anbieten, dass ihre Kinder auch hier übernachten könnten. Er wollte ihr klarmachen, dass ihre Kinder es genießen würden, sie wieder glücklich zu sehen, auch wenn es nicht mehr mit ihrem Vater war.

Aber er sagte nichts, sondern sah der Frau, die er liebte, schweigend dabei zu, wie sie mit jedem Teil, das sie einpackte, mehr und mehr aus seinem Leben verschwand. War er wirklich nur ein Ruhekissen gewesen, auf dem sie hatte verschnaufen können, bevor sie sich wieder in ihr Leben zurückbegab, das immer noch durch einen toten Menschen bestimmt wurde? Er hatte gehofft, dass sie eine Zukunft hätten, aber jetzt verrann diese Hoffnung wie der Sand, den sie gestern noch am Strand durch ihre Finger hatte rieseln lassen, während sie ein Buch las und ihn dabei immer wieder verliebt ansah.

Sie hatte ihm nur mitgeteilt, dass ihre Kinder kommen würden und sie deshalb wieder zurück nach Roscoff fahren wollte. Sie hatte ihm nicht gesagt, ob sie wiederkommen wollte, wenn sie wieder fort wären, und da sie all ihre

Sachen packte, sah es nicht danach aus. Warum war er nicht in der Lage, ihr zu sagen, wie weh ihm das tat? Warum hatte er stumm genickt, so dass sie diese Geste als Zustimmung hätte auslegen können, wenn sie wollte? In ihm tobte es. Er war eifersüchtig auf ihre Kinder, die doch schon lange erwachsen waren, aber immer noch einen so großen Platz in ihrem Leben einnahmen und das sehr wahrscheinlich auch immer tun würden. Sanne, David und die Kinder, das war die Familie gewesen, für alle das Zentrum ihres Lebens, und es war nie so geplant und gewollt gewesen, dass sie jemals auseinandergingen.
Jetzt fühlte sich Mathieu wie ein Ersatzspieler, der nach einem kurzen Auftritt auf dem Fußballfeld wieder auf der Bank saß, obwohl er eigentlich noch weiterspielen wollte. Und er wusste noch nicht einmal, ob er jemals wieder eingewechselt werden würde.
Sanne hatte gar nicht versucht, ihm zu erklären, warum sie das tat. Für sie war absolut klar, dass sie jetzt ging, und vielleicht war es auch logisch und nachvollziehbar. Schließlich kamen die Kinder, um den Geburtstag ihres Vaters zu feiern und seiner so zu gedenken. So weit hatte sie es ihm erklärt. Aber nicht, wo sein Platz war und ob er auf sie warten sollte.
Er brachte sie noch zur Fähre. Ihre Koffer lagen auf einem Bollerwagen, den er im Schuppen gefunden hatte. Er wusste nicht, was er ihr sagen sollte, alle Worte, die er in Gedanken formulierte, blieben ihm im Hals stecken. Er wartete auf eine Geste, dass sie ihn anlächelte, ihn umarmte und ihm versicherte, dass sie zu ihm zurückkehren

würde, wenn die Kinder wieder weg wären, aber sie tat nichts dergleichen. Sie sah ihn nur an, als ob er ein Fremder für sie wäre, und behandelte ihn plötzlich so, als ob er nichts mit ihrem Leben zu tun hätte.

Die Fähre war schon da. Heute hatte Georges glücklicherweise keinen Dienst. Mathieu wollte nicht, dass er ihm dabei zusah, wie er verlassen wurde. So fühlte es sich jedenfalls an, auch wenn Sanne nichts dergleichen gesagt hatte.

Er küsste sie zum Abschied zweimal auf die Wange und achtete darauf, ihr dabei nicht zu nahe zu kommen. Ohne sie weiter zu beachten, hievte er die Koffer vom Bollerwagen auf die Fähre, drehte sich um und ging die Mole hinunter. Bei jedem Schritt hoffte er, dass sie ihm hinterherlaufen würde. Aber sie tat es nicht. Von der anderen Seite des Hafens aus sah er, wie die Fähre ablegte. Wieder allein, dachte er, macht nichts. Es findet sich bestimmt schnell wieder eine, aber die Tränen auf seinem Gesicht wischte er nicht weg.

# 15

*David, ich weiß, ich habe lange nicht mit dir gesprochen. Sei mir nicht böse. Ich dachte, ich könnte etwas Neues beginnen. Aber jetzt weiß ich wieder, dass es nicht geht. Es gibt für mich eigentlich nur den einen Weg, den ich mit dir vor so vielen Jahren eingeschlagen habe, und ich muss ihn auch ohne dich weitergehen. Die Kinder haben es mir mit der Ankündigung, dass sie deinen Geburtstag mit mir in Roscoff feiern wollen, gezeigt. Es gibt keinen neuen Anfang. Es kann für mich keinen anderen Mann geben, der mich auf die Dauer vergessen lässt, dass ich dich und somit die Mitte meines Lebens verloren habe. Ich möchte dir hier nicht erzählen, wie glücklich ich in den vergangenen Wochen mit Mathieu war, denn das würde dich, glaube ich, kränken, auch wenn du weißt, dass wir nie wieder zusammen sein können. Es ist dennoch eigenartig, es dir nicht erzählen zu können, denn wir haben uns nie etwas verschwiegen. Du warst immer mein Vertrauter, mein Gefährte. Ich weiß, David, du hast zwar kurz vor deinem Tod gesagt, dass ich mir eine neue Liebe suchen sollte, aber wie ich jetzt weiß, geht das nicht. Vielleicht ist das der Preis, den ich für unsere Familie zahlen muss. Wir waren uns zu nah. Die Kinder haben nie daran gezweifelt, dass wir zusammengehören, selbst in Zeiten unserer schlimmsten Krisen.*

*Ich habe mit ihnen noch nicht über Mathieu gesprochen. Ich werde sie damit verschonen, wie ich auch dich mit den Details verschone.*
*Ich werde den Kindern nichts von Mathieu erzählen. Und wenn sie wieder weg sind, werde ich mich von Mathieu trennen. Es gibt keinen anderen Weg als diesen, und ich komme mir ganz schön dumm vor, weil ich gehofft hatte, es gäbe einen. Mach's gut, David, ich bin froh, dass ich wieder auf dem richtigen Weg bin.*

Sanne bekam im *Le Temps de Vivre* wieder ihr altes Zimmer und reservierte zwei für ihre Kinder. Katha und Jule oder Finn und Katha würden gemeinsam in einem Zimmer schlafen können. Jules Mann kam nicht mit. »Er hat so viel zu tun«, hatte ihre Älteste am Telefon gesagt. »Und Konstantin bleibt bei meiner Schwiegermutter. Ich freue mich darauf, mit euch mal wieder erwachsen sein zu können.« Sie klang nicht glücklich. Ich habe in den vergangenen Wochen fast gar nicht darüber nachgedacht, wie es den Kindern geht, wunderte sich Sanne. Vielleicht war das ja normal bei erwachsenen Kindern, aber sie kam sich dennoch so vor, als ob sie ihre Kinder verraten würde, denn sie hatte bisher immer gewusst, wie es ihnen ging.
Sie reservierte einen Tisch im Hotelrestaurant. Der Koch Jean Ives Crennes war bekannt für seine originelle Umsetzung der neuen französischen Küche, und auch wenn die Rechnung sicher ihr Budget sprengen würde, würde es schön sein, mit den Kindern vor den großen Fenstern, die

direkt auf das Meer gingen, zu essen. Sie mietete sich für das Wochenende einen Wagen und beschloss, nach Brest zu fahren, um die Kinder vom Flughafen abzuholen.

Bisher gelang es ihr gut, nicht an Mathieu zu denken. Es war so, als ob er nicht zu den Gedanken an ihre Kinder passte. Sie würde ihn nicht vermissen, solange sie sich auf ihre Familie konzentrierte. Jule, Finn und Katha hatten vor zwei Jahren ihren Vater verloren. Auch wenn sie das ihr gegenüber nicht zugaben, litten sie sicher immer noch darunter.

Auf der Autobahn schob sie gedankenverloren eine CD in den Player, die sie in ihrer Handtasche gefunden hatte, ohne darauf zu achten, was es war. »Wake up every one«, sang Jason Mraz. Es war die CD *Make it Mine.* An ihrem ersten Abend im bretonischen Landhaus auf der Insel hatte Mathieu zu diesem Lied getanzt. Sie weinte und hatte Mühe, sich auf das Fahren zu konzentrieren. Die Sehnsucht nach Mathieu schnürte ihr die Luft ab. Sie musste auf einen Parkplatz fahren.

Mit keinem anderen Mann hatte sie bisher dieses süße Gefühl der Leichtigkeit, des Verlangens und der grundlosen Begeisterung erlebt. Sie liebte Mathieu auf eine verrückte, ungezügelte, überbordende Art, wie sie vorher noch nicht einmal David geliebt hatte. Aber es geht nicht. Er passt nicht in mein restliches Leben, sagte sie sich wie ein Mantra auf.

Sie blieb hinterm Steuer sitzen und hörte immer wieder *Make it Mine,* bis keine Tränen mehr kamen. Die Sehnsucht nach Mathieu ließ ihren ganzen Körper schmerzen.

Sie hatte ihm nicht vor einem Altar versprochen, dass sie ihn lieben würde. Ihr stand es frei, ihn zu lieben, und vielleicht tat sie das deshalb so heftig.
Sanne war froh, dass sie rechtzeitig losgefahren war. So konnte sie sich auf dem Brester Flughafen noch zurechtmachen, sich beruhigen und einreden, dass es keine Rolle spielte, wie sehr sie Mathieu liebte. Diese Gefühle gehörten in einen Hollywoodfilm, aber nicht in die Wirklichkeit. Sie hatte sich vor über 25 Jahren entschieden, dass die Familie das Wichtigste für sie war, und daran würde sie auch ohne David festhalten.
Jule schob den Gepäckwagen, Finn hatte die Hände in den Taschen und grinste, Katha schlenkerte mit ihrer fransigen und mit Perlen besetzten braunen Wildledertasche, die sie sicher in einem Berliner Vintageshop gefunden hatte. Finn war zuerst bei Sanne, umarmte sie und zerzauste ihr das Haar.
»Na, Mum«, sagte er. »Du wirst auch immer kleiner. Siehst gut aus. Wie geht's dir? Ich hoffe, ich kann ein Zimmer für mich allein haben. Die Mädels nerven ganz schön. Sie haben den ganzen Flug über Weiberkram geredet.«
»War's so schlimm? Du hast ein Zimmer für dich allein, wenn du willst. Deine Schwestern werden sicher nichts dagegen haben, in einem Doppelbett zu schlafen«, antwortete Sanne.
»Überhaupt nicht, Mami«, sagte Jule. »Solange Katha nicht um sechs Uhr morgens aufwacht und nach ihrer Flasche verlangt, ist mir alles recht.«
»Finn, kannst du mal den Gepäckwagen schieben? Du

ruhst dich zu sehr auf dem Kleiner-Bruder-Bonus aus«, meinte Jule.

»Wenn es immer wieder funktioniert?«, gab Finn zurück, zuckte mit den Achseln und übernahm den Gepäckwagen.

»Gut siehst du aus, Mami. Hast du dich erholt?«, fragte Jule und sah sie prüfend an. Wieder war Sanne davon beeindruckt, dass ihre älteste Tochter aussah, als hätte sie nicht einen mehrstündigen Flug hinter sich. Ihre makellos weißen Hosen saßen perfekt. Auf ihrer weißen Hemdbluse war kein Fleck, und sie war auch mysteriöserweise nicht verknittert. Selbst der Anhänger ihrer goldenen Kette saß genau an der richtigen Stelle. Dagegen wirkten Finn und Katha etwas abgewrackt. Finn trug eines von seinen unvermeidlichen T-Shirts und eine Jeans, in der sein kleiner Hintern vollständig verschwand. Warf es eigentlich ein schlechtes Licht auf Mathieu, dass er denselben Kleidungsstil hatte wie ihr 21-jähriger Sohn?, fragte sich Sanne.

Katha hatte sich in dem 70er-Jahre-Laden, in dem sie die Tasche erworben hatte, wohl auch noch dieses gebatikte Kleid gekauft, das sie zu Römersandalen trug, als käme sie direkt aus Woodstock. Allein die Blumen im Haar fehlen, dachte Sanne.

Die drei nahmen sie in die Mitte. Sanne bemerkte, wie sie im Vorbeigehen von Passanten angelächelt wurde. Wir sehen glücklich aus, dachte sie dankbar. War hier überhaupt Platz für Mathieu?

Sie fanden das Auto fast auf Anhieb, obwohl Sanne sich

nur den Buchstaben der Parkzone gemerkt hatte und nicht die Zahl. Sie verfuhr sich auf dem Weg zur Autobahn, aber niemand fand das ungewöhnlich. Das war ihr immer passiert, wenn sie ohne David mit den Kindern unterwegs gewesen war. Jule beschwerte sich darüber, dass die einzige Straßenkarte zerknüllt auf dem Rücksitz lag, strich sie glatt und versuchte, sie auf den richtigen Weg zu lotsen.

»O Gott, ich glaube, wir haben uns verfahren, keine Panik. Wir kriegen das schon hin. Es wird schon. Mist. Ich weiß überhaupt nicht, wo ich bin. Seid ruhig, ich muss mich konzentrieren«, sagte Finn mit verstellter Stimme.

»Genau das sagt Mami immer, wenn sie sich verfahren hat. Du hast sogar ihren Tonfall getroffen«, sagte Katha. Sie konnte gar nicht mehr aufhören zu lachen und steckte Finn an.

»Also, Sanne, jetzt musst du gleich rechts, nach zweihundert Metern, und dann auf der Straße bleiben und nach vierhundert Metern nach links, dann bist du auf der Autobahn«, sagte Jule laut.

»Woher soll ich wissen, wann ich zweihundert Meter gefahren bin?«, fragte Sanne zurück.

»Dafür gibt es einen Anzeige, Mami«, seufzte Jule. »Egal, ich sage dir rechtzeitig Bescheid.«

»Nur keine Panik«, sagte Finn wieder mit verstellter Stimme.

Sie fanden die richtige Auffahrt auf die Autobahn.

»Mach mal Musik an, mir ist langweilig«, meinte Katha wie schon vor fünfzehn Jahren.

»Ist es in Ordnung, Mami?«, fragte Jule höflich.

»Klar, mir geht es gut, du musst mich nicht wie ein rohes Ei behandeln.«

»Entschuldige, ich muss mich erst einmal umstellen.«

»So schlimm?«

»Irgendwie schon. Bei meiner Schwiegerfamilie muss ich immer aufpassen, was ich sage«, meinte Jule. Sie schob die CD ein. Die Stimme von Jason Mraz erfüllte den Innenraum des Autos.

»Wow, das ist klasse«, sagte Finn. »Woher hast du das denn?«

»Von einer Bekannten«, sagte Sanne. Jule musterte sie von der Seite. War sie etwa rot geworden? Sie tat so, als ob sie sich auf den Verkehr konzentrieren musste und deshalb nicht antworten konnte. Hatten Katha und Finn Jules skeptische Frage mitbekommen? Anscheinend nicht. Sie alberten herum und beachteten sie nicht mehr. Wie würden ihre beiden Jüngsten reagieren, wenn sie erführen, dass sie jemanden gefunden hatte, mit dem sie wieder glücklich sein konnte, der in ihren Augen an Davids Stelle treten könnte, während sie selbst ihr ganzes Leben den Verlust ertragen müssten? Sie hatten ihren Vater verloren, und einerlei, was noch geschah, sie würden nie einen neuen Vater bekommen. Sie hingegen hatte sich wieder verliebt. Sie hatte eigentlich nie daran geglaubt, dass sie als einsame Witwe enden würde. Und David hatte das doch auch nicht gewollt. Warum also fiel es ihr jetzt so schwer, ihren Kindern von Mathieu zu erzählen? Vielleicht weil sie David in den vergangenen Wochen sogar ab und zu vergessen hatte? Und mit Mathieu auf eine so intensive Weise glücklich gewesen war, wie sie das mit David nie hatte sein können? Es war egal, ob es an den Kindern und den Lebensumständen gelegen hatte. Sie wollte das nicht mehr analysieren. Tatsache war, dass Mathieu sie so zum Lachen bringen konnte, wie David es nie geschafft hatte. Aber die Kinder würden die Leerstelle in ihrem Leben immer spüren, und deshalb war sie fast wütend auf David. Wenn er sich besser gepflegt hätte, wenn er aufgehört hätte zu rauchen, wenn er einen weniger anstrengenden Beruf gehabt hätte, wäre er vielleicht jetzt noch am Leben und erst gestorben, wenn ihre Kinder eine eigene Familie gehabt und daher vielleicht einfacher mit dem Verlust des Vaters hätten umgehen können.

Einerlei, aus welchem Blickwinkel sie es betrachtete, sie kam immer wieder zum gleichen Ergebnis. Sie würde ihren Kindern nichts von Mathieu erzählen. Ich muss ihn unbedingt nachher anrufen, dachte sie. Oder ich schicke ihm noch besser eine Mail und erkläre ihm meinen brüsken Abgang. Ich glaube, dass er es verstehen wird. Und wenn die Kinder weg sind, werden wir die restliche Zeit auf der Île de Batz genießen. Jetzt musste sie sich um ihre Familie kümmern.

Zum Glück mochten Jule und Katha ihr Zimmer. Bei Katha hatte Sanne nicht daran gezweifelt, aber Jule, die seit ihrer Heirat an viel mehr Luxus gewöhnt war, als sie jemals in ihrem Elternhaus zu sehen bekommen hatte?

»Mami, wie schön, es ist schlicht, aber gleichzeitig stilvoll, besonders weil das alte Mauerwerk herausgearbeitet ist

und man auf diesen entzückenden Innenhof sieht«, sagte Jule mit leuchtenden Augen und anscheinend auch erleichtert, dass sie ihren Geschmack getroffen hatte.
In ihrem eigenen Zimmer war das Mauerwerk nicht zu sehen, und das Fenster ging auf den Parkplatz hinaus. Sie konnte eben nicht aus ihrer Haut. Sie hatte so viele Jahre immer zuerst an das Wohl ihrer Kinder gedacht und dann erst an sich und David. Finn, dem ein schöner Ausblick nicht so wichtig war, hatte das Zimmer neben ihr. Eigentlich war doch alles gut. Sie würden heute Abend im Restaurant essen gehen und sich gemeinsam an David erinnern. Und morgen würden sie einen Ausflug machen. Du wärst morgen 56 geworden, dachte Sanne, und zum ersten Mal seit zwei Jahren empfand sie bei diesem Gedanken keine hilflose Trauer und Bitterkeit, weil sie allein zurückgeblieben war.
Es klopfte. Finn kam herein, setzte sich neben sie auf das Bett und sah sie mit diesem besonderen forschend-liebevollen Blick an.
»Dir geht es besser, Mami, oder?«, fragte er. »Die Mädchen haben sich große Sorgen um dich gemacht, weil du nicht mit Maria nach Hamburg zurückgekommen bist, ich aber nicht, weißt du? Ich fand es super, dass du einfach drauflosgefahren bist. Papi und du wart nie im Finistère, oder?«
»Ich wusste, dass du verstehst, warum ich hierhergefahren bin«, sagte Sanne.
»Und – hast du hier das gefunden, was du gesucht hast?«
»Ich glaube schon«, erwiderte Sanne.

»Das ist schön«, sagte Finn und legte ihr die Hand auf die Stirn, wie sie es früher oft bei ihm getan hatte, wenn er unruhig war. Jetzt ist er derjenige, der mich beruhigt, dachte sie dankbar.
»Paps würde es hier gefallen«, sagte Finn. »Es ist rauh, es ist nicht so lieblich, und es gibt Austern. Ich werde sie heute ihm zu Ehren essen.«
Vielleicht sollten wir doch nicht in das Restaurant des *Le Temps de Vivre* gehen, dachte Sanne. Dort Austern zu essen war sicher unverschämt teuer. Aber sie hatte den Tisch schon reserviert und wollte den Kindern etwas Besonderes bieten.
»Ich gehe noch spazieren«, fuhr Finn fort. »Mal sehen, wie das Angebot hier so frauenmäßig aussieht.«
»Wir treffen uns um 19 Uhr im Restaurant«, rief sie ihrem Sohn hinterher.
»Und es wäre nett, wenn du dann kein T-Shirt, sondern ein Hemd trägst.«
»Mami, das weiß ich doch selbst«, entgegnete Finn und verdrehte die Augen. »Wie alt bin ich?« Für mich manchmal immer noch fünfzehn, dachte Sanne. Das war wohl das Los des Jüngsten. Und auch wenn er nur zehn Minuten nach Katha geboren war, würde sich wohl nie etwas daran ändern, dass seine Schwestern und auch sie selbst ihn als den Jüngsten in der Familie ansahen, einerlei, wie erfolgreich er noch werden würde.
Wie eigenartig, dachte sie. Mein Sohn hat einen künstlerischen Weg eingeschlagen wie Mathieu. Aber war es nicht auch kreativ, Bücher zu übersetzen? Sie hatte einigen fran-

zösischen Autoren eine deutsche Stimme gegeben, die sogar poetischer war als ihre eigenen. Mathieu nicht, bei ihm konnte sie dicht an seiner Sprache bleiben. Aber manchmal hatte sie ihre Freiheit als Übersetzerin dazu genutzt, die Texte besser zu machen. Und wenn die Sprache im Original sehr schön war, hatte sie sehr viel Aufwand betrieben, um diese Schönheit auch in der Übersetzung zu erhalten, was nicht ganz leicht war, weil Deutsch meistens gröber klang als Französisch.

Sanne holte den letzten Roman von Mathieu hervor, den sie übersetzt hatte, und begann zu lesen. Es wäre großartig, wieder zu arbeiten, dachte sie. Vielleicht bin ich ja jetzt bereit dafür? Sie hatte in den vergangenen Wochen fast ausschließlich französisch gesprochen. Sie träumte auf Französisch, und das Übersetzen würde ihr sicher sehr leichtfallen. Sie nahm sich vor, ihren Verlag anzurufen und nach Aufträgen zu fragen. Sie war sich sicher, dass sie etwas für sie haben würden. Auch wenn die Konkurrenz auf dem Markt der Übersetzer fast genauso groß war wie unter den Autoren, waren die Verlage nach wie vor daran interessiert, ihre Aufträge an Übersetzer zu vergeben, die verlässlich arbeiteten und Fristen einhielten.

Das Telefon klingelte.

»Hier ist ein Herr, der Sie gerne sprechen möchte«, sagte die Rezeptionistin, und dann hörte sie Mathieus Stimme. Anscheinend war er nicht mehr ganz nüchtern.

»Sanne, kann ich raufkommen, ich muss dich unbedingt sprechen. Ich habe Sehnsucht nach dir. Ich liebe dich, und ich bin Franzose, ich kämpfe um dich. Jetzt komme ich rauf.«

»Nein, das tust du nicht«, widersprach Sanne. »Ich komme runter. Warte vor dem Hotel auf mich.« Sie versuchte streng zu klingen, damit er aufhörte, ihr am Telefon Liebesgeständnisse zu machen. Anscheinend hatte er vergessen, dass sie französisch miteinander sprachen und die Rezeptionistin demnach alles verstehen konnte.

»Gut, Madame, ich warte bei den Wagen auf dich. Sind ja ein paar hier«, seufzte Mathieu.

»Ich bin sofort bei dir«, sagte Sanne. Sie würde ihn vom Hotel weg in eine Seitenstraße lotsen.

Mathieu lehnte an einem ziemlich dreckigen Auto, aber er schien gar nicht zu bemerken, dass seine Kleider schmutzig wurden. Er hatte sich heute nicht rasiert und wohl auch kein sauberes T-Shirt angezogen. Er hatte sie noch nicht bemerkt, sondern hörte mit geschlossenen Augen Musik von seinem iPod. Sie freute sich so sehr, ihn zu sehen. Ihr Herz schlug schneller, sie bekam schon fast klischeehaft feuchte Hände.

Als er sie bemerkte, kam er auf sie zu und nahm sie in die Arme. Sanne war es plötzlich vollkommen egal, dass sie sich auf einem Parkplatz umarmten. Es gab keinen wildromantischeren Ort als diesen, und Sanne war sich sicher, dass hier niemals jemand so leidenschaftlich geküsst worden war wie sie. Ihre Knie wurden weich wie bei einem Teenager. Ihr ganzer Körper kribbelte, und wenn Mathieu sie jetzt gebeten hätte, mit ihm auf die Insel zurückzukehren und nicht mehr an ihre Kinder zu denken, hätte sie das vielleicht sogar getan. Aber sie bekam nach einiger Zeit keine Luft mehr und löste sich von Mathieu.

»Ich bin so froh, dass du mich noch willst«, sagte er genauso atemlos. »Du bist gestern so kalt gewesen. Ich wusste gar nicht, was ich machen sollte. Vorhin bin ich dann bei Louis vorbeigeschneit und habe das eine oder andere Glas mit den Jungs getrunken, riechst du den Schnaps?«

»Ja, aber das macht nichts. Ich bin so froh, dass du da bist.«

»Wie läuft es mit den Kindern?«

»Ganz gut.«

»Ich verstehe, dass du mich ihnen noch nicht vorstellen kannst. Es hat etwas gedauert, bis ich es kapiert habe, aber jetzt finde ich es in Ordnung«, nuschelte Mathieu.

»Du bist toll. Wenn sie wieder weg sind, komme ich zu dir. Und ich werde bis dahin sehr oft an dich denken«, sagte Sanne. »Aber bevor ich noch schwach werde, musst du jetzt gehen.«

»Nur unter Schmerzen«, antwortete Mathieu, hörte aber auf, sie zu küssen.

»Ich freue mich schon sehr auf dich.«

»Und ich erst«, sagte Mathieu grinsend, drehte sich um und verschwand in Richtung *Chez Louis.*

»Ich werde jetzt auf die Insel zurückfahren und meine Sehnsucht in Worte fassen, vielleicht wird sogar die Idee für eine gute Geschichte daraus«, sagte er. Jetzt bin ich schon seine Muse, dachte Sanne belustigt.

Sie hatte nur noch eine Stunde, bevor sie im Restaurant

sein musste, und keine Ahnung, wie sie sich darauf einstellen sollte, Davids zu gedenken, wenn sie eigentlich mit Mathieu zusammen sein wollte. Aber sie war es ihren Kindern schuldig. Sie hätte gerne das rote Kleid angezogen, das sie beim ersten Rendezvous mit Mathieu getragen hatte, aber sie entschied sich lieber für das taubenblaue, das sie in einem der Läden in Roscoff gefunden hatte.

Katha und Jule trugen glücklicherweise auch keine schwarzen Kleider. Jule kam in einem anthrazitfarbenen, figurbetonten Leinenkleid, das nach Donna Karan aussah. Katha hatte eines ihrer Hippiekleider übergeworfen und trug die Silberkette mit dem großen Bernstein, den David ihr zum 17. Geburtstag geschenkt hatte.

Finn hatte sich ein dunkelgrünes Hemd angezogen, trug aber immer noch Jeans, was Sanne etwas eigenartig fand, denn eigentlich neigte Finn nicht dazu, in einer solchen Situation zu rebellieren. Sanne wollte ihn so wie Jule und Katha in den Arm nehmen, aber er verschränkte die Arme vor der Brust und sah sie verstockt an. Vielleicht ist er sehr traurig und versucht es dadurch zu verbergen, dachte Sanne. Sie war aber dennoch sauer, dass er sich wie ein kleines Kind aufführte.

Sie saßen an der Fensterfront und konnten auf das Meer und zur Île de Batz hinübersehen. Am liebsten hätte Sanne den Ober gebeten, ihnen einen anderen Tisch zu geben. Ihr fiel aber keine Begründung ein, denn der Tisch war perfekt. Für sie würde es so noch schwerer sein, während des Essens nicht an Mathieu zu denken. Warum kam sie sich so vor, als ob sie David betrogen hätte und jetzt mit

einem schlechten Gewissen darauf wartete, dass ihre Kinder es herausfanden und sie dafür verurteilten?
Da sie die Einzige war, die gut französisch sprach, nahm sie die Bestellung in die Hand. Heute war es vollkommen egal, wie viel sie ausgab. Sie bestellte ein Dutzend Austern, obwohl sie die im Supermarkt in Lesneven sehr wahrscheinlich genauso gut, aber um etliche Klassen günstiger hätte bekommen können. Dann bestellte sie für alle das Menü und war froh darüber, dass auf der Karte der Kinder die Preise weggelassen worden waren. Vielleicht würden sie gar nicht bemerken, in was für Unkosten sie sich gerade stürzte. In Zukunft würde sie sich diese Dinge überhaupt nicht leisten können, aber jetzt wollte sie noch einmal so tun, als ob sie Davids üppiges Gehalt zur Verfügung hätten.
Sie bestellte Grauburgunder. Champagner schien ihr an diesem Abend nicht angebracht, obwohl sie sich noch sehr gut daran erinnern konnte, wie großartig der zu Austern schmeckte. Sie musste unwillkürlich lächeln, als sie daran dachte, wie Mathieu sie das erste Mal zum Essen auf seine Terrasse eingeladen hatte. Das war jetzt vier Wochen her. Ihr schien es aber, als ob diese vier Wochen länger gedauert hätten als die vergangenen zwei Jahre. Das war das Eigenartige an der Trauer um einen geliebten Menschen. Sie ließ die Zeit stillstehen, man nahm das Wetter und den Wechsel der Jahreszeiten nicht mehr wahr und wunderte sich darüber, dass schon wieder Sommer wurde. War es den Kindern auch so ergangen?
Warum versuchte sie krampfhaft, traurige Gedanken zu

haben? Warum konnte sie ihren Kindern nicht einfach sagen, dass sie David auf eine bestimmte Art immer lieben würde, aber sich dennoch jetzt in Mathieu verliebt hatte und darüber sehr glücklich war? Vielleicht würden sie es sogar gut finden. Aber sie sahen nicht danach aus.

Katha bearbeitete ihre Serviette. Jule starrte aus dem Fenster. Es war klar, dass sie an ihren Vater dachte. Finn saß ihr gegenüber und schaffte es immer noch nicht, sie anzusehen.

Sie sind nicht sehr hilfreich, dachte Sanne ein wenig ärgerlich. Das würde wohl kein schöner Abend werden, es sei denn, ihr gelänge es, die Stimmung noch aufzuhellen.

»Auf David«, sagte sie und erhob ihr Glas. »Und lasst uns auch auf das Leben trinken, das hätte er so gewollt.«

»Ja, dass du auf das Leben trinken willst, glaube ich dir. Du findest es sicher ganz gut, dass Paps tot ist«, meinte Finn gehässig.

Sanne sah ihn entgeistert an. Ihre Hand zitterte, sie konnte ihr Glas gerade noch absetzen.

»Was hast du gesagt. Bist du wahnsinnig?«, zischte Katha.

»Ihr habt genau gehört, was ich gesagt habe.«

»Ja, aber ich will es einfach nicht glauben«, sagte Jule. Sie sprach besonders leise und betonte jedes Wort einzeln. David hatte das auch immer getan, bevor er explodierte.

»Finn, was ist los mit dir?«, fragte Sanne und versuchte, ihre Stimme nicht zu erheben.

»Tu doch nicht so scheinheilig. Ich habe dich vorhin auf dem Parkplatz gesehen«, sagte er.

»Was hast du gesehen?«, fragten die Mädchen.

»Sie hat mit einem Mann rumgemacht. Und der sah so aus, als ob er viel jünger ist.«

»Stimmt das?«, fragte Jule, die jetzt genauso wie ihr Vater klang.

»Und wenn es so wäre? Ist das wirklich so schlimm? David ist seit fast zwei Jahren tot. Soll ich mich für den Rest meines Lebens eingraben?«, fragte Sanne empört.

»Wer ist es? Wo hast du ihn kennengelernt?«, wollte jetzt Katha wissen.

»Spielt das eine Rolle?«, fragte Sanne.

»Er ist bestimmt Franzose«, sagte Finn.

Jule sah sie jetzt streng an. Sanne trank ihr Glas in einem Zug leer und schenkte sich nach. Dieses Verhör würde sie nur durchstehen können, wenn sie beschwipst war, und das würde sehr schnell gehen, weil sie seit dem Frühstück nichts gegessen hatte.

»Okay, ja, es stimmt. Ich habe tatsächlich vorhin jemanden geküsst. Finn, er ist Franzose.«

»Du hast ihn gerade erst kennengelernt?«, fragte Katha zögernd.

»Ja und nein. Es ist Mathieu Fleury, ihr wisst, das ist der Autor, dessen Romane ich seit einigen Jahren übersetze. Ich habe ihn hier zufällig getroffen«, berichtete Sanne.

»Zufällig getroffen, zufällig getroffen«, sagte Finn empört und warf seine Serviette theatralisch auf den Tisch. »Das glaube ich dir nicht. Du hattest sicher schon während Davids Krankheit Kontakt mit ihm, und er hat nur darauf gewartet, dass er stirbt«, sagte Finn.

Sanne hätte ihn fast geohrfeigt. Wie konnte er ihr so etwas

unterstellen? Verstand er sie nicht eigentlich am besten von ihren Kindern? Aber hatte er ihr auch deshalb nicht schon immer am heftigsten weh tun können?

»Mami, sag was«, sagte Finn eine Spur zu laut. Die Gäste am Nebentisch drehten sich irritiert zu ihm um.

»Benimm dich«, zischte Jule. »Wir sind in einem Restaurant.«

»Das ist mir egal«, rief Finn. »Ich spiele das Spiel hier nicht mit, Mami. Es ist lächerlich. Ich gehe«, sagte er, stand auf und stieß fast seinen Stuhl um.

»Finn, bleib hier«, rief Katha hinter ihm her. Aber er hörte nicht. Sie blieb einen Moment ratlos sitzen und sah Sanne strafend an.

»Jule, kommst du?«, fragte sie ihre große Schwester. Die beiden verließen das Restaurant. Mittlerweile hatten alle anderen Gäste ihr Gespräch eingestellt und sahen befremdet oder erwartungsvoll zu Sanne hinüber. Der Ober eilte zu ihrem Tisch.

»Kann ich Ihnen helfen?«, fragte er streng. »Ist etwas nicht in Ordnung mit dem Wein?«

»Alles bestens«, sagte Sanne und bemühte sich, besonders akzentfrei zu sprechen.

»Könnten Sie die Bestellung stornieren?«, fragte sie kleinlaut.

»Da muss ich in der Küche nachfragen«, sagte er pikiert und segelte in Richtung Küche davon.

Sanne blieb sitzen und tat so, als ob sie die Aussicht bewunderte. Dieser Abend war ein schrecklicher Alptraum.

»Sie haben Glück, Madame. Der Küchenchef hatte noch

nicht mit der Zubereitung begonnen. Aber die Austern und den Wein müssen Sie schon bezahlen«, fügte er mit blasiertem Ton hinzu, der eindeutig sagen sollte, dass er schon immer der Meinung gewesen war, dass Deutsche kein Benehmen haben, und er sich eigentlich gar nicht über den Auftritt ihrer Familie wunderte.

»Gut, bringen Sie die Rechnung und packen Sie die Austern ein. Ich nehme sie mit. Ein Notfall«, sagte Sanne und versuchte, genauso blasiert wie der Ober rüberzukommen.

»Eigentlich machen wir das nicht. Wir sind ja kein Takeaway«, sagte der Ober.

»Ich bestehe darauf«, sagte Sanne und legte ihre goldene Mastercard auf den Tisch.

»Sehr wohl, Madame«, erwiderte der Ober eine Spur freundlicher und kam kurze Zeit später mit der Rechnung und den verpackten Austern zurück.

»Möchten Sie den restlichen Wein auch noch mitnehmen?«, fragte er, als ob er davon ausginge, dass sie jeden Abend eine Flasche allein austrank.

»Nein, den können Sie nach Ihrer Schicht in der Küche trinken«, gab Sanne zurück. Es dauerte Ewigkeiten, bis der Ober die Karte durchgezogen hatte. Sie verzichtete auf sein Trinkgeld, eigentlich auch grob unhöflich, aber das war ihr jetzt egal. Die anderen Gäste waren glücklicherweise zu ihren Gesprächen zurückgekehrt. Sanne stand auf und versuchte, das Restaurant erhobenen Hauptes und damenhaft elegant zu verlassen, hatte aber die Vermutung, dass ihr das nicht in Vollendung gelang, denn sie spürte mitleidige Blicke in ihrem Rücken.

Wie konnten sich die Kinder und speziell Finn so aufführen?, dachte sie aufgeregt. Sie hätte damit gerechnet, dass Jule ihre Moral in Frage stellte, dass Katha es befremdlich fand, dass ihre Mutter sich wieder verliebt hatte und sie selbst Single war. Aber sie hatte im Stillen angenommen, dass Finn sie verstehen und auch darüber froh sein würde, dass es ihr wieder gutging. Das hatte er doch vorhin noch gesagt, als er sie in ihrem Zimmer besuchte? Warum war er bloß so ausgerastet, oder hatte er mal wieder nur die Rolle des empörten und verletzten Sohnes gespielt? Als Jugendlicher hatte er das manchmal getan. Aber da hatte er diese Rolle immer verlassen, wenn er merkte, dass sie ihn zu ernst nahmen. Er probierte damals oft neue Rollen aus, um sie dann in sein Repertoire aufzunehmen. Eigentlich war schon lange klar gewesen, dass er das Zeug hatte, Schauspieler zu werden, und dass sein Talent und seine Leidenschaft, in andere Rollen zu schlüpfen, außergewöhnlich waren, aber sie hatten sich zu Hause alle schon so daran gewöhnt, dass sie das gar nicht mehr besonders fanden.
Sie liebte Finn, selbst nachdem er diesen Abend gesprengt hatte. Und sie würde ihm sicher irgendwann verzeihen. Aber jetzt war sie so wütend auf ihn wie schon sehr lange nicht mehr. Abgesehen von dem Auftritt im Restaurant: Was bildete er sich eigentlich ein, ihr zu unterstellen, sie sei mit Mathieu schon zusammen gewesen, während sie David pflegte? Wie konnte er so etwas behaupten, wo er doch eigentlich wissen musste, dass diese Anschuldigung unhaltbar war? Bei aller Liebe und allem Verständnis für

seinen Spaß an großen Auftritten war Finn eindeutig zu weit gegangen.
Schon als sie Jule von weitem auf sich zukommen sah, wusste Sanne, dass etwas Schlimmes passiert war. Sie fing an zu laufen, um schneller bei ihrer Tochter zu sein.
»Finn«, sagte Jule außer Atem. »Auf der Straße.«
Sanne rannte fast eine Gruppe von Touristen um, die um die Ecke auf den Platz bog. Das war ihr egal, sie hätte sie in diesem Augenblick auch beiseitegeschubst. Sie lief am *Chez Louis* vorbei und bemerkte aus den Augenwinkeln die erstaunten und interessierten Blicke der Gäste. Auf der Küstenstraße sah sie Finn vor einem Auto auf dem Boden liegen. Der Fahrer des Autos redete auf Katha ein, die so blass war, dass Sanne Angst hatte, sie könnte gleich umkippen. Jemand kniete neben Finn. »Bloß nicht bewegen«, wollte sie rufen, »ihr müsst einen Rettungswagen holen, nicht bewegen, man weiß nicht, was mit seinem Kopf ist«, aber die Worte blieben ihr im Hals stecken.
Es war nicht viel Blut zu sehen. Jetzt kniete sie neben Finn und sah ihm ins Gesicht. Er atmete und war nicht bewusstlos. Gott sei Dank, dachte sie.
»Mein Bein«, stammelte Finn.
Der Mann, der neben ihm hockte, sagte, er glaube, es sei ein Beinbruch und eine Gehirnerschütterung.
»Sie sind Arzt?«, fragte Sanne, doch er schüttelte den Kopf.
»Hast du einen Rettungswagen gerufen?«, fragte Sanne Jule.
»Ich habe das übernommen«, sagte der Mann, der neben

Finn kniete. Der Fahrer des Wagens redete noch immer auf Katha ein. Jule versuchte, ihn zu beruhigen, aber das gelang ihr nicht so recht.
»Wir müssen warten, wir können ihn nicht bewegen, auch wenn wir die Straße blockieren«, sagte Sanne.
Plötzlich war sie ruhig. Finn lebte, er schwebte wohl nicht in akuter Lebensgefahr. Die Autos stauten sich auf der Küstenstraße. Die Polizei hatte sie kurzfristig gesperrt. Sanne beugte sich zu ihrem Sohn und streichelte ihm vorsichtig über die Wange und über den Kopf. Nirgendwo fühlte sie Blut. Gott sei Dank, dachte sie.
»Ich habe versucht, mit ihm vor dem Hotel zu reden und ihn zu beruhigen, zuerst schien er auch zuzuhören, dann brüllte er plötzlich: ›Paps ist tot, stört es eigentlich keinen außer mir?‹ Dann rannte er weg. Katha und ich hinterher. Wir hörten die quietschenden Bremsen des Autos, und dann sahen wir, wie seine Beine wegsackten und er auf den Asphalt stürzte«, erklärte Jule, die jetzt neben ihr stand.
»Er ist mir vors Auto gelaufen. Ich konnte nichts tun«, sagte der Fahrer immer wieder. Sie musste ihn beruhigen.
»Bleib bei Finn, Jule«, befahl Sanne und ging zu dem Fahrer des Wagens. Sein Gesicht war kalkweiß.
»Madame, ich bin extra langsam gefahren, und dann sprang er plötzlich vom Bürgersteig auf die Fahrbahn, ich habe sofort gebremst, aber ich konnte nicht mehr ausweichen, weil mir gerade ein Wagen entgegenkam.«
»Haben Sie schon mit der Polizei gesprochen?«, fragte Sanne.

»Nein, die mussten ja erst einmal die Straße sperren. Das mache ich gleich.«

»Gut«, sagte Sanne kurz. Sie glaubte dem Mann. Jetzt hörten sie die Sirenen des Rettungswagens. Zwei Sanitäter sprangen aus dem Auto und liefen zu Finn, der so aussah, als ob er doch gleich ohnmächtig werden würde.

Sanne erklärte den Sanitätern, was passiert war. Sie holten eine Trage, hoben ihn vorsichtig darauf und transportierten ihn zum Rettungswagen.

»Jule, kannst du den Polizisten erklären, was passiert ist? Katha kann dir helfen, wenn du nicht weiterweißt. Ihr habt ja alles gesehen.«

Sanne hatte das Gefühl, dass David bei ihr war und ihr sagte, was zu tun war. Er hatte in Krisensituationen nie den Überblick verloren, war immer ruhig geblieben und hatte sich erst, wenn alles geregelt war, erlaubt, etwas zu empfinden. Sie hätte nicht gedacht, dass sie auch so handeln konnte.

»In welches Krankenhaus bringen Sie meinen Sohn?«, fragte sie.

»Nach Lesneven«, sagte der eine Sanitäter. »Sie können hinten mitfahren. Das wird Ihren Sohn beruhigen.«

»Mädchen, wenn alles geklärt ist, kommt ins Krankenhaus. Holt vorher noch einen Pyjama und ein paar Sachen von Finn aus dem Hotel. Er muss sicher über Nacht bleiben. Nehmt euch ein Taxi.«

»Ja, Mami, wir wissen, was zu tun ist. Keine Panik. Es wird alles gut«, sagte Jule und nahm Sanne in den Arm.

Während der Fahrt hockte sie neben Finn. Der Sanitäter

hatte ihm ein Schmerzmittel gespritzt, und er schien sich zu beruhigen. Sie nahm seine Hand und streichelte sie. Sie hätte ihm gerne gesagt, dass alles wieder in Ordnung kommen würde, aber sie konnte nicht sprechen. Bei dem Gedanken daran, gleich wieder in einem Krankenhaus sein zu müssen, gruselte es ihr. Seit Davids Tod machte sie um jedes Krankenhaus einen großen Bogen. Sie wollte nicht wieder von der Angst und den Gefühlen der Ohnmacht heimgesucht werden, die sie empfunden hatte, nachdem sie die Diagnose bekommen hatten. Finn hat sich wohl nur ein Bein gebrochen und eine Gehirnerschütterung, es ist kein Krebs, versuchte sie sich zu beruhigen, aber ihre Gefühle spielten genauso verrückt wie vor zwei Jahren.

Das Krankenhaus sah modern aus, stellte Sanne erleichtert fest. Es war auch gleich eine Ärztin da, die sich um Finn kümmerte. Sanne war froh, dass sie ihr Französisch selbst in dieser Situation nicht im Stich ließ. »Röntgen, Computertomographie«, ordnete die Ärztin an und wandte sich dann an Sanne.

»Er hat sich den Unterschenkelknochen gebrochen und vielleicht eine Gehirnerschütterung. So wie es aussieht, ist es nicht mehr als das, aber wir wollen auf Nummer sicher gehen.«

»Kann ich mit zum Röntgen?«, fragte Sanne.

»Nein, aber Sie können im Wartezimmer einen Kaffee trinken und sich setzen. Sie sind absolut bleich.« Die Ärztin nahm kurz ihre Hand und sah ihr in die Augen.

»Das wird schon wieder«, sagte sie beruhigend. »Ich weiß,

wie das ist. Ich habe drei Jungs und bin ständig in der Ambulanz, weil sich immer einer was getan hat.«
Sanne lächelte dankbar und ließ sich von einer Schwester den Weg in das Wartezimmer zeigen. Sie setzte sich und lehnte ihren Kopf an die kühle Wand. Erst jetzt bemerkte sie, wie erschöpft sie war. Sie wollte Mathieu anrufen und ihn bitten zu kommen, aber tat es dann lieber doch nicht. Die Kinder würden das bestimmt nicht verstehen. Schließlich hatte Finn seinetwegen einen Unfall gehabt. Aber sie konnte Mathieu dafür nicht die Schuld geben.
Sie wartete auf die Ergebnisse des Röntgens im Krankenhausflur und freute sich, dass die Erinnerungen an die vielen Krankenhausaufenthalte mit David sie nicht heimsuchten. Vielleicht lag es daran, dass hier alle französisch sprachen und sie in einem kleinen Provinzkrankenhaus war und nicht in diesem riesigen Krankenhauskomplex der Universitätsklinik Hamburg-Eppendorf. Sie wurde ruhiger und konnte sich auf ihren Sohn konzentrieren. Wenn er Glück hatte, konnte er in den nächsten Tagen schon wieder nach Deutschland zurückkehren. Sobald sie das Ergebnis hatte, musste sie seinen Flug umbuchen, aber vielleicht könnte das auch Jule übernehmen. Natürlich war Finns Reaktion unverhältnismäßig extrem und kindisch gewesen. Eigentlich war sie immer noch sauer auf ihn, aber dieses Gefühl musste sie jetzt erst einmal hintanstellen. Finn litt noch sehr unter Davids Tod, mehr, als sie angenommen hatte. Er war immer so fröhlich gewesen, wenn sie ihn gesehen hatte. Besonders seit er an der Schauspielschule aufgenommen wor-

den war, war er die ganze Zeit gut drauf und feierte seinen Erfolg, endlich dort angekommen zu sein, wo er schon so lange hinwollte, ohne es selbst richtig realisiert zu haben.
Aber sehr wahrscheinlich hatte er ihr etwas vorgespielt, um sie nicht zu belasten. Ihn hatte sie sicher nicht mit ihrer vorgespielten guten Laune täuschen können. Er hatte auch über die Entfernung gespürt, wie schlecht es ihr nach dem Tod seines Vaters gegangen war, und gedacht, dass seine Trauer zu viel für sie gewesen wäre.
Sie würde Mathieu nicht aufgeben wollen, da war sie sich sicher. Die Vorstellung, nie wieder von seinen Händen berührt zu werden oder mit ihm zu schlafen, tat so weh, dass es überhaupt nicht in Frage kam, so etwas in Betracht zu ziehen. Endlich auf dieser Seite des Lebens zu stehen, unabhängig zu sein, nur an den Geliebten und an sich denken zu können, keine familiäre Verbindung miteinander zu haben, sondern nur durch Liebe verbunden zu sein, war großartig, und sie würde dieses Gefühl gegen nichts in der Welt eintauschen wollen. Aber sie wollte kein verbranntes Gebiet hinterlassen, sie wollte die Brücken zu ihrem Sohn nicht abbrechen, um es genießen zu können, sondern ihn ins Boot holen, egal, wie schwierig es werden würde.
Als sie Finn endlich sehen konnte, lag er in einem weißen Krankenhausbett, sein linkes Bein geschient und die linke Hand in einem Verband. Der Arzt sagte, dass er wohl ohne eine Gehirnerschütterung davongekommen war, weil er so geschickt gefallen war. Sein Unterschenkel war

zwar da gebrochen, wo das Auto ihn erwischt hatte, aber es würde nur einige Wochen dauern, bis alles wieder verheilt war, und seine Hand sei nur verstaucht. Sie wollten ihn eine Nacht im Krankenhaus zur Beobachtung behalten, um sicherzugehen, dass er wirklich keine Gehirnerschütterung hatte, aber morgen könne er schon wieder aus dem Krankenhaus entlassen werden.

Sie übersetzte Finn, was der Arzt gesagt hatte, er nickte schwach mit dem Kopf. Er sagte nichts und sah sie etwas schuldbewusst an wie als kleiner Junge, wenn er etwas ausgefressen hatte. Und selbst jetzt waren seine Mimik und sein Ausdruck unglaublich intensiv. Mit dieser Intensität wird er auch auf einer Kinoleinwand alle umhauen, dachte sie stolz.

»Wir buchen deinen Flug um, ich denke, die Mädchen können auch noch einen Tag länger bleiben«, sagte Sanne und nahm sich vor, den Vorfall im Restaurant nicht anzusprechen.

»Gut, das ist schön, danke«, antwortete er kleinlaut.

Sie strich ihm das Haar aus der Stirn, und er entspannte sich.

»Tut's weh?«, fragte sie.

»Ich weiß nicht, ich glaube, so sehr unter Drogen war ich schon lange nicht mehr«, sagte Finn. »Fühlt sich ganz gut an, vielleicht sollte ich meinen Kontakt in Berlin mal wieder ansprechen, wenn ich zurückkomme. O Mami, das solltest du ja gar nicht wissen, ups«, fügte er mit einem angedeuteten Grinsen hinzu.

Selbst jetzt legte er es darauf an, sie zum Lächeln zu bringen. Diese Unbekümmertheit, diese Bereitschaft, das Leben leichtzunehmen, auch wenn es gar nicht leicht war, das liebte sie so an Finn.

»Soll ich dir was zu essen besorgen«, fragte sie. »Du bist ja nicht so richtig dazu gekommen.«

»Ja, machst du das? Ich habe großen Hunger. Austern gibt's ja wohl nicht in der Kantine, oder?«

»Nee, aber sicher Mousse au Chocolat und eine Quiche. Ich sehe mal, was sich machen lässt. Den Wein müssen wir aber, glaube ich, heute Abend weglassen.«

»Schade, aber das kann ich wohl verkraften«, meinte Finn.

Als sie zurückkam, waren die Mädchen da. Katha hatte die Füße auf Finns Bett gelegt, Jule saß an seinem Kopfende. Sie hatten Cidre mitgebracht und die Austern, die Sanne Jule in die Hand gedrückt hatte, als sie auf die Straße zu Finn gelaufen war. Finn schlief sofort ein, nachdem er etwas gegessen hatte, und die Schwester sagte, dass sie ihm Ruhe gönnen sollten. Die Mädchen zogen sich in ihr Zimmer zurück. Als sie im Bett lag, bemerkte Sanne, wie erschöpft sie war, und schlief sofort ein.

Sie wurde schon um sieben Uhr wach und beschloss, zu Mathieu auf die Insel zu fahren und ihn zu überraschen. Sie wollte nur kurz mit ihm frühstücken und dann später wieder auf das Festland zurückkehren und ins Krankenhaus fahren.

Sie hatte Glück, die Fähre auf die Île de Batz fuhr schon, und Georges hatte keinen Dienst, so dass sie dieses Mal von neugierigen Blicken verschont blieb. Sie sah auf das

Meer und stellte sich vor, wie es wäre, im nächsten Jahr den Sommer mit Mathieu an diesem oder einem anderen Meer zu verbringen. Gut, erst musste sich das mit Finn und den Mädchen wieder einrenken. Sie würde nicht verlangen, dass ihre Kinder Mathieu liebten, aber sie musste sicher sein, dass sie ihre Beziehung akzeptierten. So war es nun einmal. Sie würde nicht ertragen können, den Kontakt zu ihnen zu verlieren, weil sie mit einem Mann zusammen war, den sie nicht mochten. Aber sie würde auch nicht akzeptieren, dass sie ihm gar keine Chance gaben.

Sie ging den Weg zum Leuchtturm hinauf und beschloss, Mathieu nicht anzurufen. Sie genoss die Vorfreude, ihr pochendes Herz, das Kribbeln, die Aufregung. Sie war so glücklich darüber, endlich wieder so etwas zu erleben, das sich so jung und gleichzeitig so erwachsen anfühlte.

Sie klopfte nicht an die Tür, sondern ging um das Haus herum. Vielleicht hatte Mathieu ohne sie nicht gut schlafen können und saß draußen mit seiner ersten Schüssel Café au Lait.

Bevor sie die Terrasse sah, hörte sie Mathieus Lachen. Telefonierte er? Oder arbeitete er und amüsierte sich über etwas, das er geschrieben hatte? Sie wollte schon rufen, als sie eine andere Stimme hörte. Sie sagte etwas auf Französisch, das Sanne nicht verstand. Mathieu lachte wieder. Es war eine Frau bei ihm. Sanne sah reflexartig auf die Uhr – es war erst acht Uhr. Also war sie schon die ganze Nacht bei ihm gewesen. Sanne kam sich vor wie in einem von

Mathieus Romanen. Da passierten solche Sachen am laufenden Band. Am Ende siegte zwar immer die große Liebe, aber auf dem Weg dahin gab es viele Hürden zu überwinden.
Jetzt hatte sie nur die Scham und die peinliche Situation, sich an die Hauswand eines bretonischen Bauernhauses zu drücken und zu versuchen, unbemerkt um die Ecke auf die Terrasse zu sehen. Sie beugte sich vor und hielt den Atem an. Wäre sie eine der Figuren in Mathieus Geschichten, würde sie jetzt auf die Terrasse stürmen und der Rivalin eine Szene machen, aber dies war die Wirklichkeit, und da gab es keine furiosen, wirkungsvollen Auftritte, sondern nur plötzlich auftretende Herzschmerzen, einen rasenden Puls und kalte Hände.
Bevor sie kampflos das Feld räumen würde, musste sie sehen, gegen wen sie verloren hatte. Sie sah noch einmal um die Ecke des Bretagne-Hauses und war froh, dass dort Büsche standen, hinter denen sie sich verstecken konnte.
Sie linste durch die Blätter hindurch. Neben Mathieu sah sie eine dunkelhaarige, zierliche, ausgesprochen attraktive Frau. Er sprach mit ihr, hatte den Arm um sie gelegt. Die beiden bemerkten sie nicht. Sanne wurde vor Scham heiß. Sie kam sich vor wie Bridget Jones in Teil 2 – am Rande des Wahnsinns. Sie betete, dass Mathieu jetzt nicht aufstehen und ins Haus gehen würde, denn dann würde er vermutlich entdecken, dass sich in dem Busch etwas bewegte.
Sie lief den Weg zur Fähre zurück, und es war ihr egal,

dass ihr die entgegenkommenden Touristen neugierig hinterhersahen.
»Ich bin so wahnsinnig blöd«, schimpfte sie. Sie hatte gedacht, dass Mathieu ihr treu sein würde! Katha und Finn würden sich ausschütten vor Lachen, wenn sie davon erführen, und sie fragen, ob sie wirklich so hoffnungslos von vorgestern war.

# 16

Mathieu ließ das Radio in der offenen Küche den ganzen Tag laufen, und wenn er im Wohnzimmer war, stellte er auch noch den Fernseher an. Aber es half nichts. Die Stille, die sich über das Haus auf der Île de Batz gelegt hatte, nachdem Sanne weggegangen war, spürte er auch noch bei voll aufgedrehter Musik, die aus den Boxen der Anlage dröhnte. Er machte ausgedehnte Spaziergänge über die Insel, hörte dabei Musik auf seinem iPod. Er wollte nicht angesprochen werden. Er wollte sich abkapseln. Irgendwie genoss er es auch, jemanden so sehr zu vermissen wie noch nie zuvor. So fühlte sich das also an, wenn man liebte? Es erschreckte ihn, dass er 44 werden musste, um dieses Gefühl zu erfahren. Es war so, als ob die Beziehungen zu den Frauen, die er vor Sanne gehabt hatte, allesamt nichtssagend und oberflächlich gewesen wären.

Worum war es da eigentlich gegangen? Natürlich um Sex, um Spaß, darum, sich in dem anderen zu spiegeln. Ihn toll zu finden, ihm immer nur seine guten Seiten zu zeigen. Natürlich hatte er gedacht, dass das Liebe war. Er hatte sich sogar für einen Spezialisten auf diesem Gebiet gehalten, sonst hätte er nicht in den vergangenen Jahren all die Liebesgeschichten schreiben können, die ihm seine Leserinnen aus der Hand rissen.

Aber jetzt glaubte er nicht mehr, dass er wirklich gewusst hatte, wovon er eigentlich schrieb. Das machte nicht be-

sonders viel aus. Ein Krimiautor musste auch nicht morden, um über Morde zu schreiben. Und er musste auch nicht wirklich geliebt haben, um sich eine Liebesgeschichte auszudenken.
Er würde nicht über Sanne schreiben, wollte sie nicht mit anderen teilen. Und außerdem hatte er es ihr auch versprochen.
Und wenn er wirklich über Thea schriebe? Es hatte so gutgetan, mit Odile über sie zu sprechen. Sie hatten eine ganze Nacht zusammengesessen und ihre Erinnerungen ausgetauscht. Und obwohl sie schon so lange tot war, hatten sie Thea durch ihre Erinnerungen wieder auferstehen lassen. Sie hatten zusammen geweint und gelacht, hatten sich in den Armen gelegen, doch es war ganz anders gewesen als mit Sanne. Vielleicht würde er Sanne das irgendwann erzählen, in der nächsten Zeit jedoch sicher nicht, denn es würde sie nur verunsichern. Vor nicht allzu langer Zeit hätte er bestimmt mit Odile geschlafen, denn sie war eine sehr attraktive Frau. Aber seit er Sanne kannte, hatte er dieses Bedürfnis nicht mehr. Er hatte das gefunden, was ihn glücklich machte, ihre Körper passten perfekt zusammen – warum sollte er dann noch etwas anderes ausprobieren? Es gab auf seinem Laptop einen Ordner »Thea«. Denn auch wenn er nicht über seine Schwester hatte sprechen können, hatte er immer mal wieder über sie geschrieben. Seit Ewigkeiten hatte er nichts mehr aus diesem Ordner gelesen. Immer wenn ihm etwas Neues einfiel, hatte er es in den Computer getippt und abgespeichert, ohne weiter Notiz davon zu nehmen.

Nachdem er mit Odile gesprochen hatte, würde es nicht mehr so schmerzhaft sein, die Texte zu lesen. Als ihm klargeworden war, dass Odile und er über eine Frau sprachen, die so jung war, dass sie ihrer beider Tochter hätte sein können, war für ihn der Schmerz noch kleiner geworden und dann ganz verschwunden. Es war vorbei. Es tat nicht mehr weh.

Wenn Thea überlebt hätte, wäre sie jetzt so alt wie Sanne. Hätte seine Schwester ihre Vorstellung von einem unkonventionellen Leben umsetzen können? Hätte sie vielleicht sogar ihr Glück gefunden? Oder wäre sie zu den Lebensmustern ihrer Eltern zurückgekehrt? Wäre er Onkel geworden? Und wäre sein Leben dann nicht auch anders verlaufen? Es brachte nichts, sich das vorzustellen. Sie war damals auf das Motorrad ihres Freundes gestiegen wie schon viele Male davor. Aber dieses Mal war es nicht gut ausgegangen.

Wie wäre es mit seinen Eltern weitergegangen, wenn sie noch lebte? Seine Eltern würden bestimmt nicht wollen, dass er über Theas Tod schrieb. Sie hatten sich vor Jahren für die Sprachlosigkeit entschieden. Jetzt waren sie alt. Er wusste gar nicht, ob sie zufrieden waren, glücklich bestimmt nicht. Nach dem Tod ihrer Tochter hatten sie sich dafür entschieden, es nie wieder zu werden. So kam es ihm jedenfalls immer vor, wenn er sie – selten genug – besuchte. Wie gerne hätte er ihnen von Sanne erzählt, die sich entschieden hatte, weiterzuleben und noch einmal ihr Glück zu versuchen, obwohl sie nicht genau wusste, wie lange das anhalten würde.

Auch Thea war so mutig gewesen und hatte sich nie viele Gedanken darüber gemacht, was passieren könnte. Sie hatte davon geträumt, am Meer zu leben. Deshalb hatte sie sich gegen den Willen ihrer Eltern in Marseille an der Universität beworben, die nicht wollten, dass sie so weit wegzog.

Zuerst hatte er nicht glauben wollen, dass sie es ernst meinte. Aber sie hatte den Kopf geschüttelt:

»Dieses Mal ist es ernst. Ich werde in ein paar Wochen weggehen«, sagte sie.

»Aber dann werde ich dich nicht mehr so oft sehen können«, erwiderte Mathieu.

»Das stimmt. Und mir tut es auch leid. Aber ich kann trotzdem nicht hierbleiben«, sagte Thea.

Mathieu hatte versucht, die Tränen zurückzuhalten, aber es war ihm nicht gelungen.

Er war doch jetzt fünfzehn. Verstohlen wischte er sich mit dem Handrücken übers Gesicht, und Thea war so gnädig gewesen zu übersehen, dass er weinte.

»In den Ferien kannst du zu mir kommen. Du setzt dich in den Zug, und in ein paar Stunden bist du da. Mama und Papa werden bestimmt nichts dagegen haben, mal allein Ferien zu machen. Und ich komme auch zu Weihnachten und Ostern und wenn du mich brauchst. Wenn du mit der Schule fertig bist, kannst du auch nach Marseille kommen«, sagte Thea.

Ihre Bewerbung wurde von der Marseiller Universität nicht mehr bearbeitet.

Er war nach Marseille gegangen, aber Thea hatte sicher

nicht daran gedacht, dass er seine Zeit dort so verplempern würde, wie er es dann tat.
Vielleicht sollte ich nach Paris zurückfahren, dachte Mathieu. Dort würde es ihm besser gelingen zu schreiben. Aber würde er dort auch Kontakt zu Thea haben?
Seit er mit Sanne am Meer gewesen war, hatte er immer wieder an seine Schwester gedacht und sogar manchmal das Gefühl gehabt, sie sei ganz in seiner Nähe. Und auch wenn er nicht wirklich daran glaubte, bemerkte er, wie wohl er sich bei dem Gedanken fühlte, dass ein Teil von Thea zu ihm zurückgekommen war und ihn nicht mehr verlassen hatte.
Er konnte sich jetzt an Kleinigkeiten erinnern. Seine Schwester hatte mit ihren Haaren gespielt, wenn sie sich langweilte. Sie wollte morgens beim Frühstück nicht reden, jedenfalls immer dann nicht, wenn sie in die Schule musste. Sie konnte keinen Ton halten, aber das war ihr egal, sie sang trotzdem. Vielleicht bemerkte sie auch nicht, dass es vollkommen schief klang. Wenn er sie nervte, tat sie so, als ob sie für ihn Luft wäre. Meistens hielt sie das aber nicht lange durch, weil er es irgendwie raushatte, sie immer wieder zum Lachen zu bringen.
Sollte er zu seinen Eltern fahren und versuchen, mit ihnen über Thea zu reden? War es vielleicht sogar möglich, noch irgendetwas für sie zu ändern? Und wenn ja, wollten sie das überhaupt?
Er wusste noch nicht einmal, ob sie seine Romane lasen. Er hatte sie vor zwei Jahren zum letzten Mal gesehen, und der Besuch bei ihnen war wie immer trübsinnig gewesen.

Glücklicherweise konnten sie sich noch selbst versorgen. Er wagte gar nicht sich vorzustellen, was passieren würde, wenn sie Hilfe bräuchten. Er war ja schließlich ihr einziger Sohn. Nein, er würde nicht zu ihnen fahren und sie dazu zwingen, alte, dennoch kaum vernarbte Wunden wieder aufzureißen. Dazu hatte er kein Recht.

Aber er würde auch nicht mehr schweigen, nur weil sie schwiegen. Vielleicht war es wirklich an der Zeit, eine Geschichte über das Lieben und Verlieren zu schreiben.

Sanne hatte sich seit einigen Tagen nicht gemeldet, aber das beunruhigte ihn nicht. Er wusste, dass sie an ihn dachte. Als sie sich das letzte Mal gesprochen hatten, kurz bevor sie mit ihren Kindern zum Abendessen gegangen war, hatte sie ihm gesagt, dass sie ihn liebte und er nur ein wenig warten müsste, bis sie ihren Kindern beigebracht hatte, dass es ihn gab.

»Lass dir Zeit«, sagte er. »Ich bleibe noch etwas auf der Insel und versuche zu schreiben. Und in zwei Wochen habe ich in Aix-en-Provence eine Lesung. Danach fahre ich nach Vinon-sur-Verdon, das ist ein kleiner Ort, eine Stunde von Aix entfernt. Dort feiern sie am 21. Juli den Belgischen Tag. Ich war schon mal da, eine schräge, aber sehr poetische Veranstaltung. Sie findet auf dem kleinen Hauptplatz der Stadt unter Platanen statt. Man sitzt an langen Holztischen, isst Muscheln und belgische Frites, trinkt viel, und dann tanzen alle Tango. Es wäre doch sehr romantisch, sich dort zu treffen.«

»Ich habe noch nie auf einem Platz Tango getanzt. Ich kann das gar nicht«, sagte Sanne.

»Ich auch nicht, aber was macht das schon?«, gab Mathieu zurück.
»Ich werde auf jeden Fall versuchen zu kommen, Liebster. Wenn ich mich in der nächsten Zeit nicht melde, ist das kein Zeichen dafür, dass ich nicht sehr oft an dich denke und dich vermisse«, hatte Sanne gesagt.
Sie hatte ihm auch geraten, nicht am Schreibtisch kleben zu bleiben, wenn keine Einfälle kämen, sondern rauszugehen und darauf zu vertrauen, dass irgendwann schon der richtige Gedanke auftauchen würde. Anscheinend kannte sie das Gefühl festzustecken auch von ihrer Übersetzerei.
Nur dass sie immer noch andere Verpflichtungen gehabt hatte, die ihr geholfen hatten, den Kopf wieder freizubekommen. Sie musste zwischendurch kochen, Wäsche aufhängen, sich um ihre Kinder kümmern, sie durch die Gegend fahren.
»In den ersten Jahren habe ich gedacht, dass diese Unterbrechungen mich daran hindern, eine wirklich gute Übersetzung zu machen, aber nach einiger Zeit begriff ich, dass ich sie brauchte, um den Kopf freizubekommen. Und manchmal fiel mir dann genau die Formulierung ein, die ich vor dem Computer sitzend und in den Lexika wühlend stundenlang nicht gefunden hatte.«
Auf der Île de Batz waren keine Kinder, die er herumfahren konnte, und sein Einmannhaushalt gab auch nicht viel her.
Aber vielleicht könnte er sich am Hafen nützlich machen. Oder Georges auf der Fähre beim Abkassieren helfen?

Die Zahl der Touristen stieg jetzt täglich, und Georges konnte Hilfe brauchen.
Zwei Stunden später war Mathieu als Hilfskraft für einige Tage angeheuert. Und während er den Touristen Tickets verkaufte und mit ihnen ins Gespräch kam, sah er immer wieder auf das Meer hinaus.

# 17

Das Taxi bog in ihre kleine Straße am Anfang der Reihenhaussiedlung im Hamburger Norden ein. Aus der Hecke ihres Grundstückes schossen einzelne Zweige heraus, und bei dem Gedanken daran, dass sie in Zukunft immer diejenige sein würde, die sich um die Gartenarbeit kümmern musste, seufzte Sanne. Der Briefkasten quoll nicht über. Sie hätte heulen können. Gerade der Trauer um Davids Tod entkommen, hatte sie jetzt den schlimmsten Liebeskummer, den sie sich nur vorstellen konnte.

Es war einigermaßen in Ordnung gewesen, solange sie etwas zu tun gehabt hatte. Sie war mit Jule nach Hamburg zurückgeflogen, nachdem sie die Zwillinge in das Flugzeug nach Berlin gesetzt hatten, Finn im Rollstuhl, der von Katha geschoben wurde, was ihm sichtlich gefiel. Er war zwei Tage nach dem Unfall wieder entlassen worden. Die Ärzte hatten keine Bedenken gehabt, ihn fliegen zu lassen. Sie hatte ihren Kindern nicht gesagt, was mit ihr los war, warum sie jetzt auch nach Hamburg zurückflog. Vielleicht meinten sie, dass sie durch Finns Unfall zur Vernunft gekommen war. Das wäre typisch für die Sichtweise ihrer Kinder, denen sie wohl zu sehr vermittelt hatte, dass deren Glück für sie immer im Mittelpunkt stand. Jetzt würde es zwangsläufig wohl wieder so sein. Vielleicht war es zu vermessen gewesen, zu glauben, dass sie mit Ende vierzig noch mal leidenschaftlich lieben

würde? Sanne bezahlte den Taxifahrer und seufzte, als sie ausstieg.
»Das wird schon. Es dauert immer ein wenig, bis man sich nach einem langen Urlaub wieder eingelebt hat«, versuchte der Taxifahrer ihr Mut zu machen, während er ihr Gepäck aus dem Wagen hob. Es kam ihr nicht so vor, als ob es ein Urlaub gewesen wäre. Sie schloss die Tür auf. Im Hausflur roch es muffig. War das immer schon so gewesen? Das Haus war längst nicht mehr neu. Oder lag es daran, dass es in den letzten Wochen nicht gelüftet worden war? Sie stellte ihre Koffer im Flur ab und ging ins Wohnzimmer. Ein Blick in den Garten machte ihr deutlich, dass auch hier eine Menge Arbeit auf sie wartete. Der Rasen war zu einer ungepflegten Wiese geworden. Ein paar Blumen waren umgeknickt und lagen trostlos in den Beeten. Sanne hatte es immer gefallen, in den Garten zu sehen, wenn sie während des Übersetzens eine Pause machte. Es beruhigte sie, in die Bäume zu schauen und die Vögel oder die Katzen zu beobachten, die durch den Garten streunten. Sie hatte sich nie lange auf eine Liege in den Garten gelegt. Als die Kinder klein waren, hatten sie den Rasen in eine Schlammwüste verwandelt, weil sie mit ihren Freunden aus der Siedlung dort fast täglich Fußball spielten.
Seit Davids Tod hielt sich nur noch selten jemand im Garten auf. Sie hatte es im Trauerjahr nicht ausgehalten, allein auf der Terrasse zu sitzen. Wenn die Kinder hier gewesen waren, hatten sie natürlich manchmal im Garten gesessen, aber das war nach den ersten Monaten auch nicht mehr

sehr häufig vorgekommen. Und ihr Enkel Konstantin war noch zu klein, um den Garten auf eigene Faust zu entdecken.
Sie ging durch das Ess- und Wohnzimmer, betrachtete die Bilder an der Wand und die Skulpturen und kleinen Figuren, die sie im Laufe der Jahre auf ihren gemeinsamen Reisen gesammelt hatten, und stellte fest, dass es kein Stück gab, das sie nicht mit David verband. Plötzlich kam sie sich vor wie in einem Mausoleum. Wie hatte sie hier in den vergangenen Monaten überhaupt Luft bekommen können? Wie hatte sie sich vorstellen können, dass sie in diesem Haus, das sie gekauft hatten, als Jule unterwegs war, jemals ohne ihren Mann würde leben können? Hier war alles darauf angelegt, mit David zusammen zu sein.
Einige Dinge hatte er in diesem Haus selbst gebaut oder angebracht: die Garderobe im Flur, wo jetzt nur noch ihre Sachen hingen, das Schränkchen im ersten Stock, ihren Schreibtisch. Sie hatte ihn oft dabei beobachtet, wie er einen Schrank zusammenschraubte und erst die Gebrauchsanleitung las, wenn er überhaupt nicht mehr weiterkam. Wenn er konzentriert las, kräuselte er seine Nase, ein Zeichen, dass er sich darüber ärgerte, dass er, der Brücken konstruierte, nicht in der Lage war, ohne Anleitung einen IKEA-Schrank aufzubauen. Sie hatte es auch mal allein versucht, aber nach vielen Flüchen, verlorenen und wiedergefundenen Schrauben und Nägeln, die sich in ihre Schuhsohle oder den Teppich gebohrt hatten, gab sie auf und hatte David diesen Teil der Aufgaben in ihrem Haus überlassen.

Sie hatte die Möbel ausgesucht, und er hatte sie zusammengebaut. Und sie hatte ihn natürlich für seine handwerklichen Fähigkeiten bewundert, was ihr nicht schwergefallen war, weil sie es tatsächlich faszinierend fand, wie David mit Werkzeug umgehen konnte. Wenn er einen Nagel in die Wand geschlagen hatte, um ein Bild aufzuhängen, war ihr das immer kinderleicht vorgekommen, aber sie hatte darauf verzichtet, es selbst zu versuchen.
Mathieu war nicht der Typ, der einen elektrischen Schraubenzieher besaß oder wusste, wie man ihn benutzte. Sicher hatte er auch noch nie ein Loch in die Wand gebohrt. Er würde mit ihr sehr wahrscheinlich stundenlang darüber diskutieren, wie man es theoretisch machen sollte, bis sie selbst entnervt zur Bohrmaschine griff. Aber warum dachte sie jetzt schon wieder an Mathieu? Das durfte sie nicht tun. Er war mit dieser Frau beschäftigt. Vielleicht hätte sie ihm eine Chance gegeben, wenn er angerufen und ihr alles erklärt hätte. Sie wünschte sich so sehr, seine Stimme zu hören. Wenn er beteuerte, dass nichts mit dieser wunderschönen Frau gelaufen war, würde sie ihm wohl glauben. Aber Mathieu rief nicht an. Und sie würde es auch nicht tun. Er war aus ihrem Leben so plötzlich verschwunden, wie er aufgetaucht war. Es war eine Flucht gewesen, jetzt war die Träumerei vorbei. Sie musste sich der Realität stellen, und die sah so aus, dass sie in einem Museum wohnte, vollgestopft mit Erinnerungsstücken an einen Menschen, der nicht mehr da war und nie wiederkommen würde.
Auch wenn Mathieu Geschichte war, wusste sie jetzt, dass

sie in diesem Haus nie mit einem anderen Mann als mit David würde leben können. Aber Davids Geist und Seele würden niemals aus diesem Haus verschwinden. Und war es nicht besser, den Verlust nicht immer vor Augen zu haben wie in den vergangenen Monaten? Hier hatte sie mit David gelebt. Kein anderer Mann hatte hier neben ihr im Bett gelegen. Und so sollte es auch in Zukunft bleiben. Aber was bedeutete das? Ich muss das Haus verkaufen, dachte sie. Und es vorher mit den Kindern besprechen. Sie dachte an Marias Angebot, zu ihr in das Haus nach Ottensen zu ziehen, und die Aussicht, eine Wohnung für sich allein einzurichten, natürlich mit genügend Raum und Platz für ihre Kinder und Enkel, wenn sie zu Besuch kamen, gefiel ihr. Ihr gehörten die Worte, die innere Welt, die Sprache, das war ihr Spielplatz, und der reichte ihr. Sie allein brauchte kein Haus. Sie brauchte nur einen Ort, an dem ihr Schreibtisch stand, ihre Lieblingsbilder an der Wand hingen, sie in Ruhe Musik hören, Freunde einladen, sich zurückziehen konnte, wenn ihr die Welt dort draußen zu viel geworden war.
Hamburg sollte auch weiterhin eine Anlaufstelle für ihre Familie sein. Finn, Katha und Jule würden hoffentlich verstehen, dass sie allein nicht dazu in der Lage war, sich um ein Haus zu kümmern, und es auch nicht wollte. Selbst Finn würde akzeptieren, dass sie sein Elternhaus verkaufen musste, um weiterleben zu können. Das war sicher einfacher für ihn, als einen neuen Mann an ihrer Seite zu akzeptieren. Aber das würde er ja jetzt nicht mehr müssen, dachte Sanne und merkte, dass ihr schon wieder die Tränen kamen.

# 18

Plötzlich war es da, das Bild, das eine ganze Geschichte hinter sich herzieht. Mathieu hatte diesen Moment schon ein paar Mal erlebt und wusste, dass er dann an einer besonders guten Idee dran war. Wenn so etwas geschah, war es wie ein Geschenk, und er hatte in den vergangenen zwölf Monaten manchmal befürchtet, dass er dieses Geschenk nie wieder bekommen würde.
Durch das Schreiben konnte man vieles lernen: Wie man recherchiert, wie man Stimmungen auffängt und wiedergibt. Er wusste, wie viel Beschreibung nötig war, um einen Ort lebendig werden zu lassen. Er beherrschte den Balanceakt zwischen Wiedergabe von Realität und Fantasie. Und er wusste, wie er dranblieb, um die unendlich vielen Seiten eines Romanes, die sich jedes Mal wie ein gigantischer, weißer Berg vor ihm auftürmten, bezwingen zu können, ohne die Orientierung zu verlieren oder abzustürzen. Er konnte diszipliniert arbeiten, sonst hätte er in den vergangenen Jahren so ein großes Pensum gar nicht bewältigt.
Irgendwann könnten ihm die Ideen ausgehen. Das war ihm immer klar gewesen, und deshalb hatte er in den vergangenen Jahren auch keine Pausen eingelegt. Er hatte große Angst davor, dass es vorbei sein könnte, aber als er dann so weit war, hatte er es nicht wahrhaben wollen. Lange Zeit war ihm der Zugang zu diesem magischen Zu-

stand, in dem die Idee für eine Geschichte entstand, verwehrt geblieben. Keine von seinen flüchtigen Ideen hatte so viel Gestalt angenommen, dass es sich gelohnt hätte, sie weiter zu verfolgen.
Im vergangenen Jahr war er nie auf der richtigen Spur gewesen. Die Idee, über die Modeszene in Paris zu schreiben, war genauso bemüht wie seine ersten literarischen Versuche in Marseille. Aber er hatte keine andere Wahl gehabt. Er hatte einen Roman beginnen müssen, von dem er schon am Anfang wusste, dass er keine Substanz haben würde. Natürlich hätte er die Geschichte einfach schreiben können, so routiniert, wie er war. Vielleicht hätten viele seiner Leserinnen auch diesen Roman von ihm geliebt und es gar nicht bemerkt, dass er nicht mit dem Herzen dabei gewesen war? Aber das wollte er nicht riskieren. Er hatte viele Fans, die darauf warteten, dass wieder ein neuer Roman von ihm erschien. Und er war ihnen verpflichtet, sein Bestes beim Schreiben zu geben. Deshalb war die Entscheidung genau richtig gewesen, den Roman über die Pariser Modeszene nicht zu schreiben.
Vielleicht hätte er den Roman zu Ende geschrieben, wenn er Sanne nicht begegnet wäre, ohne Enthusiasmus zu verspüren. Er hätte sich vielleicht etwas zum Rauchen besorgt, um locker zu werden. Oder er hätte vor dem Schreiben etwas getrunken. Bisher war er immer nüchtern gewesen, wenn er geschrieben hatte, weil er nur so Zugang zu diesem Raum in seinem Innern bekommen hatte, in dem seine Geschichten aufbewahrt waren. Pot zu besorgen wäre sicher nicht schwer gewesen. Er hatte sich

schon bei Louis erkundigt, wo er guten Stoff bekommen konnte, ausgerechnet die schöne Sol hatte darüber Bescheid gewusst.
Aber dann war ja glücklicherweise Sanne in sein Leben getreten. Und er hatte den Mut gehabt, sich einzugestehen, wie wenig er hinter dem stand, was er gerade schrieb. Und sie hatte ihn daran erinnert, dass er auch ohne das Schreiben eine Zeitlang glücklich und erfüllt sein konnte. Etwas, das er seit Jahren nicht mehr erlebt hatte. Er wusste, dass er ohne Schreiben nicht leben konnte, jedenfalls auf die Dauer nicht glücklich sein würde. Denn auch wenn er mittlerweile sehr gut vom Schreiben leben konnte: Es war immer nur darum gegangen, diesen rauschhaften Zustand zu erreichen, den er in dieser Form nur beim Schreiben erlebt hatte. Zeit spielte dann keine Rolle mehr. Wenn es gut lief, geriet er in einen Flow und er konnte alles um sich herum über Stunden ausblenden.
Jetzt war es wieder so weit. Das Bild war aus dem Nichts entstanden, als er mit der Fähre hin und her fuhr. Er konnte nicht erklären, was der Auslöser für das Bild gewesen war, das sich jetzt in seinem Innern aufbaute und das mit jeder Fahrt deutlicher wurde. Normalerweise hatte er ständig Bilder im Kopf. Manchmal nervte es ihn, dass er so viele Gedanken an Geschichten von Menschen verschwendete, die er nicht kannte. Sie setzten sich aus Versatzstücken von Charakteren zusammen, die ihm in seinem wirklichen Leben begegneten und die er dann ausschmückte, bis sie sich in seinem Kopf verselbständigten. Früher hatte er alle Bruchstücke dieser Ideen aufgeschrie-

ben. Er war ohne sein Moleskine-Notizbuch nirgendwohin gegangen und hatte ständig etwas hineingekritzelt. Aber schon seit einiger Zeit wusste er, dass nur die Ideen es wert waren, eingefangen zu werden, die mit einem inneren Bild begannen, das so stark war, dass es sich immer wieder durchsetzte und zu ihm zurückkam.
Und jetzt war es da. Es nahm nicht nur den Platz in seinem Kopf ein, sondern er spürte, dass sein Herz schneller schlug, sein Atem schneller ging und sich seine gesamte Aufmerksamkeit auf dieses Bild konzentrierte. Er konnte zwar noch Tickets verkaufen, aber er vermied es, mit den Touristen zu sprechen. Er lehnte an der Reling und sah über das Meer, als ob er sich in den Anblick des Horizontes vertiefte. Dabei war er mit seiner Seele und seinen Gedanken an einem anderen Abschnitt dieses Meeres.
Er sah einen Mann barfuß am Strand entlanggehen. Er war schlaksig und viel größer als er selbst. Seine Haare waren zerzaust, doch das schien ihn nicht zu stören. Er trieb bestimmt Sport, seine Art zu gehen war sehr kraftvoll, aber dabei auch elegant. Er war um die vierzig. Er trug eine Jeans und ein weiß-blau kariertes Oberhemd mit roten Manschetten, die er umgeschlagen hatte. Er achtete nicht auf die Menschen, die ihm entgegenkamen. Er ging mit gesenktem Kopf, als ob er Muscheln suchte. Mathieu sah ihn nur von hinten und wusste, dass dieser Mann sehr traurig war, und zwar von der Art, für die es keinen Trost gab. Mathieu wusste noch nicht, warum, aber ihm war klar, dass er diesen Mann nicht mehr aus seinem Herzen und seinen Gedanken entlassen würde. Er wusste, wie er

hieß, Christophe, er wusste, wie seine Stimme klang, wie er sich bewegte und wie er roch. Und es war nur eine Frage von Stunden oder höchstens Tagen, bis Christophe sich umdrehen und ihm erzählen würde, was mit ihm geschehen war, ob der einsame Spaziergang am Strand der Anfang oder das Ende einer Geschichte war, die Mathieu dann nur noch aufschreiben musste. Er wusste, auch die anderen Figuren, die mit Christophes Geschichte zu tun hatten, würden sich ihm bald zeigen. Er würde sie kennenlernen und in ihre Leben eintauchen. Sie würden von Bekannten zu Freunden werden, die für die Zeit, in der er den Roman schrieb, vielleicht manchmal realer sein würden als die in der Realität, obwohl sie nur in seiner Fantasie existierten.

Nach der Schicht auf dem Boot setzte Mathieu sich in sein Lieblingsrestaurant am Hafen und bestellte Bier und einen Salat. Er nahm sein Notizbuch aus der Tasche, das er heute Morgen einer Eingebung folgend eingesteckt hatte, und begann sich Notizen zu machen: über Christophe, über die Art, wie er ging, und wie der Strand aussah, an dem er sein konnte. Er schrieb alles auf, was er vor seinem inneren Auge sah, und plötzlich öffnete sich eine Tür zu der ganzen Geschichte, und er schrieb und schrieb. Er bemerkte nicht, wie eine Stunde verstrich. Er hatte sich seine Kopfhörer aufgesetzt und hörte Jason Mraz. Er wusste, dass er der Sänger war, dessen Lieder zu seiner Geschichte passen würden. Er begegnete den Menschen, die in Christophes Leben eine Rolle spielten, und wusste auf einmal, warum er so traurig war. Die gesamte Geschichte rollte vor ihm ab, und er brauchte die Szenen nur noch zu skizzieren. Er wusste, dass er in den folgenden Tagen und Wochen damit beschäftigt sein würde, die Orte, an denen die Geschichte spielen sollte, zu recherchieren, vielleicht musste er auch reisen, denn ihm war plötzlich klargeworden, dass dieser Strand nicht in Frankreich, sondern jenseits des Kanals in England lag. Es würde noch einige Zeit dauern, bis er anfangen würde zu schreiben. Das tat er erst, wenn er alle Informationen beisammen hatte, aber dann, war ihm auch klar, würde es schnell gehen. Er würde sich wieder Stunden um Stunden in seinem Arbeitszimmer in Paris einschließen können und nur noch seinen Figuren zuhören und aufschreiben, was sie ihm zu erzählen hatten. Es würde vielleicht Monate so gehen, und ihm war bewusst, dass dann nur wenig anderes für ihn wichtig sein würde – außer Sanne. Er war sich sicher, dass sie ihn nicht stören würde. Sie würde es verstehen, dass er nicht reisen könnte in dieser Zeit, vielleicht würde sie einige Wochen nach Paris kommen, um dort an ihrer nächsten Übersetzung zu arbeiten. Sie würden nicht zusammen wohnen, aber sie würden sich in ihren Arbeitspausen treffen, gemeinsam etwas essen, und es wäre vollkommen in Ordnung, wenn er in seiner Geschichte bliebe und wenig Aufmerksamkeit für das hätte, was sonst um ihn herum geschah. Aber sie würde ihn auch aus dieser imaginären Welt herausholen und ihm eine Pause verordnen, wenn sie bemerkte, dass er sich zu sehr ihn ihr verlor. Sie würde mit ihm spazieren gehen, ihn nachts lieben, und ihn würde es zum ersten Mal nicht stören, eine Frau während einer Schreibphase so nah bei sich zu wissen. Und er würde ihr vielleicht bei ihren Übersetzungen helfen können, ihr manchmal die Arbeit ersparen, Lexika zu wälzen.

Nach zwei Stunden legte Mathieu den Stift beiseite, sah auf das Meer, nahm seine Kopfhörer ab und kehrte in die Realität zurück. Er brauchte sich das, was er aufgeschrieben hatte, nicht gleich wieder durchzulesen. Er wusste, dass ihn die Geschichte, die er sich von Christophe und den anderen hatte erzählen lassen, auch noch morgen begeistern würde. Jetzt hatte er Hunger und Durst. Er trank das Bier, das er die letzten zwei Stunden nicht angerührt hatte, und bestellte Muscheln.

Er konnte sich nicht länger beherrschen und wählte Sannes Handynummer. Eigentlich waren sie so verblieben, dass sie sich melden wollte, aber jetzt, wo er seine Geschichte gefunden hatte, sollte sie die Erste sein, die davon erfuhr. Er hatte sie schließlich ihr zu verdanken. Ohne sie hätte er sich nicht mit Thea beschäftigt, seine Trauer endlich zugelassen und überwunden. Er wusste, dass die Geschichte nicht zu ihm gekommen wäre, wenn er sich nicht vorher alldem gestellt hätte.

Sanne antwortete nicht. Mathieu sprach eine Nachricht auf die Mailbox und bestellte eine Flasche Weißwein. Vielleicht arbeitete Sanne gerade und ging deshalb nicht an ihr Handy. Sie ruft sicher sofort zurück, wenn sie die Nachricht abgehört hat, dachte er.

Obwohl er durch die allein geleerte Flasche Wein angenehm betrunken war, fiel ihm dennoch auf, dass Sanne in der nächsten Stunde nicht zurückrief. Er griff zu seinem Handy und wählte erneut ihre Nummer.

»Sanne, Liebste, wo bist du? Ich muss unbedingt mit dir reden. Bitte ruf zurück. Großartige Neuigkeiten. Bitte, melde dich«, nuschelte er in den Hörer. Mathieu beschloss, zurück zum Haus zu gehen und dort auf ihren Anruf zu warten. Heute würde er nicht mehr arbeiten können. Er gehörte nicht zu den Schriftstellern, die unter Alkoholeinfluss etwas Sinnvolles schreiben konnten. Er würde feiern. Es war noch eine Flasche Champagner im Kühlschrank. Die würde er später gemeinsam mit Sanne leeren, wenn sie anrief.

Er setzte sich auf die Terrasse, das Handy vor sich auf dem Tisch. Nach einer weiteren Stunde tat er nichts mehr, als alle paar Minuten auf das Display zu schauen, um zu überprüfen, ob das Handy überhaupt noch funktionierte. Als es Abend wurde und er auf vier weitere Anrufe immer noch keine Antwort bekommen hatte, fing er an, sich Sorgen zu machen.

Und wenn ihr was passiert war? Wusste überhaupt jemand aus ihrer Familie, dass er existierte? Sie hatte es ihnen sagen wollen, aber war das auch geschehen? Die einzige Verbindung, die er zu Sanne hatte, lief über den Verlag. Sollte er nicht dort anrufen? Sie hatten auch ihre Privatnummer, vielleicht war ihr Handy ja kaputt? Er rief den Verlag an und merkte zu spät, dass dort mit Sicherheit jetzt niemand mehr arbeitete.

Hatte er ihre Privatnummer nicht irgendwo in seinem

Adressbuch abgespeichert? Er versuchte sich zu konzentrieren, in welcher Datei das gewesen sein könnte, aber durch den Alkoholnebel konnte er nicht klar denken.
Was, wenn ihr wirklich etwas geschehen war, sie im Krankenhaus in Hamburg lag, sterben würde und er nichts davon erführe? Er wusste, dass dieser Gedanke absurd war und in die Kategorie »was sich Schriftsteller so ausdenken« fiel, dennoch ließ ihn die Sorge nicht los. Aber es war mittlerweile nachts, und er konnte nichts tun, als darauf zu warten, dass es Tag wurde und er wieder einen klaren Kopf bekam. Er trank den Champagner allein und fiel dann irgendwann ins Bett. Sannes blauer Schal, den sie vergessen hatte und der noch nach ihr roch, lag über seinem Gesicht.
Nach einigen Stunden unruhigen Schlafes, der vollgestopft war mit wirren Träumen, in denen zu viele Krankenzimmer und Beerdigungen vorkamen, schleppte Mathieu sich ins Badezimmer und durchwühlte alle Schränke nach Kopfschmerztabletten. Er hatte vergessen, wie sehr ein Kopf weh tun konnte, wenn man ihn mit zu viel Alkohol überforderte. Er glaubte nicht, dass er sich jemals wegen einer Frau so betrunken hatte. Bevor er den Verlag anrief, um Sannes Privatnummer herauszubekommen, flößte er sich mit zwei doppelten Espressi neue Lebensgeister ein.
»Ich habe ihre Nummer auch nicht, aber ich kann sie dir heraussuchen, einen Moment«, sagte Anne. »Wie geht es mit dem Schreiben?«
»Prima«, antwortete er vage.
Er wählte die lange Zahlenreihe, die Anne ihm diktiert

hatte. Sein Herz raste. Er stellte sich vor, dass irgendwo in diesem Familienhaus im Hamburger Norden, das Sanne ihm mit so viel Liebe und Freude beschrieben hatte und das vollgestopft war mit Erinnerungen an David, jetzt das Telefon klingelte.

Niemand antwortete. Er wappnete sich, gleich Sannes Stimme zu hören, die so etwas sagte wie: »Dies ist der Anschluss von David und Susanne Mewes. Wir sind leider nicht da, aber hinterlassen Sie eine Nachricht nach dem Piep«, aber dann fiel ihm ein, dass ihr Mann ja schon fast zwei Jahre tot war und sie die Ansage bestimmt in der Zwischenzeit geändert hatte. Der Anrufbeantworter sprang nicht an, und auch sonst passierte nichts. Irgendwann legte Mathieu erschöpft auf. Wenn ihr nichts passiert war, konnte sie jetzt bei ihren Kindern sein, dachte Mathieu. Aber er wusste nichts über sie, nur dass sie Jule, Katharina und Finn hießen und Finn und Katharina in Berlin wohnten. Da war doch noch ihre Freundin: Maria, die Ärztin. Aber mehr Informationen hatte er nicht über sie.

Er musste etwas tun, um zu erfahren, was mit Sanne war, selbst wenn es noch so wenig erfolgversprechend war. Und die Kinder schienen die einzige Möglichkeit zu sein. Selbst wenn er sich nicht sicher sein konnte, ob sie überhaupt wussten, dass er existierte.

Er setzte sich an seinen Laptop und fuhr ihn hoch. Wenn ich überhaupt eine Chance habe, mit einem von ihnen Kontakt aufzunehmen, dann über Facebook, dachte er.

Jule probierte er gar nicht erst. Die hatte geheiratet, so viel wusste er, aber nicht, wie sie jetzt hieß. Er gab Katharina Mewes ein und landete gleich mehrere Treffer. Das hatte keinen Sinn. Er hatte ja überhaupt keinen blassen Schimmer, wie Sannes Tochter aussah. Vielleicht ähnelte sie David? Bisher hatte er kein Foto von ihm gesehen, worüber er nicht unglücklich war. Er wusste nur so viel über ihn, dass er ein großer, schlanker, muskulöser Mann gewesen war, und er wollte sich dem Vergleich mit ihm und dem Gedanken, wer besser zu Sanne passte, nicht aussetzen: er, der schmale, nicht gerade sportliche Franzose oder der germanische Hüne mit der breiten Brust, an der sich Sanne immer so geborgen gefühlt hatte.

Also blieb nur Finn übrig. Er gab den Namen ein und hatte Glück. Tatsächlich kam diese Namenskombination bei Facebook nur einmal vor.

Und als er Finns Foto betrachtete, entdeckte er die Ähnlichkeit mit Sanne. Derselbe offene, freundliche Blick, dasselbe Lächeln. Er mochte ihn auf Anhieb.

Glücklicherweise hatte Finn die Funktion *Nachricht senden* nicht für die gesperrt, die nicht mit ihm befreundet waren.

Mathieu grübelte lange, bis ihm einfiel, was er dem Sohn seiner Geliebten schreiben wollte.

# 19

*Lieber Finn,*
*bevor Du diese Nachricht löschst, weil Du meinen Namen nicht kennst: Ich bin mit Deiner Mutter befreundet. Ich habe sie vor Jahren kennengelernt, weil sie meine Romane aus dem Französischen ins Deutsche übersetzt hat. Und dann habe ich sie vor einigen Wochen in Roscoff durch Zufall wiedergetroffen.*
*Ja, ich bin der. Deine Mutter hat Dir von mir erzählt. Ich weiß nicht, wie Du darüber denkst, dass sie nach dem Tod Deines Vaters wieder jemanden gefunden hat, mit dem sie gerne zusammen ist. Mein Vater lebt noch, wir haben kein tolles Verhältnis zueinander, also weiß ich natürlich nicht, wie es ist, wenn man seinen Vater verliert, aber meine Schwester ist gestorben, als ich jung war. Sie war der Mensch, der mir am nächsten stand. Und nach ihr ist mir niemand mehr so nahe gekommen. Bis Sanne aus dem Nichts auftauchte. Mit ihr fühle ich mich wieder so verbunden wie mit Thea, meiner Schwester. Natürlich ist da auch noch was anderes, aber ich glaube, das willst Du auf keinen Fall wissen.*
*Ich habe Sanne seit Tagen nicht erreichen können, nicht auf ihrem Handy, nicht unter der Nummer in Hamburg. Ich habe Nachrichten hinterlassen, SMS geschickt, aber sie hat mir nicht geantwortet. Ich mache mir Sorgen um sie. Was ist, wenn ihr etwas passiert ist und ich es*

*nicht erfahre und ihr nicht helfen kann? Ich weiß, ich gehöre nicht dazu, warum solltet ihr mich auch informieren. Aber ich liebe Sanne. Und ich habe überhaupt keine Ahnung, warum sie mir nicht antwortet. Da sie auch auf meine Mails nicht antwortet, bin ich auf die Idee gekommen, mich an Dich zu wenden.*
*Ich würde Dich bitten, mir zu antworten. Ich werde langsam wahnsinnig vor Sorge.*
*Mathieu Fleury*

Finns erster Gedanke war, die Nachricht zu löschen und überhaupt nicht zu reagieren. Was interessierten ihn die Beziehungsprobleme von diesem Mathieu und seiner Mutter? Er bekam ja noch nicht mal sein eigenes Liebesleben auf die Reihe, warum sollte er sich dann um das seiner Mutter kümmern? Überhaupt, die Vorstellung, dass seine Mutter ein Liebesleben hatte, bereitete ihm immer noch Unbehagen. Mit Paps war das etwas anderes gewesen. Es war einfach normal, dass sie zu ihm gehörte, und natürlich hatte er auch schon vor langer Zeit mitbekommen, dass die beiden Sex hatten, aber es war leichter gewesen, das auszublenden, denn sosehr er sich immer darüber gefreut hatte, dass sich seine Eltern liebten, wollte er doch nicht wirklich Zeuge sein.
Jetzt war die Sache anders. Ein offensichtlich sehr unglücklicher und sehr verliebter Franzose wandte sich an ihn, weil seine Mutter aus irgendwelchen Gründen den Kontakt mit ihm abgebrochen hatte. Wollte er sich wirklich einmischen? Es wäre sicher einfacher für ihn gewe-

sen, wenn er Katha die Mail gezeigt hätte, aber das verbot ihm sein Stolz. Das hier war eine Sache zwischen ihm und Mathieu. Er hatte nicht Katha eine Nachricht geschickt, sondern ihm, also wollte Mathieu auch, dass er reagierte.
Er las die Nachricht noch einmal. Ihm gefiel, dass er nicht gleich mit der Tür ins Haus fiel und sich erst einmal vorstellte. Natürlich war die Wendung »Ja, ich bin der …«, etwas theatralisch, aber Mathieu war schließlich Schriftsteller. Der durfte das.
Finn ging auf Mathieus Facebook-Profil. Wie erwartet hatte er einiges für jeden zugänglich gemacht. Facebook nutzte er auch als Werbung für seine Bücher. Er hatte über 3000 Freunde, was Finn beeindruckte. Er stellte sich vor, dass er, wenn er erst einmal als Schauspieler Erfolg haben würde, auch so viele hätte. Er sah sich Mathieus Vorlieben an und fürchtete und hoffte gleichzeitig, dass er Gemeinsamkeiten feststellen würde. Über Jason Mraz war er schon gestolpert. Also war es Mathieus CD in Sannes Auto gewesen. Mathieu liebte es zu reisen und essen zu gehen, er mochte das Meer lieber als die Berge. Und er fand dieselben Autoren gut wie er: T. C. Boyle, Nick Hornby. Eigentlich eigenartig für jemanden, der Liebesgeschichten schreibt, dachte Finn, aber ihm gefiel das. Er erinnerte sich gut an Mathieus Bücher. Wenn Sanne an einer Übersetzung gearbeitet hatte, war ein Exemplar von dem Roman, den sie gerade übersetzte, eigentlich immer in ihrer Handtasche gewesen. Manchmal hatte sie ihnen eine Passage vorgelesen, die ihr besonders

gut gefiel, und es war ihr egal gewesen, dass das Französisch ihrer Kinder meistens nicht ausgereicht hatte, um etwas zu verstehen.
Er guckte sich Mathieus Foto genauer an. Er war nicht sehr groß, viel kleiner und schmaler als David, auch nicht gerade muskulös. Er lehnte lässig an einem Geländer und trug Jeans und ein anthrazitfarbenes Shirt ohne jegliche Aufdrucke mit V-Ausschnitt und an den Füßen sehr schicke und gleichzeitig lässige blaue Slipper.
Finn war sich sicher, dass David niemals so eine lässige Eleganz ausgestrahlt hatte. Wenn Sanne ihn nicht dazu bewegt hätte, sich mehr Gedanken um seine Garderobe zu machen, wäre er immer nur in praktischen, pflegeleichten Jeanshemden und Westen herumgelaufen, die viele Taschen hatten.
Mathieu war gar nicht so jung, wie er auf den ersten Blick gewirkt hatte. Schon ziemlich alt, 44, dachte Finn erleichtert.
Sollte er sich einmischen? Mami ging es gut, er hatte gestern Abend noch mit ihr telefoniert. Es muss einen bestimmten Grund geben, warum sie nicht mit Mathieu sprechen will, dachte Finn. Lag es an seiner Reaktion und seinem Unfall? Hatte sie vielleicht seinetwegen den Kontakt zu Mathieu abgebrochen? Diese Aussicht machte Finn nervös. Es bestand die Möglichkeit, dass es so war. Sie hatten seit seinem Unfall nicht mehr über Mathieu gesprochen. Irgendwie wirkte es so, als ob er nie existiert hätte. Was, wenn seine Mutter unglücklich war und es vor ihnen verbarg?

Vielleicht sollte er die E-Mail einfach kopieren und an Sanne weiterleiten. Ohne Kommentar? Das war das Einzige, was er tun konnte. Er schrieb Mathieu eine kurze Nachricht, dass es seiner Mutter gutgehe und er die Nachricht an ihn an sie weitergeleitet habe.

# 20

Wie konnte er sich nur an Finn wenden, dachte Sanne empört, als sie Mathieus Mail las, die ihr Sohn an sie weitergeleitet hatte. Zuerst macht er mit einer Frau rum, denkt, dass es nicht rauskommt, und dann spannt er noch meinen Sohn ein? Hatte er nicht schon genug angerichtet? Immerhin hatte Finn seinetwegen einen Unfall gehabt, und sie durchlitt gerade den schlimmsten Liebeskummer aller Zeiten, als ob die Trauer um David nicht schon schmerzhaft genug gewesen wäre. Aber das war der Preis dafür, dass sie sich mit Mathieu so maßlos glücklich gefühlt hatte nach der einfachen Regel: Je glücklicher man mit einem Mann war, desto unglücklicher konnte er einen auch machen. Sanne hatte eigentlich gedacht, dass sie ihr Maß an Herzschmerz für dieses Leben schon aufgebraucht hatte, aber so war es leider nicht.

Sie war wütend auf Mathieu, warum hatte er ihr Leben so nachhaltig durcheinandergewirbelt? Bevor sie sich in Roscoff begegneten, war doch alles einigermaßen im Lot gewesen. Sie hatte ihre Trauer fast hinter sich gelassen und sich damit abgefunden, die eine oder andere nichtssagende Affäre zu haben, aber nie mehr jemanden zu finden, den sie wirklich liebte. Hatte sie eigentlich noch einmal erleben wollen, wie sich ihr Körper anfühlte, nachdem er von jemandem geliebt worden war, der genau wusste, wie man sie berühren musste? Sie hatte dieses Gefühl doch schon fast vergessen gehabt und es auch nicht mehr vermisst. Es war nicht gerade einfach, jetzt mit der Sehnsucht danach zu leben. Und die Vorstellung, dass eine andere Frau genauso von Mathieu geliebt worden war, machte sie wahnsinnig. Er gehörte ihr, nur ihr. Nur sie wusste, wie er gestreichelt und geküsst werden wollte, wie zärtlich und wie heftig er sie von einer Minute auf die andere lieben konnte. Aber es war vom ersten Moment an vollkommen dumm gewesen zu glauben, dass sie einen so göttlichen Liebhaber nicht mit anderen Frauen würde teilen müssen.

Sie las Mathieus Mail noch einmal. Er schrieb, dass er sie liebte und umkam vor Sorge. Eigentlich war es nett, wie einfühlsam er zuerst auf Finn einging, bevor er zu dem Grund seiner Nachricht kam. Schrieb so etwas wirklich jemand, der sie gerade betrogen hatte? Vielleicht machte er sich tatsächlich Sorgen und alles war ein Missverständnis?

Sie schickte die Mail im Anhang an Maria. »Was hältst du davon?«, schrieb sie im Betreff. Sie wusste, dass Maria sofort reagieren würde, sobald sie Zeit dazu hatte.

»Das ist süß. Ich glaube nicht mehr, dass er dich betrogen hat, melde dich bei ihm. Oder ich tu's. Du bist ein Glückspilz«, schrieb sie zurück. Sanne wurde sofort eifersüchtig, obwohl sie ganz genau wusste, dass Maria sich nie an jemanden heranmachen würde, in den sie verliebt war. Und das war sie noch, es ließ sich nicht leugnen.

Sie griff zum Hörer und wählte mit Herzklopfen Mathieus Handynummer.

»Sanne, endlich«, sagte Mathieu. »Was ist los? Ist etwas passiert?«

»Das sollte ich dich fragen«, erwiderte Sanne kühl.

»Ich verstehe nicht.«

»Du weißt genau, was ich meine«, gab Sanne zurück und kam sich vor wie mit siebzehn.

»Bitte, ich weiß nur, dass ich mir in den letzten zwei Tagen unglaublich große Sorgen um dich gemacht habe. Ich bin sogar mit deinem Sohn in Kontakt getreten, aber das weißt du sicher schon. War er sehr sauer?«

»Er hat mir die Mail ohne Kommentar weitergeleitet.«

»Ist das gut oder schlecht?«, fragte Mathieu.

»Das ist nicht das Thema. Lenk nicht ab.«

»Was ist denn das Thema?«

»Machst du Witze?«

»Nein, jetzt mal nicht. Was hast du mir vorzuwerfen? Es muss schlimm sein, wenn du mich so lange ignorierst«, sagte Mathieu.

»Sei nicht so scheinheilig. Du hast mich betrogen, kaum dass ich mit den Kindern zusammen war. Fiel dir ein, dass ich doch zu alt für dich bin?«

»Was redest du da?«, empörte sich Mathieu.

»Ich war an deinem Haus«, sagte Sanne.

»Jetzt verstehe ich. Du hast mich mit Odile gesehen?«

»Klar, dass sie Französin ist. Odile.«

»Ja, Sanne, und sie ist Theas beste Freundin gewesen. Ich habe mit ihr Kontakt aufgenommen, nachdem du mir geholfen hast, die Erinnerungen an meine Schwester wieder lebendig werden zu lassen.«

»Und dann musstest du natürlich die Nacht mit ihr verbringen.«

»Sie ist einfach vorbeigekommen. Sie wohnt in Avignon«, sagte Mathieu.

»Warum hast du es mir nicht gesagt, als wir uns auf dem Parkplatz getroffen haben?«, fragte Sanne.

»Da wusste ich es noch nicht«, sagte Mathieu. »Es war ein spontaner Einfall. Wir Franzosen sind nicht so strukturiert wie ihr Deutschen.«

»Gehöre ich jetzt schon zu ihr Deutschen?«, sagte Sanne. »Ich glaube, wir sollten es lassen. Es hat keinen Sinn. Viel Spaß mit der brünetten Odile.«

»Moment mal. Stopp. Wir sind hier nicht in einer meiner Liebesgeschichten«, sagte Mathieu. »Hör mir zu. Wir haben die ganze Nacht geredet. Ja, wir haben uns auch in den Armen gelegen, aber nicht so, wie du denkst. Es ist schon schlimm genug, dass ich erst nach über zwanzig Jahren dazu in der Lage war, mit ihr zu trauern. Ich habe sie seit der Beerdigung nicht mehr gesehen. Lange Zeit glaubte ich, sie hätte meine Schwester dazu überredet, mit dem Motorrad zu fahren. Bei unserem Treffen habe ich erfahren, dass sie Thea davon abhalten wollte, weil sie annahm, dass der Fahrer zu viel getrunken hatte, und dass sie deshalb mit Thea Streit bekommen hatte.«

»Du hast nicht mit ihr geschlafen?«, fragte Sanne kleinlaut.

»Seit ich mit dir geschlafen habe, möchte ich mit keiner anderen schlafen. Versteh das doch endlich. Es gibt keine andere. Es kann keine andere geben. Ich bin dir verfallen«, sagte er lachend.

»Mach dich nicht über mich lustig«, wehrte Sanne ab.

»Das tue ich nicht, Liebste. Es ist so. Ich habe die Frau gefunden, die mich absolut glücklich macht.«

Sanne schwieg. Sie glaubte ihm. Es war schrecklich peinlich.

»Ich nehme deine Entschuldigung an«, sagte Mathieu.

»Habe ich mich denn entschuldigt?«, fragte Sanne.

»Nonverbal, ja. Und jetzt zu was anderem. Wie hast du es geschafft, dass wir dich nicht bemerkt haben?«

Sanne erzählte ihm widerwillig davon, wie sie sich angeschlichen und in den Büschen versteckt hatte.

Mathieu lachte. »Großartig. Darf ich das verwenden?«

»Wehe. Ich würde dich vierteilen, wenn du das machst.«

»Das möchte ich nicht. Schade, es wäre eine so schöne Szene geworden.«

Sanne seufzte.

»Ich glaube dir, Mathieu. Wenn ich jetzt bei dir wäre, würde ich dir zeigen, wie sehr ich dir glaube.«

»Sehen wir uns in Vinon-sur-Verdon in fünf Tagen? Da kannst du mir dann zeigen, wie sehr …«

»Ich werde alles dafür tun, es zu schaffen. Erst einmal muss ich noch etwas erledigen«, sagte Sanne.

»Grüß Finn von mir und sag ihm danke. Und vergiss nicht, dass ich dich liebe«, sagte Mathieu.

# 21

Sanne hatte die Kinder zum Essen eingeladen, und alle hatten sofort zugesagt. Sie war aufgeregt, weil sie nicht wusste, wie die drei auf das reagieren würden, was sie ihnen zu sagen hatte.

»Es wird schon«, hatte Maria sie vorhin am Telefon beruhigt, »du weißt, dass sie dich sehr lieben.«

»Auch wenn sie erfahren, dass ich mit Mathieu zusammen bin, und sie denken, dass ich ihren Vater verraten habe?«, fragte Sanne.

»Bist du dir sicher, dass sie es so sehen?«, fragte Maria. »Hast du mit ihnen geredet?«

»Nein, dieses Mal habe ich mich nicht eingemischt. Auch wenn ich es gerne getan hätte.«

»Jedenfalls bist du ehrlich«, sagte Sanne.

»Das kann ich bei dir ja auch sein«, entgegnete Maria. »Und ich meine, dass du keine Angst zu haben brauchst. Sie werden es verstehen. Ich wünsche euch einen wunderbaren Familienabend. Ich könnte direkt ein wenig neidisch werden.«

»Komm doch auch. Ich würde mich freuen«, sagte Sanne.

»Nein, meine Liebe, da musst du allein durch.«

»Ich weiß. Es war zumindest einen Versuch wert«, seufzte Sanne. »Warum ist David jetzt nicht hier?«

»Tja, da liegt wohl der Kern des Problems«, sagte Maria.

Sanne war ihrer Freundin dankbar, dass sie sich nicht auf ihre Selbstmitleidsnummer eingelassen hatte.
»Ich habe keine Ahnung, was passieren wird.«
»Das ist neu bei dir. Genieß es doch einfach. Vielleicht wird sich alles zum Guten wenden?«
»Aber ich habe keinen Plan.«
»Sanne, den hattest du doch auch oft nicht, bevor du David kennengelernt hast. Und dir ging es dabei gut. Du warst zwar etwas chaotischer als jetzt, aber es stand dir auch ganz gut.«
»Kann ich denn so leben, in meinem Alter?«, fragte Sanne.
»Das meinst du doch nicht ernst? Genieß doch die Planlosigkeit und das Leben in der Schwebe. Du darfst dich jetzt trauen zu warten, bis du erkennst, wie dein Leben aussehen soll. Und du brauchst dich nicht mehr bis an dein Lebensende festzulegen.«
»Das macht mir manchmal Angst«, gab Sanne zu.
»So ist das mit der Freiheit«, sagte Maria. »Und vergiss nicht, die drei lieben dich sehr, egal, was du machen wirst.«
»David haben sie auch so geliebt.«
»Ja, das haben sie, aber du warst immer für sie da, mit deiner Wärme und deiner Herzlichkeit.«
»Ich habe absolut nicht alles richtig gemacht.«
»Mag sein, aber für die drei war es genau richtig.«
»Wirklich?«, fragte Sanne.
»Erinnerst du dich an die Stunde nach Davids Tod? Wie wir zusammensaßen, Whiskey tranken und Kuchen aßen?«
»Wie könnte ich die jemals vergessen?«

»Du hast dich darum gekümmert, dass es den Kindern gutgeht, hast für Jule eine Wolldecke geholt, weil sie fror. Du hast mit Finn geplaudert und Kathas Hand gehalten. Ich habe schon viele Menschen gesehen, nachdem ein Angehöriger gestorben ist. Die meisten verlieren die Fassung und brechen zusammen, du nicht. Du hast dich erst einmal um die anderen gekümmert.«
»Du erinnerst dich doch, wie es mir ging, als die Kinder nach der Beerdigung nach Hause fuhren? Ich habe wochenlang nur im Bett gelegen. Wenn du nicht ab und zu gekommen wärst, hätte ich vollkommen vergessen, zu essen und zu trinken. Das war nicht gerade stark.«
»Doch, das fand ich schon. Du hast dich deiner Trauer gestellt und hast dieses Tal der Verzweiflung durchschritten. Es war sicher schwieriger, das zu tun, als sich mit irgendwelchen Dingen zu betäuben und abzulenken. Und du hast es nur tun können, weil deine Kinder nicht da waren.«
»Das stimmt. Ich wollte sie nicht belasten«, sagte Sanne.
»Vielleicht war das auch falsch. Wenn du ihnen mehr gezeigt hättest, wie sehr du leidest, hätten sie dir ihre Trauer vielleicht auch gezeigt. So dachten sie, dass sie so stark sein müssen wie du.«
»Haben sie dir das gesagt?«
»Vielleicht. Aber du weißt, wer mir etwas anvertraut, kann sich absolut sicher sein, dass es bei mir bleibt.«

Finn überreichte ihr etwas hölzern einen Blumenstrauß, der bestimmt aus Jules Garten stammte und auch von ihr gebunden worden war.

»Hier Mami, der ist für dich. Danke für die Einladung«, sagte er und konnte sie nicht ansehen.
»Danke, dass du die Mail weitergeleitet hast«, sagte Sanne.
»Hat es geholfen?«, fragte Finn.
»Ja, es ist wieder alles in Ordnung. Es war nur ein großes Missverständnis.«
»Dann geht es dir gut?«, fragte Finn.
»Ja, es geht mir gut.«
»Das freut mich sehr«, sagte ihr Sohn und umarmte sie kurz.
Jule deutete eine Umarmung an, aber das tat sie sonst auch. Umarmungen zur Begrüßung gefielen ihr nicht. Katha hauchte einen Kuss in die Luft neben ihrer Wange. Hatte Finn sie aufgeklärt? Wie stand sie zu Mathieu? Das wird nicht so leicht, dachte Sanne. Sie hoffte, dass zumindest ihr Essen die drei aufmuntern würde. Sie hatte Guacamole gemacht, Joghurtdip, Salsa, Hühnchenstücke mariniert und gebraten. Sie hatte die knallrote Decke aufgelegt und das bunte Geschirr herausgeholt, das sie in der Toskana gekauft hatten.
Sanne hatte dieses Essen gewählt, weil sie an ihre gemeinsame Reise nach Mexiko erinnern wollte und nicht nur an die, sondern an alle Reisen, die sie als Familie unternommen hatten. Sie waren kreuz und quer durch die Welt gefahren und immer offen für die Besonderheiten des Landes gewesen. Sie war sich sicher, dass sie nur mit David so hätte reisen können. Sie hatte die Familie durch den Dschungel der fremden Sprachen geführt, und er hatte sich um die praktischen Dinge gekümmert, wie das Auto

und die Route oder wo man Feuerholz bekam. Sie schätzte, dass sich, falls sie mit Mathieu jemals verreisen sollte, keiner von ihnen um diese Dinge kümmern würde und es bestimmt besser wäre, mit ihm nicht in die Wildnis zu fahren. Aber diese Art von Reisen hatte sie jetzt ja auch hinter sich. Vielleicht war Zeit für etwas Neues. Sie wusste noch nicht, wie das mit Mathieu aussehen sollte. Würde sie in Frankreich ihre zweite Heimat finden?

»Das sieht sehr hübsch aus«, sagte Katha artig. Jule pflichtete ihr bei, und Finn nickte. »Setzt euch doch schon einmal, ich stelle nur schnell die Blumen in die Vase«, sagte Sanne und flüchtete in die Küche. Dieses Mal war sie sicher, dass ihr niemand folgen würde, und sie fand es schrecklich. In diesem Haus hatten sie sich niemals so reserviert benommen. Jedenfalls nicht, wenn sie als Familie allein waren. Sie schenkte sich ein Glas Weißwein ein und trank es in einem Zug leer.

Sie aßen schweigend. Das beunruhigte Sanne noch mehr als die distanzierte Höflichkeit der Kinder. Musik würde gegen die Stille helfen. Sie griff blind ins Regal und legte eine CD auf. *Riders on the Storm* von den Dire Straits erfüllte den Raum. Ausgerechnet dieses Lied, dachte Sanne. David hatte die CD unzählige Male gehört. Die Kinder müssen jedes Wort auswendig kennen, dachte Sanne. Sie wollte etwas anderes auflegen, denn Finn zuckte zusammen, als er den ersten Ton hörte, und Jule knüllte verkrampft ihre Serviette zusammen. Aber Katha lächelte.

»Wie schön. Wenn ich an Paps denke und ihn vermisse,

höre ich diese Musik. Es ist so, als ob er dann bei mir ist«, sagte sie.
»Das hast du mir nie erzählt«, meinte Finn.
»Du hast auch nicht gefragt. Außerdem, muss ich dir alles erzählen?«, fragte Katha.
»Ich dachte, dass du gar nicht mehr so viel an ihn denkst, weil du wenig über ihn redest«, sagte Finn.
»Ich denke jeden Tag an ihn«, seufzte Katha.
»Ich versuche manchmal, die Gedanken an ihn zu verdrängen, weil sie noch weh tun«, gestand Finn.
»Ich sehe Paps in Konstantin. Findet ihr nicht auch, dass er ihm ähnlich sieht? Die Ohren und die Augen?«, sagte Jule leise.
»Das ist mir sofort aufgefallen, aber ich war mir nicht sicher, ob ich es sagen sollte«, sagte Sanne.
Sie war froh, dass die Kinder endlich angefangen hatten, mit ihr über ihre Trauer zu sprechen.
»Wisst ihr, dass ich dachte, es wäre besser, wenn ich sterbe, nachdem ihr nach der Beerdigung gegangen wart? So sehr wollte ich mit David zusammen sein, dass ich mir lange wünschte, auch tot zu sein.«
»Immer wenn wir dich besucht haben, warst du so stark, manchmal sogar fast fröhlich«, sagte Finn.
»Ich wollte euch nicht belasten«, antwortete Sanne.
»Warum nicht? Vielleicht wäre es besser gewesen, wenn du es getan hättest«, sagte Katha.
»Ich wusste, wie es dir ging. Ich habe dich ja auch in dieser Zeit oft gesehen. Aber ich habe gemerkt, wie sehr du dich mir gegenüber bemüht hast, nicht verzweifelt zu wirken.

Also habe ich auch geschwiegen. Das tut mir jetzt leid«, sagte Jule.
»Du hättest uns davon erzählen sollen«, ergänzte Katha.
»Ich wollte euch nicht beunruhigen«, sagte Jule.
»Jetzt geht es mir besser. Es tut mir so leid, Finn, dass du uns auf dem Parkplatz gesehen hast.«
»War vielleicht auch nicht so clever, blind auf die Straße zu laufen«, gab Finn zerknirscht zu. Die beiden Mädchen nickten.
»Aber es ist ja glücklicherweise alles einigermaßen gut ausgegangen«, sagte Sanne.
»Du bist also nun richtig mit Mathieu zusammen?«, fragte Katha.
»Ja, es gab in den letzten Tagen einige atmosphärische Störungen, aber es stimmt.«
»Er ist gar nicht so jung«, sagte Finn.
»Woher weißt du das denn?«
»Ich habe sein Facebook-Profil gecheckt.«
»Du Stalker«, sagte Katha.
»Eigentlich hat er mich gestalkt.«
Die Mädchen guckten irritiert, daher musste er sie aufklären. Eigentlich wollte sie nicht so genau darauf eingehen, wie sie Mathieu in seinem Garten in flagranti erwischt hatte, aber dann erzählte sie es doch. Sie wusste, dass ihre Kinder solche Geschichten liebten.
»Klasse, da wäre ich gerne dabei gewesen«, prustete Katha los, und auch Finn und Jule konnten sich das Lachen nicht verkneifen.
»Mit Mathieu scheint es ja immer ganz spannend zu sein«,

sagte Finn. »Den würde ich bei Gelegenheit mal gerne kennenlernen.«

»Bist du in ihn verliebt? So, wie du in Paps verliebt warst, als ihr euch kennenlerntet?«, fragte Katha.

»Nein, nicht so. Bei David wusste ich sofort, dass ich mit ihm eine Familie gründen möchte, dass er derjenige ist, an dessen Seite ich das packe. Wir ergänzten uns perfekt. Wir haben immer gesagt, dass wir zusammen ein Ganzes bilden. Das ist bei Mathieu anders. Wir spielen auf derselben Seite. Ich glaube nicht, dass wir jemals ein wirklich gutes Team gewesen wären, um eine Familie zu gründen, aber darum geht es jetzt auch gar nicht mehr. Wir sind aus demselben Holz, schon als ich seine Romane übersetzt habe, wusste ich das. Wir sprechen dieselbe Sprache.«

»So wie wir?«, fragte Finn leise.

»Nein, natürlich nicht genauso wie wir. Aber ich muss zugeben, dass Mathieu mich manchmal an dich erinnert. Er ist auch Künstler.«

»Ich habe noch nicht einmal mit der Schauspielschule angefangen.«

»Für mich bist du jetzt schon ein Schauspieler.«

»Danke, Mami. Es tut mir leid, dass es in Roscoff beim Essen mit mir durchgegangen ist. Eigentlich habe ich dir gar keine so dramatische Szene machen wollen, aber als ich anfing, konnte ich nicht mehr aufhören. Irgendwie brachte es auch Spaß.«

»Willst du mit Mathieu leben? Gehst du mit ihm nach Frankreich?«, fragte Katha.

»Nein, das werde ich nicht tun.«

»Du wirst hier wohnen bleiben?«, fragte Jule.
»Ich weiß es nicht. Das Haus ist so groß, und der Garten …«
»Ja, das können wir verstehen. Wir wissen ja, wie wenig du Gartenarbeit magst, so wie wir, nicht Finn?«, fragte Katha.
»Ich kann dir auch nicht helfen, es tut mir leid«, sagte Jule.
»Vielleicht ist es auch bald gar nicht mehr nötig«, sagte Sanne.
»Du willst das Haus verkaufen?«, fragte Finn. »Maria hat so etwas angedeutet. Nein, eigentlich hat sie gesagt, dass es für dich gut wäre, wenn du woanders neu anfangen könntest.«
»Das ist aber nett, dass sie weiß, was gut für mich ist«, murmelte Sanne.
»Du kennst sie doch. Sie kümmert sich immer um kranke Menschen. Da meint sie schon mal besser zu wissen, was für einen gut ist, als man selbst«, verteidigte Jule sie.
»Was meint ihr?«, fragte Sanne. »Kann ich das Haus verkaufen?«
»Willst du es denn?«, gab Finn die Frage zurück.
»Ich glaube schon. Hier könnte ich nie mit einem anderen Mann sein. Ich würde immer denken, dass ich David betrüge.«
»Wo würden wir uns dann treffen, wenn nicht hier?«, fragte Katha bestürzt.
»Vielleicht ziehe ich nach Ottensen in eine Wohnung«, sagte Sanne.
»Wir können uns auch bei uns treffen«, meinte Jule.

»Oder ihr kommt alle nach Berlin«, schlug Finn vor.
»Glaubt ihr wirklich, dass wir es schaffen, uns regelmäßig zu sehen, auch wenn wir kein Familienhaus mehr haben?«, fragte Sanne.
»Wenn der Tisch mitkommt«, sagte Katha.
»Natürlich. An diesem Tisch werden noch alle Enkel sitzen«, sagte Jule.
»Welche Enkel? Ich wüsste nicht, dass ich schon Kinder gezeugt habe. Und wenn doch, nicht mit Absicht und meinem Wissen«, versuchte Finn die Stimmung aufzulockern.
»Lasst uns jetzt essen. Und die CD wechseln«, meinte Jule. »Lateinamerikanische Musik passt jetzt besser, was meint ihr?«
»Ja, wir haben genug Ernstes besprochen.«
»Oder will noch jemand Genaueres über Mamis Freund wissen?«, fragte Finn.
»Nein, ich glaube, das reicht fürs Erste«, antwortete Jule.
»Ich weiß nicht, was daraus wird, aber mit ihm kann ich lachen«, sagte Sanne.
»So wie du strahlst, wenn du über ihn sprichst, scheinst du noch mehr gut mit ihm zu können«, spottete Katha.
»Ich glaube, das wird mir jetzt zu privat«, sagte Finn nervös.
»Ist es beschlossen? Ich kann das Haus verkaufen, wenn ich es möchte? Und ihr helft mir beim Ausräumen?«
»Soweit mein Studium es zulässt, bin ich dabei«, sagte Katha, und Finn nickte.
Jule zog die Augenbrauen hoch und sah zu ihr herüber.

Wir werden den Großteil der Arbeit erledigen, wie immer, wollte sie damit sagen, und Sanne nickte lächelnd.
Nach dem Essen gingen sie in den Garten und setzten sich auf die Holzstühle, die Sanne vorhin noch herausgeholt hatte. Es war eine laue Frühsommernacht. Sie saßen unter einem atemberaubenden Sternenhimmel und tranken Finns Mojitos. Es war fast genauso still wie auf dem Land. Der Mond stand als Sichel am Himmel. Wie sehr hat David diese Mondnächte geliebt, dachte Sanne. Sie spürte ihn hinter sich. Er hatte ihr die Hände auf die Schultern gelegt.
»Habt ihr auch manchmal das Gefühl, dass Paps bei euch ist?«, fragte Katha in die Stille.
»Gerade jetzt«, flüsterte Sanne.
»Ja, nicht? Ich spüre ihn auch«, sagte Katha.
Finn nickte heftig. Sanne war sich nicht sicher, ob er das Einverständnis nur spielte und sich danach sehnte, dass David wirklich hier war, damit sie diesem spirituellen Weiberkram gemeinsam Einhalt gebieten konnten. »Er wird immer in meinem Herzen sein«, sagte Sanne. »Und ein Teil von mir wird David immer lieben.«
»Du hast nur deinen Mann verloren, den du ersetzen kannst. Wir unseren Vater. Den kann man nicht ersetzen.« Jule weinte.
Sanne stand auf und hockte sich vor ihre älteste Tochter, nahm sie in die Arme und streichelte ihr über das Haar, genauso wie früher, als sie noch klein war.
»Es stimmt. Ich kann es nicht ändern, ich wünschte, es wäre anders. Als Vater wird niemand David ersetzen. Es

geht nicht. Ich glaube nicht, dass Mathieu sich als Ersatzvater aufspielen wird.«

»Aber deshalb musst du nicht dein ganzes restliches Leben allein bleiben«, meinte Finn. Jetzt spielte er nicht mehr. Er stand hinter ihr und hatte seine Hand auf ihre Schulter gelegt, genau so, wie David es früher gemacht hatte, wenn er sie beruhigen wollte.

Sie umarmten sich so, wie sie das seit Davids Tod noch nie getan hatten. Sie hielten sich aneinander fest, es blieb keine Lücke mehr. Sanne hatte das Gefühl, dass sie David in die Mitte genommen hatten.

»Spätestens jetzt wäre es Paps zu viel geworden, und er hätte sich überlegt, wie er sich dieser gruppendynamischen Runde hätte entziehen können«, stellte Finn fest.

»Dir gefällt es ganz gut, oder?«, fragte Jule. Mittlerweile hatten sie sich voneinander gelöst und standen etwas unschlüssig herum.

»Das schon, aber nicht unbedingt in dieser Konstellation. Mutter und Schwestern. Da kann ich mir was Besseres vorstellen. Hab ich euch schon erzählt, dass mich zwei Frauen – eine Rothaarige und eine Schwarzhaarige, mehr verrate ich nicht – regelmäßig in der Bar besuchen und mir zeigen, dass sie total auf mich abfahren?«

»Bist du dir sicher, dass sie wirklich dich meinen und nicht deine Drinks?«, stichelte Katha. Sanne war froh, dass sie sich wieder neckten. Dann geht es ihnen besser, dachte sie.

»Du bist ja nur neidisch. Was hat sich denn nun wirklich mit dem Rothaarigen ergeben außer Kaffee trinken?«

»Nichts. Er hat schon eine Freundin, die lebt in München, und er sieht sie jedes zweite Wochenende. Er will ihr auf keinen Fall untreu werden, obwohl er schon daran gedacht hatte, als er mich kennenlernte«, sagte Katha matt.

»Das hätte er dir auch schon etwas früher sagen können, bevor du dich in ihn verliebt hast«, meinte Jule.

»Wie denn, hätte er sich ein Schild um den Hals hängen sollen, wo draufsteht ›Schon besetzt‹, damit ihn niemand in der Bibliothek attraktiv findet?«, meinte Finn.

»Hättet ihr Lust, noch was Besonderes zu machen?«, fragte Sanne.

»Solange es nicht mit Autofahren zu tun hat, immer«, sagte Finn. »Ich glaube, diese Mojitos sind etwas zu stark geworden.«

»Stimmt, deshalb habe ich meinen auch nicht getrunken. Ich könnte fahren«, sagte Jule.

»Ich habe Himmelslaternen gekauft, wisst ihr, solche, die wir zu euren 18. Geburtstagen haben steigen lassen. David haben sie damals doch sehr gefallen. Wir könnten das ihm zu Ehren tun.«

Finn zog skeptisch die Augenbrauen hoch. »Und wer von uns soll sie richtig bedienen? Das hat Paps immer übernommen.«

»Ich kann das machen. Ich habe ihm damals assistiert und weiß ziemlich gut, wie das geht«, meinte Jule.

»Ist das nicht verboten?«, fragte Katha.

»Ich glaube nicht. Aber vielleicht sollten wir das nicht unbedingt hier im Garten erledigen?«

»Ich wüsste, wo Paps so etwas steigen lassen wollte. Es ist

vielleicht nicht ganz legal, aber das würde ihn, glaube ich, auch nicht stören«, sagte Finn.
»Klar, du meinst den Strand in Wittenbergen«, sagte Katha.
»Manchmal ist es lästig, einen Zwilling zu haben, der Gedanken lesen kann«, neckte Finn liebevoll.
»Ich hätte es auch gewusst«, meinte Jule etwas eingeschnappt. Du Arme, dachte Sanne. Es war wirklich nicht leicht gewesen, mit einem Zwillingspaar aufzuwachsen, selbst als ältere Schwester.
Sanne holte die Himmelslaternen, Jule Taschenlampen. Nur David hätte sonst daran gedacht, bemerkte Sanne. Sie packte mit Katha zusammen einen Korb mit Wein, Bier, Mineralwasser und den Resten des Abendessens, falls jemand am Strand Hunger bekommen sollte. Finn sammelte alle Wolldecken aus den Zimmern zusammen und nahm auch den tragbaren Rekorder mit.
Die Autobahn war jetzt fast leer. Als sie in Othmarschen abfuhren und nach einigen Minuten auf die Elbchaussee bogen, ließ Finn sein Fenster herunter.
»Ich liebe Berlin, aber diesen typischen Elbgeruch vermisse ich schon«, sagte er und atmete tief ein.
»Wenn die Leute hier nur nicht so arrogant wären«, ergänzte Katha.
»Sind sie doch gar nicht«, widersprach Jule empört. »Wir haben sehr nette Freunde.«
»Natürlich, ihr seid nett«, sagte Katha, und es war nicht klar, ob sie Jules Mann mit einbezog.
»Jetzt entspannt euch mal wieder, ihr Hühner«, mahnte

Finn. »Mensch, wie soll ich das eigentlich die ganze Zeit nur mit diesen Weibern aushalten, Paps«, fragte er und rang die Hände.
»Soll ich dir verraten, was er gemacht hat, wenn ich ihm zu viel wurde?« fragte Sanne.
»Er hat einfach nicht mehr zugehört, sondern nur ab und zu ›Ja‹ und ›Mmh‹ gesagt«, antwortete Katha.
»Eigentlich nicht sehr höflich«, meinte Finn.
»Und er konnte wütend werden, wisst ihr noch?«
»Klar. Wie sollte ich das vergessen. Ich war ja meistens derjenige, den er angeschrien hat. Erinnert ihr euch noch daran, als ich mit meinem Fahrrad Schrammen in den Lack seines Autos gemacht habe?«, fragte Finn.
»O Gott, ja, das war schrecklich. Man hat ihn noch im Haus brüllen hören«, erinnerte sich Katha.
»Das vermisse ich nicht«, sagte Jule.
Ich auch nicht, dachte Sanne. Es war manchmal ziemlich schwer mit ihm gewesen.
»Ich habe nie behauptet, einfach zu sein«, hatte David gesagt, wenn sie sich darüber beschwerte, dass er von einem Moment auf den anderen die Beherrschung verlieren konnte.
Als sie am Wittenbergener Ufer in Rissen ankamen, fragte sich Sanne, ob es wirklich die richtige Entscheidung gewesen war, hierherzufahren, denn in dem Moment, als sie auf den Strand zuging, vermisste sie David mehr als den ganzen Abend über. Sie sah sich nach den Kindern um. Sie gingen schweigend nebeneinander her, Finn trug den Korb, Katha und Jule die Wolldecken.

»Hat jemand an Feuer gedacht?«, fragte Sanne.

»Ich«, antwortete Jule. »Sonst sehr wahrscheinlich niemand?«

»Musst du immer recht haben«, seufzte Katha. »Was wären wir ohne dich, Jule?«

»Nicht hier«, antwortete ihre große Schwester.

»Stimmt, ich hätte auf keinen Fall fahren können. Wo lassen wir die Dinger denn jetzt steigen?«, fragte Katha ungeduldig, als ob sie wieder fünf Jahre alt war und der Spaziergang ihrer Meinung nach schon viel zu lange gedauert hatte.

»Noch ein Stück weiter den Strand hinunter. Dort haben wir immer unsere Männergespräche geführt«, berichtete Finn stolz.

»Stimmt, eure Männergespräche, an denen wir nicht teilnehmen durften«, meinte Katha abschätzig.

»Es ist nicht leicht. Jetzt muss ich mir selbst die Antworten geben«, murmelte Finn.

»Du kannst auch mich fragen«, schlug Jule vor. »Ich weiß ziemlich gut, wie Paps gedacht hat.«

»Danke, Jule, bei technischen Dingen werde ich auf dich zurückkommen, aber bestimmte Dinge willst du, glaube ich, gar nicht über mich erfahren. Die habe ich nur Paps erzählt.«

»Und mir hat er nie etwas verraten«, sagte Sanne.

»Das wäre ja auch noch schöner gewesen. So, hier ist es«, sagte Finn und setzte den Korb ab. Sie waren nicht die Einzigen, die die Idee gehabt hatten, an den Strand zu kommen. Auf dem Weg zu ihrem Platz waren sie fast über

ein Pärchen gestolpert, das an einem verglühenden Feuer lag.
Jule prüfte die Windrichtung, um festzulegen, von wo aus sie die Himmelslaternen starten sollten. Katha lag auf einer Wolldecke, und Finn war losgezogen, um Holz für ein Feuer zu sammeln. Sanne setzte sich neben ihre jüngste Tochter. Es war eine nordisch helle Frühsommernacht, und Sanne musste zum ersten Mal an diesem Abend an Mathieu denken. Einmal hatten sie sich frühmorgens in Decken gewickelt auf die Terrasse gesetzt, nachdem sie sich stundenlang geliebt hatten, und der Sonne schweigend beim Aufgehen zugesehen.
So etwas hatte sie mit David selten erlebt. Irgendwie waren immer ihre Kinder in der Nähe gewesen. Sie hatten nie viel Zeit allein verbringen können. Als es wieder möglich wurde, war er fast sofort krank geworden. Aber sie hatten es auch geliebt, gemeinsam mit ihren Kindern Zeit zu verbringen.
»Findest du es auch beruhigend, Jule zuzusehen? Sie weiß genau, wo sie anfassen muss«, sagte Katha.
Finn hatte sich mittlerweile neben sie fallen lassen.
»Was ist mit dem Feuer?«, fragte Katha.
»Das Holz ist zu nass. Es ist doch auch so hell genug. Ich glaube, jetzt brauche ich ein Bier«, meinte Finn, als ob er schon stundenlang und nicht nur einige Minuten Holz gesammelt hätte.
Auch er sah Jule zu. »Macht sie das nicht prima?«, fragte er. »Ich glaube, ich möchte später eine Frau, die so was auch kann. Das ist irgendwie sexy, wenn eine Frau weiß,

was sie mit ihren Händen anfangen soll«, fuhr er versonnen fort.

»Und hier und da ordnend auf dein Leben einwirkt?«

»Was auch immer du damit meinst, ja, das würde mir gefallen. Solange sie nicht übertreibt, kann sie sich ruhig austoben.«

»Jetzt brauche ich mal Hilfe«, sagte Jule streng. Sie sprangen alle drei gleichzeitig auf. Das kannten sie schon von David. Wenn er so etwas in diesem Tonfall gesagt hatte, war es höchste Zeit gewesen zu reagieren.

»Finn, du hältst die eine Laterne oben fest, Katha die andere, aber haltet sie ruhig. Mami, du holst mir bitte die Streichhölzer, sie liegen im Korb, und dann schirmst du mich gegen den Wind ab.«

»Ja, Mam«, meinte Finn zackig. »Sofort, Mam.«

Beim dritten Versuch und nach Jules Entsetzen darüber, dass Sanne nicht auf Anhieb wusste, woher der Wind kam, waren die Wachspads entzündet.

»Jetzt müsst ihr eine Minute so stehen bleiben«, befahl Jule. »Nicht bewegen, sonst kann sich die Luft nicht erwärmen, und dann steigen sie nicht.«

»Mist, wir haben was vergessen. Wir hätten Botschaften auf kleine Zettel schreiben und sie an die Himmelslaternen knoten können«, sagte Sanne.

»Dazu ist keine Zeit mehr«, erwiderte Jule mürrisch.

»Das macht nichts. David kann sie sowieso nicht mehr lesen«, meinte Finn.

»Glaubst du nicht daran, dass seine Seele weiterlebt? Ich sehe ihn, er steht gerade neben Jule und passt auf, dass sie alles richtig macht«, erzählte Katha. Sanne schaute sie dankbar an. Sie sah David auch.

»Ich würde es ja gerne glauben. Es wäre dann bestimmt einfacher für mich zu ertragen, dass er nicht mehr da ist, und ich hätte mich nicht so allein gefühlt im letzten Jahr. Es war kaum auszuhalten. David war immer mein Leuchtfeuer, der mir auch noch den Weg gewiesen hat, wenn Nebel war. Er hat mich nicht gezwungen, das zu tun, was er mir vorgeschlagen hat. Er hat mich nur beraten. Erinnert ihr euch daran, dass er uns mal zu einer seiner Autobahnbrücken in Mecklenburg-Vorpommern mitgenommen hat? Da waren wir noch ziemlich klein. Wie stolz er uns alles erklärt hat, besonders mir, weil ich ja ein Junge bin und er meinte, dass ich mich deshalb auf jeden Fall für Technik interessieren würde«, sagte Finn.

»Du hast dich vor den Stahlkonstruktionen und dem Innenleben der Brücke gefürchtet. Und die Farbe von Beton konntest du überhaupt nicht ausstehen«, sagte Sanne.

»Stimmt. Du hast dich nicht darum gekümmert, wie begeistert Paps von seiner Arbeit war. Du hast die Augen verdreht und dich mit anderen Dingen beschäftigt. Ich habe damals versucht, Paps mit meinen Fragen abzulenken. Ich wollte nicht, dass er durch dein Desinteresse gekränkt wird. Dass Katha sich schon ganz zu Anfang ausgeklinkt hatte und auf der Wiese Blumen pflückte, störte sowieso niemanden«, sagte Jule.

»Ich durfte sofort entwischen, und ich habe dich ganz schön bemitleidet, Finn. Ich wusste doch, wie wenig dich das interessiert«, sagte Katha.

»Und dann hast du gesagt, Finn, können wir jetzt woanders hinfahren, die Baustelle ist so hässlich. Ich dachte, o Gott, jetzt wird David sauer und mir dann vorwerfen, dass ich meinen Sohn nicht richtig erzogen habe, weil er kein Interesse für Technik entwickelt. Aber stattdessen lächelte er. ›Er verzieht genauso das Gesicht wie du, wenn ich dir etwas Technisches erkläre‹, hat er gesagt und dich dann in den Arm genommen«, erinnerte sich Sanne.

»Nur Jule ist mit ihm bei der Brücke geblieben«, erinnerte sich Finn weiter.

»Wir sind auf die Wiese gegangen und haben die beiden von da beobachtet. Sie fuchtelten mit den Armen und schienen so begeistert zu sein. Wir haben uns ein bisschen darüber lustig gemacht, weil wir es überhaupt nicht verstehen konnten, wie man über so etwas Langweiliges wie den Bau einer Autobahnbrücke emotional reden kann, aber ich glaube, wir waren auch alle eifersüchtig auf Jule. Sie war die Einzige, die sich in Davids technischer Welt nicht wie ein Fremdkörper fühlte«, sagte Sanne.

»Aber Paps war überhaupt nicht böse auf mich, das weiß ich noch. Und er hat auch nicht so getan, als ob Jule jetzt deshalb seine Lieblingstochter ist«, ergänzte Finn.

»Er hat euch alle drei gleich stark geliebt, genauso wie ich«, stellte Sanne fest.

»Bei euch war es keine Floskel wie bei vielen Eltern«, sagte Katha.

»Finn, Katha, ihr könnt jetzt loslassen, ich glaube, es ist so weit«, verkündete Jule. Die beiden traten einen Schritt zurück. Die Himmelslichter stiegen langsam auf wie Heißluftballons.

»Wir haben es geschafft«, sagte Jule stolz. »Das würde ihm gefallen.«

»Er hätte sich nicht darüber gewundert, sondern erwartet, dass wir das auch ohne ihn hinkriegen. Kurz vor seinem Tod haben wir darüber gesprochen. Er hat sich Sorgen gemacht, ob wir auch ohne ihn klarkommen, besonders, wenn es um praktische und technische Dinge geht. Jule wird mir helfen, sagte ich damals, und er war fast beruhigt. Und für den Rest suchst du dir einen Handwerker, hat er gemeint. ›Vielleicht ist er ja auch noch sexy.‹ Er lachte zwar, aber ich wusste, dass es ihm nicht gefallen hätte, wenn ich nach seinem Tod mit einer schlechteren Ausgabe von ihm selbst zusammengekommen wäre. Mathieu ist ganz anders als David. Er ähnelt mehr mir«, sagte Sanne.

»Wenn ihr so verschieden wart, warum hast du dich dann in David verliebt?«, fragte ihre große Tochter.

»Weil es so sein sollte? Weil wir zusammen diese Familie haben sollten? Es gibt keine Begründung dafür. Es ist einfach passiert, und es war genau richtig, auch wenn wir später erkannten, dass es nicht immer leicht war, zusammen zu sein, wenn man von unterschiedlichen Planeten stammt.«

»Steffen und ich sind eindeutig vom selben Planeten«, seufzte Jule.

»Und ist das nicht gut?«, fragte Sanne.

»Ich weiß es nicht. Sicher ist es einfacher, wir wissen, wie

der andere denkt, und wir mögen dieselben Dinge. Aber es ist vielleicht etwas langweilig?«
»Bei Mathieu und mir finde ich es überhaupt nicht langweilig. Es bringt Spaß, sich mit jemandem zu unterhalten, der dieselbe Sprechgeschwindigkeit und Art zu denken hat wie man selbst. Aber es ist auch nett, dass er nicht aus Deutschland kommt, so kann ich von ihm noch einiges über die französische Lebensart lernen«, sagte Sanne und befürchtete, dass sie sich zu weit vorgewagt hatte. Hatte das nicht zu wollüstig geklungen?
Glücklicherweise schienen die drei nicht weiter zugehört zu haben. Sie sahen den Himmelslaternen nach und schwiegen. Ich kann ihnen jetzt nicht helfen, dachte Sanne. Jeder muss sich allein von David verabschieden und einen Weg finden, mit dem Verlust zu leben.
»Es wird kalt«, sagte Katha, nachdem sie die Himmelslichter nicht mehr sehen konnten. Schweigend packten sie alles zusammen und gingen zum Wagen.
»Jetzt kann ich auch fahren«, sagte Finn. »Ich bin nüchtern.«
»Gut, dann bring mich zu Hause vorbei. Ich möchte da sein, wenn Konstantin aufwacht«, sagte Jule.
»Hast du was anderes als Dire Straits?«, fragte Finn. »Ich war jetzt lange genug deprimiert.«
Sanne legte *We sing, we dance, we steal things* von Jason Mraz auf. *Make it Mine* erklang im Innern ihres Autos.
»Cool«, meinte Finn. »Mathieu scheint ja ziemlich entspannt zu sein«, stellte Finn fest. »Gefällt mir.«
»Mir auch«, sagte Sanne.

# 22

*Lieber David. Heute schreibe ich Dir zum letzten Mal in dieses Notizbuch. Ich werde es Maria zum Aufbewahren geben, bis ich weiß, was ich damit anfangen möchte. Sie wird es bestimmt nicht lesen. Erinnerst Du Dich daran, wie diskret sie ist? Wir haben uns manchmal darüber amüsiert. Wie viele Menschen wir gemeinsam kennengelernt haben, David. Wie viele Länder wir bereist haben. Wie viele Stunden wir nebeneinander im Auto saßen und die vorbeiziehende Landschaft auf uns wirken ließen. Wir konnten uns sicher sein, dass wir nicht das Gleiche sahen, aber wenn wir uns dann erzählten, was wir gesehen hatten, ergab sich ein Gesamtbild, das wohl ein ziemlich genaues Abbild der Realität war. Ich bin nicht mehr die eine Hälfte einer Kugel. Wir haben zusammen eins ergeben. Wir waren Yin und Yang. Wir haben die Dinge immer aus unterschiedlichen Perspektiven betrachtet. Erinnerst Du Dich daran, wie wir beide nacheinander* Brücke über die Zeit *von Richard Bach gelesen haben? Du warst begeistert von den vielen technischen Details und den Flugszenen und hast Dich darüber gewundert, dass ich diesen Roman überhaupt mochte, denn für Dich waren diese technischen Dinge das, was ihn ausmachte.*

*»Wie, technische Details? Habe ich wohl überlesen. Aber die Liebesgeschichte war doch unglaublich bewe-*

gend?«, habe ich Dich gefragt und war glücklich darüber, dass Du so einfühlsam warst.
»Die Stellen habe ich ziemlich schnell gelesen. Ich fand sie manchmal etwas zu kitschig und habe mich gefragt, warum ein Flieger so viel über seine Gefühle nachdenken und reden muss. Ist das überhaupt realistisch, habe ich mich gefragt. Das würde doch einer nie tun, der so begeistert vom Fliegen und der Technik des Fliegens ist.«
Ich war zuerst sauer auf Dich und habe Dich als unsensiblen Holzklotz beschimpft. Später habe ich verstanden, dass wir uns derselben Erkenntnis nur von unterschiedlichen Seiten aus genähert hatten. Natürlich ginge es um Liebe, hast Du zugegeben. Und wenn Du ehrlich sein solltest, hättest Du auch an einer Stelle geweint, weil Du genau das für mich empfinden würdest. Du hast das wieder nur beiläufig gesagt, ich weiß nicht mehr genau, wann, vielleicht haben wir die Zwillinge gerade gefüttert? Wir standen nebeneinander in der Küche, jeder mit einem Plastiklöffel bewaffnet und ein Kind im Hochstuhl vor der Nase, das bereitwillig seinen Mund aufsperrte, sobald sich der Löffel näherte? Und Jule erzählte uns gleichzeitig, was sie im Kindergarten erlebt hatte. Mir blieb gar keine Zeit, auf Deine Liebeserklärung zu reagieren, denn Finn fing an zu protestieren, weil er allen Brei aufgegessen hatte und dringend Nachschub haben wollte.
Und als ich dann reagieren konnte, war die Situation nicht mehr romantisch, und mein »Ich liebe dich auch« lief irgendwie ins Leere.

*Es stimmt. Ich habe in den wenigen Wochen mit Mathieu mehr romantische Situationen erlebt als mit Dir in den ganzen Jahren. Wie hätten wir das auch anstellen können mit drei Kindern, die unsere Aufmerksamkeit gefordert haben, die daran gewöhnt waren, dass wir sie immer wahrnahmen? Vielleicht hätten wir uns nicht so intensiv um sie kümmern sollen, dann hätten sie uns mehr Raum gelassen. Aber irgendwie funktionierte das nicht. Wir sollten Seite an Seite stehen und diese Familie gründen. Wir sollten für die Kinder und für uns ein Zuhause schaffen, in dem wir uns alle wohl fühlen. Darum ging es, und als wir anfangen wollten, uns nur um uns selbst zu drehen, bist Du krank geworden.*
*Ich weiß nicht, wie das Leben mit Dir allein geworden wäre. Manchmal habe ich gedacht, dass wir zu unterschiedlich wären, um ohne die Kinder genügend Gemeinsamkeiten zu finden. Du warst Dir auch nicht immer sicher, das habe ich gespürt. Auf unserer letzten Reise nach Schottland, in diesen zwei Wochen mit dem vielen Regen und dem immer grauen Himmel, haben wir uns auch darüber unterhalten und manchmal auch gestritten. Ich glaube, die Aussicht auf ein Leben zu zweit, in dem die Kinder nur noch als Kometen auftauchen, in dem sich nicht mehr alles erst einmal um sie dreht, machte uns Angst. Wir haben viel darüber gesprochen, welche Prioritäten wir setzen wollten. Ich wollte noch mehr arbeiten. Erinnerst Du Dich an den Spaziergang über die Hügel hinter unserem Hotel? Ich war begeistert von der Idee, endlich mal auf niemanden*

*Rücksicht nehmen zu müssen, jeden Auftrag annehmen zu können, nachts arbeiten zu können, wenn mir danach war, und tagsüber zu schlafen, nach Frankreich zu reisen, um mich dort wieder in die Sprache zu vertiefen, unabhängig zu sein. Du hast mir aufmerksam zugehört und nichts gesagt. Dann hast Du mich gefragt, ob Du in meiner Planung noch vorkommen würdest. Und erst dann habe ich bemerkt, dass ich Dich irgendwie auf die Seite der Kinder gestellt hatte und dass jetzt, wo die Kinder groß waren, die Aussicht, wieder frei zu sein, auch bedeutete, von Dir frei sein zu können. Ich habe es Dir nicht gesagt, dass mich damals die Aussicht auf ein unabhängiges Leben nur für mich, ohne Dich, beflügelte und gleichzeitig schockierte. Natürlich hatte ich im Laufe der Jahre, wenn es schwierig wurde, wenn Du zu laut und ungerecht warst und ich wusste, das nur ich diese Seite von Dir kannte (selbst vor den Kindern hast Du sie meistens verborgen), manchmal daran gedacht, ohne Dich zu leben, sobald die Kinder erwachsen sind, aber David, das gehört zu einer Ehe dazu, das weiß ich. Nur damals in Schottland, als du schon krank warst, wir es aber nicht wussten; als ich in dieser gottverlassenen Gegend sein musste, in diesem so einsam gelegenen Hotel und ich sah, wie glücklich Du dort warst, und mir auch klarwurde, wie wenig Du bemerkt hast, wie sehr ich unter dem grauen Wetter und dem Regen, der Einsamkeit und diesen kargen Hügeln litt, wie ich mir nur vorstellte, weit weg zu sein, in einem südlichen Land mit Helligkeit und lauten Menschen, die alle durchein-*

*anderreden, ich in einem bunten Sommerkleid mittendrin, ich aber gleichzeitig wusste, dass Du Dich dort nicht so wohl gefühlt hättest wie in Schottland, habe ich angefangen zu zweifeln, ob wir wirklich gemeinsam weitergehen sollten. Ich würde Dir das gerne ersparen. Ich habe es Dir nie gesagt. Wir haben nach dem Ende der Reise ziemlich bald die Diagnose bekommen, dass Du Krebs hast, und alle Gedanken, Dich zu verlassen, waren verschwunden.*

*Ich wusste, mein Platz war an Deiner Seite. Glaub mir oder nicht, ich habe sogar vergessen, dass ich in Schottland darüber nachgedacht habe, Dich zu verlassen, weil ich die Unterschiede zwischen uns nicht mehr ertragen konnte, jetzt, wo Finn und Katha nicht mehr mit waren, die sich über dieselben Dinge freuten wie ich. Hast Du Jule nicht auch vermisst? Sie war doch diejenige, die Dich verstand, die genauso viel Freude an der Natur hatte wie Du. Vielleicht hast Du aber auch nicht erwartet, mit mir im Gleichklang zu leben, sondern es hat Dir gereicht, dass Du manchmal zu Gast in meiner Gedanken- und Gefühlswelt warst.*

*David, ich dachte auch bis zur Schottlandreise, dass es mir reichen würde, aber dort in dieser gottverlassenen Hochmoorgegend, die ich nur ertragen konnte, weil ich abends Whiskey trank, obwohl ich ihn überhaupt nicht mochte, habe ich mich so heftig nach etwas anderem gesehnt, nach einem Mann, der dieselben Dinge schätzt wie ich, der auch lieber in einer Stadt in einem Café sitzt und Leute beobachtet, als in Schottland stunden-*

*lang aus dem Fenster in ein Nichts zu starren. Ich hatte gerade Mathieus letzten Roman übersetzt und war noch ganz beseelt von seinen Worten. Ich las seine anderen Romane in Schottland wieder, weil ich mich noch nicht von ihm trennen wollte. Und weißt Du, David, dass mich nur Mathieus Geschichten davor bewahrt haben, Dir damals alles vor die Füße zu schmeißen und allein nach Hamburg zurückzukehren? Immer wenn Du gedacht hast, ich bin mit Dir in den Anblick der Landschaft versunken, wenn wir abends allein vor dem Kamin saßen, habe ich mir vorgestellt, wie es wäre, wenn Mathieu jetzt bei mir wäre und nicht Du. Wie wir uns unterhalten würden. Ich wusste, dass ich mit ihm nie das Problem haben würde, nach gemeinsamen Gesprächsthemen zu suchen. Ich wusste, dass unsere Gespräche einfach entstehen würden, ohne dass ich mich anstrengen müsste, der Motor zu sein, wie so oft bei uns, David. Und ich habe mich danach gesehnt, ihn wieder zu küssen.*

*Als du dann krank warst, habe ich mich für diese Gedanken geschämt. Ich habe auch nicht mehr so viel an Mathieu gedacht, aber als ich ihn in Roscoff wieder traf, wusste ich, dass diese Begegnung genauso unausweichlich war wie unser gemeinsames Leben, lieber David.*

*Ich verlasse Dich jetzt. Ich habe Dich sehr geliebt, David, glaub mir. Jetzt bin ich mit jemandem zusammen, der meine Sprache spricht, und ich gebe zu, es ist manchmal einfacher als mit Dir. Aber ich habe Dich von Herzen geliebt, und ich wäre den Weg mit Dir zu Ende ge-*

*gangen, David, wenn Du nicht gestorben wärst. Ich hätte meine Sehnsucht ganz hinten in meinem Herzen vergraben und mir nur ab und zu erlaubt, daran zu denken. Jetzt brauche ich es nicht mehr. Ich habe ein neues Leben geschenkt bekommen. Und dafür bin ich dankbar. Und wenn ich sterbe, werde ich zwei Männer geliebt haben, die nicht unterschiedlicher sein können, und ich werde mit beiden glücklich gewesen sein.*
*Ich breche jetzt auf in mein neues Leben, David. Ich muss Dich zurücklassen. Die Liebe, die ich für Dich empfunden habe, wird immer Dir gehören, aber jetzt liebe ich auf eine andere Art. Und ich freue mich darüber.*
*Deine Sanne*

# 23

Maria brachte sie zum Flughafen. Sanne hatte nur wenig schlafen können. Heute Abend würde sie Mathieu wiedersehen. Sie hatten sich für 20 Uhr auf dem Hauptplatz von Vinon-sur-Verdon verabredet. Sanne wusste nicht, wo das war und wie lange sie von Marseille unterwegs sein würde. Aber das war auch nicht wichtig. Sie würde Vinon-sur-Verdon in den Navigator ihres Leihwagens eingeben. Dann würde sie einfach nur den Anweisungen der Stimme folgen und sich um nichts Weiteres kümmern. Es war ihr vollkommen egal, dass David es so nie gemacht hätte. Sie war nicht so wie David. Und sie wollte es auch nicht mehr sein. Es gab Chaos in ihrem Leben. Und das war nicht verkehrt.

Sie spürte Mathieus Aufregung und seine Vorfreude, sie wiederzusehen, genauso stark wie ihre eigene. Seit sie Davids Notizbuch geschlossen und Maria gegeben hatte, fühlte sie sich freier und noch enger mit Mathieu verbunden. Sie mussten nicht telefonieren oder mailen, um zu wissen, dass sie gerade aneinander dachten. Sie vertraute ihrem Gefühl. Sie würde ihm auf dem Platz begegnen, ohne ihn vorher anzurufen und einen genauen Treffpunkt auszumachen.

»Ich beneide dich«, sagte Maria. »Du liebst zum zweiten Mal in deinem Leben wirklich. Mir ist so etwas nur einmal passiert, und das war ja auch nicht gerade glücklich, wie du weißt. Jetzt sagst du sicher gleich wieder, dass mein Ehemann aber auch nicht gestorben ist.«

»Nein, das mache ich nicht. Dazu bin ich viel zu glücklich. Ich fühle mich so leicht, so frei. Ich reise allein und habe nur einen Koffer mit. Es ist niemand neben mir, auf den ich achten muss, oder hinter mir, auf den ich warten muss. Wenn ich daran denke, dass ich Mathieu heute noch sehe, mit ihm tanze, ihn liebe, rast mein Herz und ich bekomme weiche Knie. Ein wenig lächerlich für eine 48-Jährige?«

»Nein, wunderbar. Du bist mutig. Es ist dir egal, ob du verletzt wirst, du bist nicht vorsichtig. Ich wünschte, ich wäre mutiger. Dann würde ich mich vielleicht auch noch einmal Hals über Kopf verlieben.«

»Ich bin nicht naiv. Ich bilde mir nicht ein, dass es leicht wird. Vielleicht endet es im Desaster, das ist mir jetzt egal. Wenn ich daran denke, dass wir uns heute Nacht lieben werden, wie seine Haut riecht, wie er mich küssen wird – ich glaube, ich werde die glücklichste Frau auf diesem Platz sein.«

»Genieß es, meine Liebe. Egal, was du tust, wo du hingehst, ich werde immer für dich da sein«, sagte Maria mit belegter Stimme.

»Werd nicht rührselig, ich bin nicht aus der Welt. Mein Rückflug geht in zwei Wochen. Dann werde ich wieder in Hamburg sein.«

»Oder auch nicht. Wer weiß, was passiert?«, fragte Maria.

»Ja, wer weiß?«

»Du musst dich jetzt beeilen, denn sonst fliegt die Maschine ohne dich los.«

»Danke, Maria, dass du mich dazu überredet hast, nach Paris zu fliegen. Ohne dich wäre ich jetzt nicht hier.«

»Irgendjemand musste dir doch auf die Sprünge helfen, und ich hatte die richtige Idee. Aber los, sonst verpasst du dein Flugzeug.« Maria befreite sich aus der Umarmung und schob Sanne in Richtung Sicherheitskontrolle.

In Marseille holte sie ihren Leihwagen, einen dunkelblauen Peugeot 205, ab. Sie warf ihren Koffer in den Kofferraum. Sie gab Vinon-sur-Verdon in das Navi und machte sich keine Gedanken mehr darüber. Sie fand es erotisch, von einer französischen Stimme zu ihrem Liebhaber geleitet zu werden. Als sie auf der Autobahn war, stellte sie sich vor, dass Mathieu hier vor kurzem entlanggefahren war, genauso schnell und aufgeregt wie sie. Er hörte bestimmt auch laut Musik, vielleicht sogar Jason Mraz wie sie. Er hatte sicher auch ein Sandwich gekauft, das er beim Fahren aß und dessen Papier er achtlos auf den Beifahrersitz warf. Er würde sich genauso wie sie auf das Navigationssystem verlassen, ohne die Route noch einmal zu checken.

Sobald sie die Autobahn verließ und auf die Landstraße kam, ließ sie das Fenster herunter und streckte die Hand in den Fahrtwind. Keiner sagte ihr, dass sie beide Hände am Steuerrad behalten sollte. Keiner musterte sie kritisch, weil sie eine CD im Handschuhfach suchte, während sie fuhr. Niemand beschwerte sich darüber, dass die Musik so laut war oder sie manchmal die Geschwindigkeitsbegrenzung überschritt.

Vinon-sur-Verdon war nicht sehr groß, ein hübscher, aber

durchschnittlicher Ort im Hinterland von Aix-en-Provence. Schon am Ortseingang gab es Schilder, die sie auf den großen Parkplatz am Fluss hinwiesen. Der Verkehr staute sich. Noch hatte sie Zeit, es war erst sieben Uhr abends. Sie brauchte eine halbe Stunde, bis sie einen Parkplatz fand. Es waren viele Paare oder Familien mit Kindern unterwegs. Das Belgische Fest muss hier ein großes Ereignis sein, dachte Sanne. Sie hatte sich auf einer Autobahnraststätte umgezogen und trug ein rotes Kleid mit großem Ausschnitt, engem Oberteil und schwingendem Rock, dazu schwarze halbhohe Riemchenpumps. Wenn ich schon Tango tanzen soll, obwohl ich es nicht kann, muss ich zumindest ein wenig so aussehen, dachte sie. Später würde sie ihr schwarzes Umhängetuch um die Hüften schlingen und sich vielleicht eine Rose ins Haar stecken.
Sie setzte sich auf eine Bank an den Fluss. Es war sehr lange her, dass sie vor einem Date so aufgeregt gewesen war. Es war vollkommen egal, wie alt man war, wenn man liebte. Das wusste sie jetzt. Und sie hätte es gerne ihren Freundinnen zu Hause, die sich mit einer gefühlsmäßig lauwarmen Ehe zufriedengaben, erzählt. Vielleicht würde dann die eine oder andere den Mut fassen, neu anzufangen. Es ging jetzt nicht mehr um das Glück der anderen – nicht um Davids, nicht um das der Kinder. Es ging nur um sie und Mathieu. Es war richtig und gut, und dass ihre Kinder jetzt einverstanden waren, machte es natürlich noch leichter. Sie blinzelte mit geschlossenen Augen in die Sonne. Danke, sagte sie, danke für dieses Angebot, noch mal zu lieben und geliebt zu werden.

Sanne ging die Straße hinunter und musste gar nicht fragen, wo der Festplatz war, weil alle in diese Richtung unterwegs waren. Sie hätte nie gedacht, dass so etwas tatsächlich in Wirklichkeit geschehen konnte und nicht nur in den Romanen, die sie übersetzte.

Sie kam auf den mit Platanen bestandenen Hauptplatz. Sie hatte gedacht, dass sie Mathieu gleich finden würde, aber der Platz war voll mit Menschen, die an langen Tischen saßen, Muscheln und Pommes frites aßen und Bier tranken oder in einer der Schlangen vor den Essensständen anstanden. An den Rändern neben der Tanzfläche spielten ältere Männer Boule. Es war laut, das Orchester hatte sich schon auf der Bühne in der Mitte des Platzes aufgebaut und spielte sich warm. Sanne wusste nicht, was sie tun sollte. Das laute Stimmengewirr und die Musik verwirrten sie. Sie sah auf ihr Handy. Noch eine halbe Stunde. Sollte sie so lange mitten auf dem Platz warten oder Mathieu doch eine SMS schicken? Das wäre nicht gerade sehr romantisch. Sie wollte den Zauber noch nicht zerstören. Sollte sie sich erst einmal ein Bier holen oder einfach zur Bühne gehen und dort warten? Sie beschloss, sich einen Platz am Rand in der örtlichen Kneipe zu suchen und alles von dort aus zu beobachten. Wenn Mathieu auf den Platz kam, würde sie ihn von da aus bestimmt entdecken.

Sie bestellte einen Pastis. Ein Paar erhob sich, beide bestimmt schon über siebzig. Sie trug ein auffälliges, enganliegendes Tangokleid, er weiße Hosen und ein grüngelb gestreiftes Hemd und einen Strohhut. Voll Stolz und Bewunderung führte er seine Frau auf den Platz. Das Paar tanzte Tango. Andere Zuschauer sahen etwas befremdet drein, weil die Frau ein wenig zu grell geschminkt war und der Mann manchmal den Eindruck machte, dass er kurz davor war zu stolpern, da er nicht mehr so gut gucken konnte. Aber Sanne fand die beiden zauberhaft. Sie passten perfekt zusammen und hatten sicher schon lange Jahre miteinander getanzt.

Sie entspannte sich. Kinder tanzten jetzt auf dem Platz. Es war warm, ein junges Liebespaar küsste sich heftig unter einer Platane etwas abseits der Tanzfläche. Großfamilien saßen an langen Tischen, und Sanne war froh, jetzt gerade nicht ein Teil einer solchen Familie zu sein.

Sie erkannte Mathieu schon, als er auf der anderen Seite des Platzes auftauchte. Er trug helle Hosen und ein grünes Polohemd. Sie merkte an seinem Gang, wie aufgeregt er war. Sie stand auf und ging ihm entgegen. Sie trafen sich auf der Mitte des Platzes.

»Da bist du ja«, sagte er und nahm sie an die Hand. »Komm tanzen.«

Kirsty Wark

# Der Gesang der Wellen nach dem Sturm

Roman

Auf der kleinen sturmumtosten Insel Arran, im Westen Schottlands, lebt Elizabeth Pringle. Die alte Dame weiß, dass sie nicht mehr lange zu leben hat und es an der Zeit ist, endlich mit der Vergangenheit abzuschließen und sich von der Seele zu schreiben, woran sie seit Jahrzehnten so schwer zu tragen hat.
Kurze Zeit später erlebt Martha die Überraschung ihres Lebens: Eine Unbekannte namens Elizabeth Pringle hat ihrer kranken Mutter ein Haus auf Arran vermacht.

KNAUR

*Ein Roman über die Macht der Bücher,*
*die Liebe und die Magie des südlichen Lichts*

Nina George

# Das Lavendelzimmer

Roman

Er weiß genau, welches Buch welche Krankheit der Seele lindert: Der Buchhändler Jean Perdu verkauft auf seinem Bücherschiff »pharmacie littéraire« Romane wie Medizin fürs Leben. Nur sich selbst weiß er nicht zu heilen, seit jener Nacht vor einundzwanzig Jahren, als die schöne Provenzalin Manon ging, während er schlief. Sie ließ nichts zurück außer einem Brief – den Perdu nie zu lesen wagte. Bis zu diesem Sommer. Dem Sommer, der alles verändert und Monsieur Perdu aus der kleinen Rue Montagnard auf eine Reise in die Erinnerung führt, in das Herz der Provence und zurück ins Leben.

»Dieser Geschichte wohnt ein
unglaublich feiner Zauber inne.«
*Christine Westermann (WDR)*

KNAUR